Maddie James

Cowboy und Rosen

amazon crossing

Das Buch

Sie liebt Rosen …

Kim Martin wollte keine Spielverderberin sein und ihrer besten Freundin nur einen Gefallen tun. Doch für einen Wanderritt durch Colorado ist sie nicht im Geringsten gerüstet. Vor allem, als ihr Bergführer sich als raubeiniger Cowboy herausstellt, so ungezähmt wie die Wildnis um sie herum. Seine Art, sich in der freien Natur zu bewegen, mag manche Frau auf Touren bringen, doch die Großstädterin Kim kann ihm widerstehen … beinahe.

Er ist rau wie rohes Leder …

Thad Winchesters Geduldsfaden ist so dünn wie der Hosenboden seiner Jeans, wenn es um Großstädterinnen und ihre Allüren geht. Doch Kim hat etwas an sich, was seine strikte Geschäftsregel – Finger weg von Touristinnen! – auf eine harte Probe stellt. Die mutige Blondine ist genau die Frau, die er sich auf seiner Ranch wünscht. Thad muss nur die Wildblume in ihr zum Vorschein bringen und sie davon überzeugen, dass er der Richtige für sie ist. Ganz und gar.

Die Autorin

Die preisgekrönte Romanautorin Maddie James wandert zwischen zeitgenössischen, historischen und paranormalen Welten hin und her. Meistens schreibt sie traditionelle Liebesgeschichten, ob mit lieblicher oder pikanter Note, und ihre Heldinnen und Helden sind immer auf der Jagd nach dem Happy End.

Maddie James

Cowboy und Rosen

Roman

Übersetzt von Anja Mehrmann

amazon crossing

Die Originalausgabe erschien 2010 unter dem Titel »Rawhide and Roses« bei Turquoise Morning Press, Louisville.

Deutsche Erstveröffentlichung bei AmazonCrossing, Luxemburg, November 2014

Printed in Germany
by Amazon Distribution GmbH, Leipzig

Umschlaggestaltung: bürosüd° München, www.buerosued.de
Bildrechte: © Getty Images, 115622520
Lektorat: Verlag Lutz Garnies
Satz: Stephan Schirm

ISBN 978-1-477-82117-6

www.amazon.com/crossing

Kapitel 1

Und alles läuft nur auf eins hinaus – Lust auf Cowboys, schlicht und einfach.

Blinzelnd schaute Kim Martin nach vorn auf die Pferde, die im Pulk den Berg hinaufzuckelten. Sie sah weder die Kiefern noch den azurblauen Himmel, weder die großen weißen, hoch aufgetürmten Wolken noch die schneebedeckten Rocky Mountains im Hintergrund. Nein. Nur eins sah sie vor sich: jede Menge Pferdehintern – und Cowboys. Was ein und dasselbe war … oder auch nicht.

»Ich kann mir ja vieles vorstellen, was ich in diesem Sommer tun möchte«, murmelte sie. »Aber zwei Stunden lang auf Pferdeärsche zu starren, gehört bestimmt nicht dazu.«

Sie beugte sich vor, um den Hals ihres Pferdes zu tätscheln. Hoffentlich würde der alte Gaul nett zu ihr sein, wenn sie nett zu ihm war. Sie zog eine Grimasse und flüsterte der riesigen rotgrauen Stute ein paar aufmunternde Worte zu.

Oder meinte sie etwa sich selbst?

»Halt deine hübsche Nase einfach in den Schweif des Pferdes da vor dir, Süße, und alles ist gut.«

»Was?«

Kim bedachte ihre Freundin Jillie, die auf dem Pferd vor ihr ritt, mit einem aufgesetzten Lächeln. »Ich rede nur mit der guten alten Rosie hier. Wir werden noch richtige Freundinnen.«

»Na prima.«

Jillie lächelte, drehte sich wieder um und blickte auf die Reihe von Pferden vor sich. »Siehst du, ich hab doch gesagt, dass es ganz einfach ist«, rief sie über die Schulter hinweg. »Sie sind wie Roboter. Nüstern an den Hintern vor sich, und schon läufts wie geschmiert.«

Kim verzog das Gesicht. Jillie war eine fähige Reiterin; sie hatte es von ihrem Vater gelernt, der in Kentucky Vollblutpferde trainierte. Kim wusste so gut wie nichts über Pferde. Sie war daran gewöhnt, auf der Rennbahn in Keeneland auf Vollblüter zu wetten oder bei Turnieren der Nachwuchsreiter die Trophäen zu überreichen, aber nicht daran, auf dem Rücken eines dieser Biester zu sitzen und tatsächlich zu reiten. Warum hatte sie sich nur dazu überreden lassen? Wie um alles in der Welt hatten sie sich im Laufe eines einzigen Nachmittags von Highschool-Lehrerinnen in Möchtegern-Cowgirls verwandelt?

Die Lehrerkonferenz. Der Grund, warum sie nach Colorado gekommen waren. Und auf der sie in diesem Moment eigentlich sein sollten. Aber Jillie hatte diese Schwäche für Pferde, ganz zu schweigen von Cowboys …

Kim waren Cowboys völlig egal. Sie war in der Stadt geboren und aufgewachsen. Und an die Raffinessen dieses Lebens gewöhnt. Sie mochte es, wenn ihre Männer wie sie waren. Kultiviert.

Tief sog sie die saubere Luft ein. Bis hierher hatte sie es schon geschafft, also konnte der Rest auch nicht so schlimm sein. Sie warf einen Blick auf ihre Uhr und merkte, dass sie den Pferch erst vor einer Viertelstunde verlassen hatten. Aber der Ritt dauerte zwei Stunden! Zwei lange, unerträgliche Stunden auf dem Rücken dieses muffigen Stücks Pferdefleisch. Spöttisch belächelte sie Jillie, die sich auf ihrem Pferd ganz und gar wie zu Hause fühlte.

Kim dagegen fühlte sich lächerlich fehl am Platz.

Ihr kinnlanger blonder Bob flatterte ihr ums Gesicht. Ein wenig ängstlich lockerte sie den festen Griff um die Zügel und steckte sich das Haar auf beiden Seiten hinter die Ohren.

Wie bin ich hier nur hineingeraten? Bestechung, schlicht und einfach. Und Lust auf Cowboys.

Kim liebte Jillie von ganzem Herzen, und sie hätte so ziemlich alles für sie getan. Am Abend zuvor hatte Jillie ständig wegen eines Reitausflugs gequengelt, und Kim? Nun, irgendwann hatte sie nachgegeben.

Na super!

Rosie schüttelte ungeduldig den Kopf, und ein Adrenalinstoß schoss durch Kims Adern. Muffin, Jillies Pferd, war fast unmerklich schneller geworden, und mittlerweile lagen Kim und ihr Pferd ein paar Meter zurück. Rosies Radar ging an, und sie verfiel in einen leichten Galopp, um Muffin wieder näherzukommen. Nervös hüpfte Kim im Sattel und verstärkte den Griff um die Zügel, als Rosie weiter beschleunigte. Sie wünschte, sie hätte nicht geflunkert und behauptet, schon einmal geritten zu sein.

»Wenn man vom Teufel spricht«, murmelte sie vor sich hin, als der Cowboy heranritt, den sie angelogen hatte. Kim hoffte, dass es nicht derjenige war, der ihr eine Hand auf den Hintern gelegt und ihr in den Sattel geholfen hatte, als sie sich abmühte, den Fuß in den Steigbügel zu schieben. Beinahe wäre sie auf der anderen Seite wieder hinuntergesegelt. Jillie hatte hysterisch zu lachen begonnen. Bei der Erinnerung daran wurden Kims Wangen heiß.

Sie fand das überhaupt nicht lustig.

Der Cowboy tippte sich an den Hut, um Jillie zu grüßen, und blickte dann Kim an. »Alles in Ordnung hier hinten, Ladys?«

Kim betrachtete ihn neugierig, während Jillie ein Gespräch mit ihm begann. Ein zwangloses, freundliches, vertraut wirkendes Gespräch … Jillie lachte laut auf, und Kim fuhr aus ihrer momentanen Trance hoch. Sie schaute ihrer Freundin ins Gesicht.

Irgendwas ist hier faul.

»Was?« Jillie musste sie etwas gefragt haben, denn sie schien auf eine Antwort zu warten.

Der Cowboy lachte in sich hinein.

»Ach nichts«, gab ihre Freundin zurück. »Ich habe Mack nur gerade von deiner Pferdephobie erzählt.«

Mack?

Kim fasste die Zügel fester und straffte die Schultern. »Ach, und das findest du lustig?« Eine Augenblick lang lockerte sie den Griff und streckte den Arm aus, um Rosies Hals zu streicheln. Na also, was hieß hier Angst?

Jillie schüttelte den Kopf. »Nein, überhaupt nicht. Aber er hat mir gerade von einem Mann erzählt, der letzte Woche hier vom Pferd gefallen und ein paar Meter den Berg hinuntergerollt ist. Ich habe gesagt, dass dir das hoffentlich nicht passiert.«

Kim schenkte ihr ein zuckersüßes Lächeln. »Vielen Dank, aber ich verstehe nicht, was daran witzig sein soll.«

Mack näherte sich ihr auf seinem Pferd. »Keine Sorge, ich achte weiter hinten auf den Weg. Beugen Sie sich vor, wenn wir bergauf reiten, und wenn es hinuntergeht, lehnen Sie sich im Sattel zurück. Lassen Sie Rosie nur machen. Sie weiß, was zu tun ist.« Er machte Anstalten zu wenden. »Ach, und bleiben Sie direkt hinter Muffin. Rosie darf nicht stehen bleiben und grasen. Den Reiter, bei dem sie das zuletzt getan hat, haben wir unterwegs verloren.«

Ein schiefes Grinsen breitete sich auf seinem Gesicht aus, dann blickte er wieder zu Jillie, die ihn strahlend anlächelte. Erneut tippte er sich an den Hut, bevor er das Pferd wendete und zur Mitte der Kolonne aufschloss. Kim richtete den Blick auf ihre sogenannte Freundin.

Was geht hier vor sich?

Sie sprach die Frage nicht aus. »Ganz reizend, Jillie. Jetzt wissen alle, dass ich eine Anfängerin bin.«

»Schätzchen, dass du Anfängerin bist, haben alle von dem Moment an gewusst, als du deinen Fuß in Sneakers in den Steigbügel geschoben hast.«

»Haha!« Kim ließ den Blick zu der Gruppe von Pferden vor sich wandern. Was konnte sie denn dafür, dass sie keine Reitstiefel besaß? Ihre Skechers waren das sportlichste Paar Schuhe, das sie besaß.

»Ist er nicht süß?«, fragte Jillie über die Schulter, den Blick auf den Cowboy geheftet.

»Was? Wer?«

»Mack.«

Mack? Wann hast du denn mit dem so innige Bekanntschaft geschlossen, meine Liebe?

»Oh. Ja. Vermutlich.« Für einen Cowboy jedenfalls. Sie schnaubte verärgert. Ihrer begrenzten Erfahrung nach waren Cowboys nicht süß. Sie waren ungepflegt und schmutzig, ungehobelt und unhöflich.

»Der andere ist auch ganz schnuckelig, findest du nicht?«

Der andere? »Wer?« Allmählich kam sie sich vor wie eine Schallplatte mit Sprung.

»Du weißt schon. Thad Winchester. Der Cowboy ganz weit vorn, der uns den Berg hinaufführt.«

Sie warf einen flüchtigen Blick auf das Pferd an der Spitze. Ach ja! Thad Winchester. Eigentümer der Ranch und Bergführer der Extraklasse. Sicher hatte er schon einen bleibenden Eindruck hinterlassen, bevor sie aufbrachen. Sie war gelinde gesagt nicht begeistert. Er war ungefähr so schnuckelig wie ein Stachelschwein und so schroff wie ein alter Grizzlybär. Zu geschäftsmäßig. Vor dem Ausritt hatte er Befehle gebrüllt, dass man glauben konnte, sie würden sich bereitmachen, um in den Krieg zu ziehen oder so was.

»Also, was hältst du von ihm?«, fragte Jillie.

»Ich halte gar nichts von ihm.«

»Ach komm, Kim, du weißt, was ich meine.«

Kim verdrehte die Augen. »Schätze, er ist so zäh wie ein altes Gürteltier. ›Schnuckelig‹ ist so ungefähr das Letzte, was mir bei seinem Anblick einfällt.«

Jill beachtete sie nicht weiter. »Mack sagt, sie sind gute Kumpels. Vielleicht können wir nach dem Ausritt zu viert …«

Kim hob die Hand. »Langsam, Jillie. Tu mir das bitte nicht an. Wenn wir hier fertig sind, habe ich ein Date mit einem heißen Schaumbad und einem halben Liter Karamelleis. Versuch bloß nicht, mich mit der einen Hälfte des Gespanns von Cowboys und Hengsten aus Durango zu verkuppeln.«

Jillie wandte sich im Sattel zu ihr um. »Aber sie sind Cowboys, Kim. Waschechte Cowboys.«

»Vergiss es!«

Kim interessierte sich nicht die Bohne für irgendwelche Cowboys. Anzug, Krawatte und Budapester zog sie jederzeit vor. Ihr gefielen Männer, die nach Aftershave, neuem Leder und blitzsauber nach Seife dufteten. Sie mochte Männer, die schnittige, glänzende und glatt polierte Sportwagen fuhren. Nicht solche, die auf dem Rücken eines Tieres saßen.

Kim sehnte sich nach Manieren. Raffinesse. Einem schimmernden Diamanten. Vorzugsweise einem mit Rosen im Arm.

Und Thad Winchester entsprach einfach nicht ihren Anforderungen.

★

»Schön, nicht wahr?«, flüsterte Jillie einen Moment später.

»Ja.«

Augenblicklich hörte Kim auf, sich zu fürchten. Der Anblick, der sich ihnen bot, war wirklich schön. Unter ihnen lag das Tal, das sie eine Stunde zuvor verlassen hatten. Grün und Braun in verschiedenen Schattierungen vermischten sich mit einem Kaleidoskop von Wildblumen. Von oben rundete der hellblaue Nachmittagshimmel das Bild perfekt ab, und zu beiden Seiten erhoben sich majestätisch die Berge. Sie konnte nicht leugnen, dass die Aussicht atemberaubend war. Auch wenn sie sich eindeutig von den grünen Weiden in Kentucky unterschied, mit denen sie aufgewachsen war und die eine ganz eigene Schönheit besaßen. Sie war beinahe froh, dass sie hergekommen waren.

»Ich kann immer noch nicht fassen, dass du mich überredet hast. Wenn ich hier lebend rauskomme, bist du mir einiges schuldig.«

»Okay, ich lade dich zum Dinner ein.« Jillie lächelte Kim an. Als Mack angeritten kam, schweifte ihr Blick ab.

»Ein bisschen schneller bitte, Ladys«, befahl er und lächelte Jillie breit an.

»Geht klar«, antwortete sie.

Er blinzelte Kim zu und wendete geschickt sein Pferd. »Gut. Bleiben Sie hintereinander, solange Thad uns den Berg hinunterführt.« Er musterte Kim. »Und immer dran denken, Ma'am: Lehnen Sie sich im Sattel zurück und überlassen Sie Rosie die Arbeit.« Erneut wendete er und machte sich auf den Weg zur Mitte der Gruppe.

Kim bedachte ihn mit einem sarkastischen Lächeln und starrte Jillie gleich darauf wütend an. »Verdammt, hast du das gehört? Er hat *Ma'am* zu mir gesagt! In meinem ganzen Leben bin ich noch nicht Ma'am genannt worden, außer von meinen Schülern. Und ich wette, ich bin noch nicht mal so alt wie er.«

Jillie kicherte. »Reg dich nicht auf, Kim. Hier draußen ist jede Frau über zwölf eine Ma'am. Hat nichts mit dem Alter zu tun.« Sie schaute in die Ferne. »Da vorne sind sie. Ich reite voran, du mir nach.«

Kim ließ den Blick zu Cowboy Thad wandern, der sich anschickte, sie den Berg hinunterzuführen. Eins war sicher: Mit seinen langen, muskulösen Beinen, den schmalen Hüften und dem lumpigen Look sah er eindeutig aus wie ein Cowboy. Sie fragte sich, warum Jillie es nicht auf ihn abgesehen hatte. Er wirkte absolut echt. Doch dann dachte sie daran, wie er sie angestarrt hatte, als sie auf der Koppel beinahe vom Pferd gefallen war, und ein Schauer überlief sie. Er als Einziger hatte nicht gelacht. Im Gegenteil, er hatte empört gewirkt.

Der Typ soll sich bloß zusammenreißen.

In dem Augenblick, als Rosie den Kopf ins Gras senkte, richtete Kim ihre Aufmerksamkeit wieder auf den Ritt. Jillie überwand auf ihrem Pferd gerade die Anhöhe – die anderen waren bereits dahinter verschwunden. Rosies Kiefer mahlten, und sie scharrte mit den Hufen. Vor Angst wurde Kim flau im Magen. Thad Winchester war vergessen.

Ich soll das Pferd nicht grasen lassen.

Von Panik erfasst zog sie heftig an den Zügeln. Das Pferd rührte sich nicht vom Fleck. »Verdammt! Verdammte Rosie! Du kannst doch jetzt keinen Hunger haben.«

Jillies Kopf verschwand hinter dem Berghang.

Rosie fraß noch immer.

Kim erstarrte.

»Mist!«

Gleich darauf holte sie tief Luft, nahm all ihren Mut zusammen und zog noch einmal an den Zügeln. Fester dieses Mal. Ungerührt riss Rosie noch mehr Gras aus dem Boden, und die Zügel aus Leder schnitten in Kims Handflächen.

»Komm schon, Süße«, lockte sie. »Wir müssen Gas geben, Schätzchen. Wir wollen uns doch hier oben nicht verlaufen.«

Als alles Schmeicheln nicht half, zog sie noch einmal kräftig an den Zügeln, und Rosie hob den Kopf. Kim drückte dem Pferd leicht die Knie in die Seiten und zog fester. Nun setzte Rosie sich in Bewegung – aber rückwärts!

In Panik umklammerte Kim den Sattelknauf mit beiden Händen. Plötzlich blieb das Pferd stehen, und sie wusste einen Augenblick lang nicht, wie ihr geschah. Bis das Tier sich wieder rührte – diesmal vorwärts. Ein bisschen schneller als Kim lieb war, suchte es nach einem Schweif, in den es die Nüstern stecken konnte. Der Panoramablick über das Tal unter ihr, den sie kurz zuvor so geruhsam in sich aufgenommen hatte, flitzte jetzt verschwommen an ihr vorüber, denn Rosie war losgerannt wie der Blitz und galoppierte den Hügel hinauf.

»Oh, verdammter Mist!«

Sie wusste, dass sie in Schwierigkeiten war. Doch ihr blieb keine Zeit, darüber nachzudenken.

»Roo…sie … laaang…sam!«

Ihr schwirrte der Kopf.

Zieh an den Zügeln! Zieh! Zieh daran!

Die Worte hämmerten in ihrem Kopf, während sie in gefühlter Lichtgeschwindigkeit über den Boden der Rocky Mountains raste.

An den blöden Zügeln ziehen? Wo zum Teufel sind die denn geblieben?

Eine Baumgruppe flog vorbei, und sie riskierte einen Blick auf ihre Hände, mit denen sie krampfhaft den Sattelknauf umklammerte, auf die Zügel, die sie um die Finger gewickelt hatte, auf die zehn perfekt manikürten Fingernägel, die sie in die Handballen gegraben hatte. Schmerzhaft. Sie konnte sich nicht bewegen. Rosie raste jetzt blitzschnell den Hügel hinunter.

Alles um sie herum kam ihr widersprüchlich vor, wie Zeitlupe ohne Ton und schneller Vorlauf gleichzeitig. Inzwischen war die Reihe von Pferden vor ihr beim Klang ihrer Schreie stehen geblieben. Jemand kam den Hügel herauf auf sie zugestürmt und rief etwas. Sie konnte nicht sagen, wer es war und was er sagte. Es war ihr auch völlig egal. Sie wusste nur, dass sie sich gut festhalten und darum beten musste, es bis ans Ende der Gruppe zu schaffen.

Mit heiler Haut.

Sie kam sich vor wie ein Fisch, der über einem bockenden Bronco hängt – und sie wusste, das war kein schöner Anblick.

Und wenn diese Sache hier zu Ende war, würde sie Jillie Abernathy dafür umbringen, dass sie sie in diese gottverlassene hinterste Provinz von Colorado geschleppt hatte. Auch wenn sie ihre beste Freundin war.

Kim versuchte, den Frosch im Hals loszuwerden. Ärgerlich schnaufend nahm sie mehrere tiefe Atemzüge. Plötzlich wurde ihr schwindelig … und ein bisschen übel. Sie würde es nicht schaffen.

»Lehnen Sie sich im Sattel zurück!«, rief jemand. »Und halten Sie durch!«

Nur – noch – ein – paar – Meter.

Gute alte Rosie … Schnurstracks rannte sie auf Muffins Schweif zu und fand sofort ihr Ziel.

Bedauerlicherweise galt das nicht für Kim.

Alles um sie herum verschwamm, als sie über den Hals des Pferdes sauste und in wenig schmeichelhafter Haltung mit einem Plumps vor Rosies Vorderhufen auf dem Po landete.

Hufen?

Oder waren das … Stiefel?

Benommen schüttelte Kim den Kopf und sah noch einmal hin.

Stiefel. Definitiv Stiefel.

Zwei schmutzige braune Stiefelspitzen waren das Erste, was sie sah, als die Staubwolken sich gelegt und sie auch ihr Hirn vom Dunstschleier befreit hatte. So weit wie möglich jedenfalls.

Verwaschene Jeans, leicht abgetragen und mit ausgefranstem Saum, schmiegten sich eng an die staubigen Stiefel. Sie ließ den Blick aufwärts wandern und sah, dass sich die Wranglers über feste, muskulöse Oberschenkel spannten. Ein geflochtener Ledergürtel mit einer Schnalle aus angelaufenem Silber und Türkis war durch die Schlaufen seiner Jeans gezogen. Er trug ein Westernhemd aus Denim mit perlmuttfarbenen Druckknöpfen. Er hatte die Hände zu Fäusten geballt und in die Hüften gestemmt. Die Hemdsärmel waren hochgekrempelt und entblößten feine dunkle Haare auf gebräunten Unterarmen.

Sie schluckte. In der Magengrube verspürte sie ein merkwürdiges Ziehen.

Blinzelnd hob sie die Hand, legte sie schützend über die Augen und versuchte, sein Gesicht zu erkennen. Hinter ihm schien grell die

Sonne und spiegelte das helle Blau des Nachmittagshimmels wider. Alles, was sie erkennen konnte, war ein dunkler Schatten mit einem schwarzen Cowboyhut darüber.

Und alles, was sie hörte, war der tiefe Klang seiner Stimme, die durch Berg und Tal hallte.

»Was zum Teufel haben Sie mit meinem Pferd angestellt?«

Sein Pferd? Was bitte hat Ihr edles Pferd mit mir angestellt?

Kim sprang auf die Füße.

Ihr letzter zusammenhängender Gedanke war, dass Cowboy Thad irgendwie sauer wirkte. Dann explodierten in ihrem Kopf weiße Lichter, und gleich darauf versank sie in Dunkelheit.

★

Kaum hatte Thad Winchester die vorlaute Blondine erblickt, die auf der alten Rosie sicheren Halt zu finden versuchte, da wusste er auch schon, dass es ein langer Nachmittag werden würde. Er wusste es, weil er und Mack all das schon oft gesehen hatten. Es war der Grund, warum er darauf bestand, dass sie sich in Zukunft auf Wanderritte beschränkten. Denn dann konnten sie dafür sorgen, dass nur erfahrene Reiter zu ihren Touren zugelassen wurden.

Und er würde sich nicht mehr mit hübschen Touristinnen herumschlagen müssen, die es zum Brüllen komisch fanden, die Cowboys zu begaffen und einen Nachmittag lang Annie Oakley und Buffalo Bill zu spielen.

Also gut, er sollte sich nicht so anstellen. Als Mack vorgeschlagen hatte, die Ranch für Ausritte und lange Wanderritte zu öffnen, hatte er sich zunächst dagegen gewehrt. Er war Rancher, sonst nichts. Sein Vater hatte niemals zu anderen Mitteln gegriffen, um den Lebensunterhalt für die Familie zu verdienen. Warum auch? Doch die Zeiten hatten sich geändert, und heute musste ein Rancher tun, was ein Rancher eben tun musste, um sich über Wasser zu halten. Und weil die Viehpreise am Boden waren und die Gegend um Durango heutzutage viele Touristen anzog, war er nach gründlichem Nachdenken zu dem Schluss gekommen, dass er mit etwas Muskelkraft und guter Planung ein lukratives Nebengeschäft aufziehen konnte.

Doch es war viel mehr daraus geworden. Sie machten ziemlich fette Gewinne. Und Thad hatte sich zu einem guten Geschäftsmann entwickelt. Drei Jahre nach dem Start nahm er das Geschäft sehr ernst.

Darum hasste er es, unerfahrene Reiter auf seinen Pferden zu sehen. Und warum in aller Welt mussten sie immer lügen und so tun, als hätten sie Erfahrung im Sattel? Er würde es nie verstehen. Merkten sie nicht, dass sie es sich nur selbst schwer machten?

Und allen anderen auch.

Wie die Blondine. Er hatte sie zu Mack sagen hören, dass sie in ihrer Jugend regelmäßig geritten war. Dass Daddy sie zweimal im Jahr auf einem Pony um den Reitplatz geführt hatte, bedeutete nicht, dass sie reiten konnte. Er hatte mal wieder ein Hühnchen mit Mack zu rupfen. Wenn er ein hübsches Gesicht sah, glaubte er einfach alles, nahm jedes Wort für bare Münze.

Und darum hatte er die hübsche Blonde auf Rosie gesetzt. Rosie war ein großes Pferd, zu groß für die kaum einssechzig große Frau. Außerdem war die Stute an Leute gewöhnt, die zumindest mit den Zügeln umgehen konnten.

Er hatte von Anfang an gewusst, dass es Schwierigkeiten geben würde. Und nun stand er da und starrte auf sein blondes Problem herab, als hätte er kein anderes.

Kapitel 2

»Kim! Wach auf!«

Jemand rüttelte an ihrer Schulter. Jillie? Verdammt, warum ließ sie sie nicht einfach schlafen, bis dieser Albtraum vorüber war?

Sie fasste sich ins Gesicht und versuchte, die Spinnweben wegzuwischen. War sie etwa ohnmächtig geworden? Das Letzte, woran sie sich erinnerte, war, dass sie sich über Rosies Hals geworfen hatte wie eine Turnerin bei den Olympischen Spielen über das Seitpferd.

Nein, das war nicht das Letzte, woran sie sich erinnerte.

Sie schlug die Augen auf. Unter einem Hut hervor erwiderten pechschwarze Augen ihren Blick. Ihr Geist und ihr Körper schalteten gleichzeitig in den Alarmmodus.

Kim sprang auf, verärgert, weil sie sich diese Blamage selbst eingebrockt hatte.

»Setzen Sie sich.« Große Hände drückten sie zurück auf den Boden. Bevor sie wusste, wie ihr geschah, betasteten diese Hände fachmännisch ihre Beine und glitten daran hinauf und wieder hinunter, als suchten sie etwas.

Sie wich zurück und versuchte, ihn wegzustoßen. »Was um Himmels willen tun Sie da?«

Er bekam einen Fuß im Tennisschuh zu fassen und hinderte sie daran, weiter nach ihm zu treten. »Hören Sie auf!« Er hockte sich neben sie. »Der Fuß ist nicht gebrochen, so viel ist sicher, aber was ist mit den Armen?«, fragte er barsch. Dann ließ er sie los. Kim zog die Beine unter sich.

»Mit meinen Armen ist alles in Ordnung. Schluss jetzt!« Sie war nicht verletzt, und er sollte einfach verschwinden. Jemand lachte, als der letzte Rest ihrer Würde unter der unsanften Behandlung verschwand.

»Lassen Sie mich mal sehen!«

Grob packte er sie am Oberarm und zwang sie, den Arm auszustrecken. Mit schwieligen Händen fuhr er über ihre glatte Haut bis zu der Stelle, an der der Ärmel ihres Shirts begann. Dann prüfte er den anderen Arm. »Ich glaube, hier ist alles okay. Was ist mit Ihrem Kopf?«

»Mir gehts gut.« Sie rieb sich die Stirn. »Nur eine kleine Beule.« Vermutlich war sie nur deshalb ohnmächtig geworden, weil sie hyperventiliert hatte, während sie den Hügel hinuntergerast war. Den Kopf hatte sie sich dabei kaum gestoßen – wenn überhaupt. Sie erinnerte sich jedoch, dass sie bei dem schnellen Ritt hektisch geatmet hatte. »Es ist diese verdammte dünne Luft hier oben.«

»Hat Ihr Hintern was abgekriegt?«

Ihre Wangen wurden heiß. Kim stand auf und wischte sich den Staub von besagtem Hintern. »Mir gehts gut. Meinem Hintern gehts gut. Vielen Dank. Wir können jetzt weiter.«

Zum ersten Mal trafen sich ihre Blicke. Seine dunklen, fast schwarzen Augen, vor der Sonne zu Schlitzen verengt, funkelten sie an und wirkten so undurchdringlich wie Stahl. Dichte dunkle Brauen beschatteten diese Augen und verstärkten noch den wütenden Ausdruck darin. Ein buschiger Schnurrbart bedeckte seine Oberlippe. Das kurze schwarze Haar unter dem Hut war an den Schläfen von silberfarbenen Strähnen durchzogen. Sein gebräuntes Gesicht wirkte auf attraktive Weise wettergegerbt.

Sie schluckte. Das hier war wirklich ein Cowboy.

»Dann steigen Sie wieder auf Ihr Pferd.« Rasch trat er einen Schritt zurück.

»Nein danke. Ich führe es lieber an den Zügeln.«

Thad zuckte zusammen und starrte sie zornig an. »Das glaube ich kaum.«

Allmählich kehrten ihre Kräfte zurück. Obwohl sie wusste, dass es ziemlich dumm war, den Mann herauszufordern, griff sie nach Rosies Zügeln und trat einen Schritt vor. »Sie sind verrückt, wenn Sie glauben, dass ich mich noch mal auf dieses Pferd setze.«

Seine Augen wurden noch schmaler, er schnaubte verächtlich und plötzlich nahm er ihr einfach die Zügel aus der Hand. »Und ob Sie das tun werden! Sie steigen auf diese Stute und reiten. Geben Sie mir Ihren Fuß.«

Nun war es Kim, deren Augen schmal wurden. »Nein!«

Seine Stiefelspitzen schoben sich zwischen die Kappen ihrer Tennisschuhe. »Lassen Sie es mich so sagen, Missy. Stellen Sie sich einfach vor, Sie liegen unter fünfhundert Kilo Pferdefleisch begraben. Dann ändern Sie garantiert Ihre Meinung. Und jetzt sitzen Sie auf. Ich muss mich an den Zeitplan halten.«

Missy? So eine Frech…

Sie war drauf und dran, ganz allein den Berg hinunterzustapfen. Zur Hölle mit Pferden und Reitern und Cowboys und sogar mit Jillie … Doch dann dachte sie darüber nach, was er gesagt hatte. Sie blickte Rosie an, dann den Berg hinunter. Sie hatten noch einen langen Weg vor sich, und das Gefälle war ziemlich steil. Langsam drehte sie sich zu Thad Winchester um. Wie gern hätte sie sich das hier erspart.

»Okay. Aus dem Weg. Und wenn Rosie wieder so anfängt, bringe ich sie direkt zum Pferch zurück.«

Thad fuhr sich mit der rechten Hand über Kinn und Mund. Grinste er etwa? Dann rieb er sich die Lippen, als dächte er nach … was sie noch nervöser machte. Auf einmal wurde ihr ganz heiß. Lachte er sie aus?

Jillie war vom Pferd gestiegen und stieß Kim den Ellbogen in die Rippen. »Komm schon, mir nach. Rauf auf den Gaul!«

Kim sah, wie sie den Blick zwischen Thad, Mack und ihr hin- und herwandern ließ.

»Gut. Bleib du mit deinem Pferd vor mir«, blaffte Kim und war auch auf Jillie in diesem Moment nicht besonders gut zu sprechen.

»Okay. Und jetzt komm.«

Kim riss Thad die Zügel aus der Hand und drehte sich zu ihrem Pferd um. Sie streckte sich, um den linken Fuß in den Steigbügel zu stellen. Sobald sie das Metall unter dem Fuß spürte, stieß sie sich vom Boden ab, und wieder fühlte sie eine starke Hand an ihrem Po. Es war beinahe ein Klaps! Dieses Mal ließ sie sich gekonnt im Sattel nieder, drehte sich um und heftete den Blick auf den Mann neben sich. Aus der Menge stieg ein leises Kichern auf. Sie spürte, wie die kleine Vene in ihrem Nacken zu pulsieren begann … und wie von dort aus Röte über ihren Hals kroch und sich auf den Wangen ausbreitete.

Sie hielt seinem Blick stand. »Freundchen, mach das nicht noch mal. Kapiert?«

Thad straffte die Schultern und starrte zurück. In seinem Gesicht zuckte kein Muskel. »Absolut.«

Blödmann.

Kim sah, wie er mit großen Schritten zur Spitze des Pulks marschierte und auf ein schönes, cremefarbenes Pferd stieg. Ohne zurückzublicken, sorgte er dafür, dass der Zug sich in Bewegung setzte. Sie biss die Zähne zusammen und umklammerte die Zügel, während ihr Blick die ganze Zeit an der Rückseite von Thad Winchesters Körper klebte. Sie konnte nichts dagegen tun.

Sie achtete nicht im Geringsten darauf, wo Rosie ihre Nüstern hineinsteckte.

★

Kim warf das Bein über Rosies Rücken und ließ sich vom Pferd gleiten. Jeder Muskel in ihrem Rücken war angespannt, und ihre inneren Oberschenkel brüllten vor Schmerz bei dem Versuch, normal zu stehen. Sie ging auf Jillie zu und sah, wie sie Muffin sanft über den Hals strich und das grobe Fell rund um das Zaumzeug kraulte. Die Stute wieherte leise, und Jillie drehte sich um, um sie wegzuführen, nicht ohne ihr einen flüchtigen Kuss auf die Wange zu drücken.

Kim verzog das Gesicht.

»Ich schätze, wir müssen Muffin und Rosie in die Scheune bringen.« Jillie wandte sich um und blickte Kim an.

»Das übernehme ich.« Neben Kim war Mack aufgetaucht, wieder ein Grinsen von einem Ohr zum anderen. Kim verdrehte die Augen, als Jillie zurücklächelte.

Ich muss hier jetzt wirklich raus. Bitte, Jillie, überlass die Pferde ihm.

»In Ordnung«, sagte Jillie, den Blick auf Mack gerichtet.

Als die beiden die Pferde zur Scheune führten, folgte Kim ihnen nicht.

Jillie hat ihren Cowboy jedenfalls gefunden.

Die beiden verschwanden in den Tiefen der Scheune, und Kim stand einfach da, blickte sich um, wartete und wollte nichts wie raus aus Dodge City. Plötzlich kam Thad Winchester mit großen Schritten aus der Scheune heraus und blieb abrupt stehen, als er sie sah.

Beinahe wäre sie in die entgegengesetzte Richtung herumgewirbelt, doch ihre Blicke trafen sich, und keiner wollte sich als Erster abwenden. Irgendwie knallte es immer zwischen ihnen. Ärger? Wahrscheinlich. Sie nahm an, dass er es nicht leiden konnte, wenn man ihm in die Quere kam. Nun, das Gefühl beruhte auf Gegenseitigkeit. Doch es war nicht nur der kritische Blick aus schmalen Augen, mit dem er sie musterte … die Luft zwischen ihnen schien vor Spannung geradezu zu knistern. Und auf einmal war sie nicht mehr sicher, ob es wirklich Abneigung oder Zorn war. Die Spannung wirkte … sie war beinahe …

Sinnlich.

Kim wandte den Blick ab. Sie ging ein paar schnelle Schritte rückwärts und stieß gegen ein Gatter. Sie drehte sich wieder um, machte sich geradeaus auf den Weg zum Parkplatzgelände und fragte sich, warum ihr vor Aufregung flau im Magen war.

»Nein«, flüsterte sie. »Nein. Das ist nur ein Cowboy, der vielleicht scharf auf mich ist. Wegen dem fühle ich mich nicht so.«

Sie versuchte, das Gefühl abzuschütteln, ging schnell zu ihrem Mietwagen und versuchte zu vergessen, wie dieser Cowboy einen Augenblick zuvor ausgesehen hatte. Sie musste es vergessen. Jetzt. An etwas anderes denken. Vergessen, wie sich seine Hände angefühlt hatten, als er ihr über Arme und Beine rieb. Nicht beachten. An etwas anderes denken. Diesen fürchterlichen Nachmittag vergessen. Er konnte gar nicht schnell genug vorbei sein.

Mit mürrischem Gesichtsausdruck riss sie die Autotür auf. Ausreiten war das Letzte, was sie in diesem Leben noch einmal tun würde.

Nie wieder.

Sie ließ sich auf den Beifahrersitz fallen, streifte die Schuhe ab, stützte die Füße auf das Armaturenbrett, lehnte sich ans Fenster und schloss die Augen.

»Sie hat jetzt endlich ihren Cowboy«, murmelte Kim und dachte an Jillie. »Nicht, dass ich einen will, oh nein! Ganz bestimmt nicht! Cowboys sind primitive, widerwärtige Neandertaler. Ein Mann im Anzug dagegen – jederzeit.«

Sie atmete aus. Langsam.

Sie hasste es, angeschrien zu werden. Hasste es, sich zu blamieren. Hasste es, wenn Männer arrogant waren. Und mehr als alles andere hasste sie es, sich unzulänglich zu fühlen. Warum hatte sie sich nur von Jillie zu dieser Sache überreden lassen?

Nun, Gott sei Dank war es jetzt vorbei.

Mit Daumen und Zeigefinger rieb sie sich die Nasenwurzel und versuchte, den leichten Schmerz zu bekämpfen, der gerade hinter ihren Augen entstand. Nervosität. Sie musste hier raus.

Wo ist Jillie?

Sie spähte aus dem Fenster und sah, wie Mack ihrer besten Freundin über den Pferch hinweg zum Abschied winkte. Jillie winkte zurück und drehte sich dann zum Auto um – lächelnd. Lächelnd! Ständig lächelten sie sich an. Es war widerwärtig. Kim legte sich die Hand auf den Bauch, schloss die Augen und drückte sich fester an das Fenster.

Eingeschlafen. Sie würde so tun, als wäre sie eingeschlafen. Sie und Jillie konnten über diese Geschichte reden, wenn sie wieder im Hotel waren. Sie war nicht in der Stimmung, sich noch einmal herunterputzen zu lassen. Sie schloss wieder die Augen und versuchte, sich an das kühle Fenster gelehnt zu entspannen.

Der Wagen schaukelte, als Jillie sich neben ihr niederließ. Kim gab vor, sie nicht zu bemerken. Röhrend sprang der Motor an, und sie rollten die Kiesauffahrt hinunter. In diesem Moment konnte sie an nichts anderes denken als daran, was sie tun würde, wenn sie wieder im Hotel waren.

Ein Bad. Ein ausgiebiges, heißes Schaumbad. Dann die Maniküre auffrischen; bei ihrem Sturz hatte sie sich einen Nagel abgebrochen. Und danach vielleicht den Zimmerservice rufen und einen hübsches, langes Schläfchen halten. Und träumen würde sie natürlich von nach würzigem Eau de Cologne duftenden Männern in Anzügen. Männer, die sich rasierten und regelmäßig badeten. Männer, die ihr Champagner und Rosen mitbrachten.

Rosen. Oh ja! Sie liebte Rosen.

Sie lächelte.

Keine Männer, die nach Schweiß, Dreck und rohem Leder rochen.

Der Wagen erbebte, als sie über eine Bodenwelle fuhren. Sie rumpelten über die holprige Schotterpiste, und Kim ertappte sich dabei, dass sie tatsächlich schläfrig wurde. Das Dröhnen des Motors lullte sie, die nach den Ereignissen des Nachmittags ohnehin erschöpft war, bald so ein, dass sie fast nichts mehr von ihrer Umgebung mitbekam. Ihr letzter Gedanke war, dass sie in ihrem ganzen

Leben kein Pferd und keinen Cowboy mehr sehen wollte. Nie mehr. Dann schlummerte sie ein. Vor ihrem geistigen Auge tauchte Thad Winchesters attraktives Gesicht auf.

★

Mit einem Ruck kamen sie zum Stehen. Kim öffnete die Augen und setzte sich auf. Erschöpft blickte sie Jillie an.

»Gott sei Dank! Ich brauche ein Bad.« Sie gähnte. Die Abenddämmerung brach herein, und sie konnte es kaum erwarten, sich auf die kühlen, sauberen Laken in ihrem Hotelzimmer zu werfen.

Jillie lächelte schwach. »Äh … na ja … also …«

Erneut schloss Kim die Augen, streckte die Arme über dem Kopf aus und beugte sich erst nach links, dann nach rechts und versuchte vorsichtig, ein paar verspannte Rückenmuskeln zu lockern. Laut ausatmend ließ sie sich wieder gegen die Rückenlehne fallen und öffnete die Augen, um Jillie anzublicken.

Die saß noch immer neben ihr und musterte sie.

Sie legte die Hand auf den Türriegel. »Komm, gehen wir. Je weiter ich die Erinnerung an die letzten zwei Stunden hinter mir lassen kann, desto besser. Ich habe heute Abend etwas vor.« Kim wusste, dass Jillie sie gehört hatte, aber sie blickte an ihr vorbei aus dem Fenster. Ein besorgtes Lächeln lag auf ihren Lippen, und endlich schaute sie sie direkt an. – »Ich habe meine Pläne geändert.«

»Ach ja?«, sagte Kim und schnaubte aufgebracht. »Meine Pläne kennst du noch nicht mal.«

Jillie schüttelte den Kopf. »Macht nichts.« Wieder ließ sie den Blick aus dem Fenster wandern.

Inzwischen war Kim hellwach. Irgendetwas war hier seltsam. Nun schaute auch sie aus dem Autofenster. Sie atmete tief ein, hustete, und ihre Augen begannen zu tränen. »Oh mein Gott!«, flüsterte sie, wischte sich mit dem Handrücken über die Augen und sah noch einmal genauer hin.

Da war kein Hotel. Und auch kein Durango.

Da war nur ein großes, altes Ranchhaus, das sich über mehrere hundert Quadratmeter zu erstrecken schien, etliche Scheunen und eine Koppel voller Pferde.

Pferde!

Sie drehte sich um und fragte: »Was ist das?«

Jillie biss sich auf die Unterlippe und riss die Augen auf. Erneut wandte Kim sich dem Fenster zu. Sie spürte, wie ihre Augen größer wurden und ihr Ärger hochkochte.

Cowboys!

Mack kam auf den Wagen zugeschlendert.

Und hinter ihm stand der Cowboy ihrer Albträume. Thad Winchester.

»Nein.« Energisch schüttelte Kim den Kopf. »Nein. Sag, dass das nicht wahr ist.«

Jillie zog am Riegel der Autotür. »Vertrau mir, Kim. Es ist doch nur Spaß. Also, das da drüben ist Mack, stimmts? Und ist der da hinter ihm nicht Thad Winchester? Nicht zu glauben«, neckte sie sie nervös. »Du hältst den Mund, okay? Steig aus, sei ruhig und lass mich das Gespräch führen.«

Ruhig sein? Jetzt? Na warte, wenn ich dir endlich die Hände um den Hals legen kann …

Jillie ließ Kim allein im Auto sitzen und knallte die Fahrertür zu.

»Was zum …?« Mit einem Ruck stieß Kim die Beifahrertür auf und fiel beinahe aus dem Wagen. »Verdammt, wovon redest du überhaupt?«

»Pst!« Jillie warf ihr einen warnenden Blick zu.

Mack und Thad kamen auf sie zu, die Köpfe geneigt und mit gesenkten Stimmen ins Gespräch vertieft. Oh nein! Bitte nicht noch einen Zusammenstoß mit diesem Mann. Sie schlüpfte hinter Jillies breitere Silhouette, den Blick auf den Boden geheftet und hoffend, dass die hereinbrechende Dämmerung sie vor den Blicken der Cowboys schützte.

Vielleicht konnte sie sich unsichtbar machen.

Und links von ihr stand ein weiteres Pärchen, mit Rucksäcken und Reisetaschen, und trug der Bursche da etwa einen Sattel unterm Arm?

Oh Mann, sie waren geliefert. Jillie konnte sich den Weg beschreiben lassen, oder vielleicht würde Mack sie beide zum Hotel bringen. Hoffentlich bemerkte dieser schwere Brocken von einem Mann da drüben sie nicht. Jillie würde sie bestimmt in Schutz nehmen. Sie wusste, was Kim heute durchgemacht hatte. Sicher handelte es sich hier um einen grässlichen Irrtum.

Kim riskierte einen flüchtigen Blick. Das Einzige, was sie sah, war das breite Grinsen, mit dem Mack Jillie anstrahlte. Er lachte in sich hinein und wirkte stolz wie ein Pfau. Was überhaupt keinen Sinn ergab. All ihre Hoffnungen stürzten in sich zusammen.

Sie wagte einen weiteren Blick auf Thad. Sein Gesicht war hinter einem Klemmbrett verborgen, und er schrieb etwas auf ein kleines Stück Papier, das darauf befestigt war. Plötzlich dröhnte seine Stimme über den Pferch hinweg. Er blickte nicht auf und kritzelte noch immer, während seine volle Stimme ertönte.

Alle Leute in der Nähe schienen ihm zuzuhören.

»Thad Winchester, das bin ich. Und das hier ist meine Ranch, *The Flying W.*« Er deutete nach links. »Mack Montgomery ist mein Vorarbeiter. Wofür Sie sich angemeldet haben, ist ein zweiwöchiger Wanderritt zur Starvation Gulch. Wir reiten frühmorgens los, und von jedem wird erwartet, dass er seinen Beitrag leistet. Jeder von uns hat Aufgaben zu erledigen. Also, sehen wir mal, wer da ist.«

Er rief einen Mann auf. Der Bursche mit dem Sattel antwortete. Kim blickte sich um. Was war das? Hatte er Wanderritt gesagt? Starvation Gulch?

Er rief noch jemanden auf. Keine Antwort. Und noch einen. Konnte er nicht einfach aufblicken? Dann nannte er den Namen einer Frau. Die Partnerin des Typen mit dem Sattel meldete sich:

»Hier!«. Als Nächstes wurde Thelma Hopkins aufgerufen. Schweigen. Dottie James. Jillie trat vor. Kim, die sich an Jillies Rücken gelehnt hatte, strauchelte und näherte sich den Männern ein wenig, ohne es zu wollen.

Sie als verwirrt zu bezeichnen wäre untertrieben gewesen.

Die Worte sprudelten aus Jillies Mund. »Mr Winchester, Thelma ist meine Großmutter. Dottie ist ihre. Sie haben es nicht zu der Tour geschafft, und weil sie bereits bezahlt hatten, haben sie uns an ihrer Stelle geschickt. Sie müssten dazu letzte Woche eine E-Mail bekommen haben. Haben Sie doch, stimmts? Also, jetzt sind wir jedenfalls hier und Dottie und Thelma nicht. Ich hoffe, das ist okay so.«

Kim blieb der Mund offen stehen. Sicher machte sie Witze. Sie kniff Jillie in den Rücken und weigerte sich, das Wort Panik in ihren Verstand dringen zu lassen.

Sie linste hinter Jillie hervor, als Thad Winchester endlich den Blick von seinem Klemmbrett löste und Jillie ansah. Seine Augen wurden schmal, dann atmete er tief durch. Langsam drehte er sich zu Mack. »Du weißt darüber Bescheid.« Es war keine Frage.

Mack schob die Hände in die Hosentaschen und scharrte mit den Stiefelspitzen. Er nickte. »Thelma Hopkins hat angerufen und storniert. Schätze, die E-Mail ist im Junk-Mail-Ordner untergegangen oder so.« Offen blickte er Thad in die Augen.

Kim zitterte. Jeder hätte es gesehen, wenn sie Jillie in diesem Moment wegen der absurden Idee zur Rede gestellt hätte, dass sie beide sich auf einen Wanderritt begaben. Nur wenn Thad endlich gehen würde, könnte sie ihr diese lächerliche Sache ausreden und ihn dazu bringen, sie – Kim – ins Hotel zu fahren. Sollte Jillie doch machen, was sie wollte.

»Wo ist Ihre Ausrüstung?«

Jillie trat noch einen halben Schritt auf die Männer zu. Erneut stolperte Kim. »Äh … Ausrüstung? Na ja, also … äh … in Portland, glaube ich. Unser Gepäck ist auf dem Flug verloren gegangen.

Alles, was wir haben, tragen wir auf dem Rücken. Können Sie uns vielleicht aushelfen? Wir hatten keine Zeit mehr, etwas zu kaufen …«

Fasziniert von Jillies Lügengeschichte hatte Kim nicht bemerkt, dass Thad Winchester zwei Schritte auf sie zugegangen war. Und den leichten Druck seiner Finger auf ihrem Oberarm spürte sie erst, als es zu spät war.

»Verdammt, Mack«, schnaubte er verärgert und musterte sie argwöhnisch. »Was zum Teufel ist hier eigentlich los?«

Erschrocken riss Kim sich los und sah ihm direkt ins Gesicht. Um Thads dunkle Augen erschienen winzige Fältchen, während er den Blick in Kim zu bohren schien. Und genau in diesem Moment beschloss sie, nicht mehr zu schweigen.

»Keine Sorge«, sagte sie sarkastisch. »Ich habe darauf genauso wenig Lust wie Sie. Finden Sie einfach jemanden, der mich nach Durango bringt, und wir lassen die Turteltäubchen da in den Sonnenuntergang reiten. Auf einen flotten Vierer kann ich gut verzichten.«

Thad runzelte die Stirn.

Kapitel 3

Wütend starrte Thad die Blondine vor sich an. Ihm fiel nur ein Wort dazu ein: Ärger – ÄRGER in Großbuchstaben. Und vermutlich in mehr als einer Hinsicht. Er hatte das schon früher an diesem Nachmittag gedacht. Und jetzt wusste er es.

Unverblümt starrte er sie an, und sie zahlte es ihm mit gleicher Münze heim. Doch ihm fiel noch etwas anderes auf. Ihre blauen Augen wirkten kühl und gelassen, und obwohl sie schwer atmete, versuchte sie mit aller Macht, kein Anzeichen von Schwäche zu zeigen. sie wollte auf keinen Fall einen Rückzieher machen.

Und je länger er sie anstarrte, desto mehr Details nahm er war: die winzigen Schweißperlen, die sich an ihrem hübschen blonden Haaransatz gebildet hatten, und das nervöse Zittern ihrer Unterlippe. Er hatte das Gefühl, dass sie eine starke Frau war, eine, die fast immer ihren Willen durchsetzen konnte. Eindeutig eine anspruchsvolle Frau, vermutlich mit ziemlich viel Geld.

Sie war gebildet und hatte eine gute Erziehung genossen. Eine Frau, die manikürte Fingernägel zur Schau trug, Markensportschuhe und Edeljeans. Einen teuren Haarschnitt und ebensolchen Schmuck.

Wie gesagt. ÄRGER.

Doch in diesem Augenblick war sie vor allem eine Frau, die sich fehl am Platz fühlte. Sie fühlte sich unbehaglich und wollte raus aus der Situation. Sie war nicht der Typ Frau, der auf eine Ranch gehörte.

Nun, er würde dafür sorgen, dass ihr Wunsch erfüllt würde. Er hatte eine Ranch und ein Unternehmen zu führen. Er war stolz darauf, dass seine Abenteuerurlaube zu Pferd nichts für Leute mit schwachen Nerven waren. Seine Reisen boten schwere Kost: wilde Landschaften, primitive Camps und harte Arbeit. Da blieb ihm keine Zeit, eine Großstädterin zu verhätscheln. Egal wie attraktiv sie auch sein mochte.

Thad drehte sich um, ging auf Mack zu und nahm ihn beiseite. »Wir sagen die Reise ab. Bring alle zurück nach Durango.« Energisch setzte er sich in Richtung des Ranchhauses in Bewegung.

Mack hielt mit ihm Schritt. »Das kannst du nicht machen.«

Thad blieb stehen. »Und ob ich das kann. Ich bin hier der Boss, schon vergessen?«

Mack blinzelte. »Natürlich«, erwiderte er kühl. »Aber …«

Mit einer Drehung seiner Schulter schnitt Thad ihm das Wort ab. Er wusste, dass seine letzte Bemerkung unangemessen war. Er und Mack waren zusammen auf dieser Ranch aufgewachsen. Macks Vater war Vorarbeiter bei seinem Vater gewesen, und als die beiden das Zeitliche segneten und die Ranch auf Thad überging, kam es Mack nur natürlich vor, den Platz seines Vaters einzunehmen. Sie hatten immer eine Beziehung auf Augenhöhe gehabt, und Thad würde das nicht plötzlich ändern. Sie waren Freunde. Punkt.

Er ließ das Klemmbrett sinken und blickte zu Boden. »Hör zu, du weißt, dass ich es nicht so gemeint habe. Ich kann nur … ich glaube einfach, diese Frau sollte nicht hier sein, Mack. Mit ihr ist die Katastrophe vorprogrammiert. Ich habe doch gesagt, wir hätten in die Annonce schreiben sollen, dass für diese Reise Erfahrung mit Pferden notwendig ist.« Er blickte Mack ins Gesicht.

»Warum?«, fragte der. »Du kennst die Wege, und die Pferde kennen sie auch. Sie lernt schnell, also wird sie schon klarkommen. Außerdem nehmen die anderen Rancher auch unerfahrene Reiter mit. Wenn wir die Anfänger ausschließen, geht uns jede Menge Umsatz durch die Lappen.«

Thad wusste, dass er recht hatte, aber es war einfach nicht sein Stil. Warum sollten sie es genauso machen wie jeder andere in dieser Branche? Er schaute zu den beiden Frauen. Seit er heute Morgen einen flüchtigen Blick auf das wohlgerundete Hinterteil der Blondine erhascht hatte, als sie sich auf die gute alte Rosie geschwungen hatte, war ihm der Anblick nicht mehr aus dem Kopf gegangen. Irgendetwas an dieser Frau ärgerte und … faszinierte ihn.

»Ich weiß nicht, Mack. Sie wirkt so streitlustig. Wahrscheinlich bringt sie uns nichts als Scherereien. Du weißt doch, jeder Gast und jeder Cowboy muss sich einfügen. Ich bin mir nicht sicher, ob sie ein Teamplayer ist.«

Mack nickte verständnisvoll. »Sieh es doch mal so: Sie hatte einfach einen schlechten Tag. Ich glaube, sie kann es schaffen. Außerdem sieht sie ziemlich gut aus, findest du nicht?« Er stieß Thad den Ellbogen in die Rippen und musterte die beiden Frauen.

»Und wenn sie mitkommt, kommt auch ihre Freundin mit, die du schon den ganzen Tag anschmachtest …«

Mack lachte leise. »Okay, du hast recht. Aber was ist mit der Blonden? Willst du nicht …«

Thad schüttelte den Kopf. *Vergiss es!* Er wollte Mack gegenüber nicht zugeben, was ihm selbst schon aufgefallen war. Die Frau sah gut aus. Zu gut. Und das machte ihm die größten Sorgen. Als er und Mack dieses Geschäft aufzogen, hatten sie eine verbindliche Regel aufgestellt. Keine Affären mit Touristinnen. Das entsprach seinen eigenen Wertvorstellungen, und er hatte diesen Grundsatz auch Mack eingebläut. Die Blonde, egal wie streitlustig oder überheblich sie war, egal als wie fähig sie sich unterwegs auch herausstellen mochte – die Blonde war eine riesengroße Versuchung.

Riesengroß.

Als er sie das allererste Mal gesehen hatte, war er wie vom Blitz getroffen gewesen.

Das war ungewöhnlich.

Und ein großes Problem.

Er sah die beiden Frauen auf den Leihwagen zugehen. Sie schienen sich zu streiten. »Sie fühlt sich hier fehl am Platz.«

»Das gibt sich von allein.«

»Ich nehme sie nicht mit, Mack. Und du wirst ihre Freundin nicht vernaschen.«

Mack sah ihn an. »Denk noch mal darüber nach. Die beiden Frauen dort drüben bedeuten 2.800 Dollar. 2.800. Die kannst du dir nicht entgehen lassen.«

Thad schlug sich mit dem Klemmbrett auf den Schenkel und begab sich wieder auf den Weg zum Haus. Hinter ihm näherte sich ein weiteres Fahrzeug dem Pferch. Es hielt an, und der Motor wurde abgestellt. Thad drehte sich um. Zwei Männer, sehr viel jünger als er mit seinen vierzig Jahren, sprangen aus dem Jeep und nahmen ihre Ausrüstung von der Ladefläche.

Thad ging ein paar Schritte zu Mack zurück, nahm den Hut ab und fuhr sich mit den Fingern durch das zerzauste Haar. »Wer zum Teufel ist das?«

Mack nahm Thad das Klemmbrett aus der Hand und überflog die Liste der Reservierungen. »Aaron Johnson und Tim Rumer, nehme ich an. Die restlichen Teilnehmer des Wanderritts. Anwälte aus Indianapolis.« Er hielt Thad die Liste hin. »Sieh sie dir genau an, Thad. Vor dir stehen noch einmal zweitausendachthundert Dollar. Und dann die Leute da drüben. Das sind über zehntausend Dollar für zwölf Tage Arbeit. Lust, die in den Wind zu schießen, Herr Geschäftsführer?«

Thad zögerte einen Augenblick, dann schnappte er Mack die Liste aus der Hand und beobachtete schweigend, was sich vor ihm abspielte. Die beiden Männer waren zu den Frauen geschlendert. Einer von ihnen streckte lächelnd die Hand aus und begrüßte die Blondine. Thad fand, dass er sie etwas zu lange berührte. Er brauchte nur eine Sekunde, um die Lage einzuschätzen.

Es ist nur, weil das Vieh nicht mehr so viel einbringt wie früher. Weil das Dach der westlichen Schlafhütte ein Loch hat und repariert werden muss. Und weil Sarah nicht aufhört, neue Küchengeräte zu fordern. Nur darum würde er es tun. Aber er wusste, dass er sich selbst in die Tasche log. Den Blick auf Mack gerichtet, ging er auf die Gruppe zu. Das Klemmbrett schlug ihm gegen den Oberschenkel.

Er war neugierig auf diese Frauen: in mehr als einer Hinsicht.

Er blieb gerade lange genug stehen, um Mack ein paar Anweisungen zu geben. »Gib den Frauen Ausrüstung«, blaffte er. »Quartier sie in der östlichen Schlafhütte ein, die Männer in der westlichen. Sag Sarah, dass wir heute sechs Gäste zum Abendessen erwarten. Und sorg dafür, dass morgen früh eine verdammt zahme Stute für die Blondine bereitsteht. Ach was, am besten ist der Gaul halbtot.«

★

Kim nahm eine abgetragene Jeans von dem Stapel auf ihrer Schlafkoje, besah sie von allen Seiten und warf sie schließlich zu den anderen Klamotten, die sie bereits aussortiert hatte: zwei große, hässliche Westernhemden, ein T-Shirt, fadenscheinige Socken, einen Gürtel, ein viel zu großes Sweatshirt mit Jogginghose und einen Regenmantel. Ein staubiges, abgetragenes Paar Cowboystiefel stand vor der Koje. Die Reisetasche, in der kurz zuvor nur ein paar Prospekte gesteckt hatten, enthielt nun Seife, Deo, Shampoo, Zahnbürste und Zahnpasta.

Sie blickte zu Jillie, die Klamotten von einem anderen Stapel anprobierte und sich nun umdrehte, um ihren Hintern in dem gesplitterten Spiegel an der Badezimmertür zu begutachten.

»Die machen wohl Witze. Oder glauben die im Ernst, dass wir diese Lumpen anziehen?«

Jillie betrachtete Kim im Spiegel. Nach einer Weile drehte sie sich zu ihr um. »Du bist immer noch wütend, stimmts?«

Kim ließ sich auf die Koje fallen, verschränkte die Arme vor der Brust und starrte ihre Freundin finster an. Dann legte sie die Spitze ihres Zeigefingers ans Kinn, schürzte die Lippen und blickte an die Zimmerdecke. »Wie kommst du denn darauf? Etwa weil ich in den letzten drei Stunden kein Wort gesagt habe?«

Jillie schob die Hände in die Gesäßtasche ihrer Jeans und näherte sich dem Bett. »Also, was willst du jetzt machen?«

»Ich will zurück ins Hotel. Meinetwegen kannst du hierbleiben, du musst mir nur den Weg beschreiben. Als wir angekommen sind, habe ich geschlafen, du erinnerst dich? Also habe ich keine Ahnung, wie ich von hier aus nach Durango komme.«

Jillie setzte sich neben Kim und legte die Hände in den Schoß. »Kim, es tut mir leid. Es war falsch von mir, dich so reinzulegen …«

Kim stand auf und spürte, dass sie rot wurde. »Ach, jetzt kommt also alles raus. Du hast mich hinters Licht geführt? Wann hast du beschlossen, das zu tun, Jillie? Und warum? Normalerweise warnst du mich wenigstens vor, wenn du irgendwas Idiotisches vorhast.«

Doch Kim kannte die Antwort auf ihre Frage bereits. *Mack.* Ihre Zimmergenossin wandte den Blick ab. »Ich kann es dir nicht erklären, Kim. Er ist einfach so …« Sie seufzte. »Ich muss dir etwas beichten. Erinnerst du dich an den ersten Abend in Colorado? Der Abend, an dem du so kaputt warst, dass du um halb neun eingepennt bist? Nun, ich konnte nicht schlafen, die Höhenkrankheit wahrscheinlich. Jedenfalls bin ich, ungefähr eine Stunde nachdem du eingeschlafen warst, aus dem Zimmer gegangen, um ein bisschen frische Luft zu schnappen, weil ich dachte, dass es mich vielleicht müde machen würde … Aber ich landete in einem kleinen Saloon in der Nähe des Hotels. Es war wie im Western, weißt du, so, wie man es im Kino immer sieht, und alle waren am Tanzen. Countrymusik drang aus den offenen Türen, und die Kneipe quoll vor Cowboys buchstäblich über.« Sie hielt einen Augenblick inne.

»Also bin ich reingegangen.«

Stöhnend schüttelte Kim den Kopf. »Ich glaube, den Rest will ich gar nicht hören.«

Jillie ergriff Kims Hand. »Doch, das willst du. An dem Abend habe ich Mack kennengelernt. Wir haben getanzt. Sind spazieren gegangen. Haben viel geredet. Uns ein- oder zweimal geküsst. Das war alles. Aber wir wollten uns einfach nicht voneinander trennen. Ich weiß nicht, ob einfach die Chemie zwischen uns stimmt oder ob es Liebe auf den ersten Blick ist, Kim, aber ...« Jillie seufzte, und beinahe beneidete Kim sie. »Dieser Mann ist einfach etwas Besonderes. Ich möchte nie wieder von ihm getrennt sein.«

»Aber du kennst ihn doch erst ein paar Tage.«

Sie nickte. Dann sprudelte der Rest der Geschichte aus ihr heraus. »Ja, verrückt, nicht wahr? Aber vorgestern Nacht habe ich ihn wiedergesehen, und da habe ich dich in diese Sache mit dem kleinen Ausritt manövriert. Und dann, als Mack und ich in der Scheune gemeinsam die Pferde gesattelt haben, hat er mir von dem geplanten Wanderritt erzählt. Ich glaube, wir haben nur daran gedacht, dass wir dann zwei ganze Wochen zusammen wären. Ich habe mir die Geschichte mit Thelma und Dottie ausgedacht, und Mack hat sie bestätigt. Jedenfalls habe ich wohl auf dich und deine Gefühle keine Rücksicht genommen. Tut mir leid. Und wenn du mir für den Rest deines Lebens böse sein willst, dann ist das okay. Ich sage dir, wie du nach Durango zurückfindest. Es ist nicht kompliziert, aber es dauert über eine Stunde. Ich wünschte wirklich, du würdest hierbleiben. Wäre es nicht toll, wenn im Herbst die Schule wieder anfängt und wir den Schülern erzählen, was wir gemacht haben? Das wäre doch lustig, Kim. Bitte, überleg dir, ob du nicht doch bleiben kannst.«

»Der Mann hasst mich. Er wird mir das Leben zur Hölle machen.«

»Nein, Kim. Er hasst dich nicht. Ihr habt euch einfach auf dem falschen Fuß erwischt. Lass dich davon nicht entmutigen.«

Langsam schloss Kim die Augen und atmete lange aus. Sie wusste, wenn sie die Augen öffnete, würde sie wieder Jillies flehendes Gesicht vor sich sehen. Nicht, dass es etwas Neues war, dass Jillie einer spontanen Eingebung folgte. Daran war Kim längst gewöhnt. Aber diese Sache mit Mack musste sie einfach ausprobieren. Die beiden sollten ihre Chance bekommen … und Kim wusste, was Jillie für sie tun würde, wenn das Blatt sich wieder zu ihren Gunsten wendete: alles, was Kim von ihr verlangte.

Verdammt!

Sie öffnete die Augen und versuchte, gleichmütig zu wirken. »Das ist das Schlimmste, was du mir angetan hast, seitdem du mein Bild und meinen Lebenslauf bei diesem schmierigen Online-Datingportal hochgeladen hast.«

Jillie trat einen Schritt auf sie zu, und ein Lächeln umspielte ihre Lippen. »Ich weiß. Manchmal kann ich einfach nicht widerstehen und setze den erstbesten Gedanken in die Tat um. Verzeihst du mir? Komm! Das wird bestimmt ein Riesenspaß.«

Kim pustete sich die Ponyfransen aus dem Gesicht. »Okay. In Ordnung. Ich bin dabei. Aber du wirst mir für den Rest deines Lebens dafür danken, und wenn ihr beiden heiratet, müsst ihr euer erstes Kind nach mir benennen. Egal ob Mädchen oder Junge. Verstanden?« Sie konnte ein nervöses Grinsen nicht unterdrücken. »Und wenn ich in diesem gottverlassenen Land dort draußen sterbe, dann holst du mich selbst da raus und richtest eine anständige Beerdigung für mich aus, klar?«

Jill drückte sie so fest, dass ihr die Luft wegblieb. »Danke«, flüsterte sie.

Kim löste sich von ihr. »Aber was ist mit dem Kram, den wir im Hotel haben? Mit den Flugtickets? Und ich muss meine Eltern anrufen und ihnen sagen …«

Jillie lächelte und klopfte Kim auf die Schulter. »Keine Sorge, ist alles bereits geregelt …«

»Was soll das heißen?«

Schnell lief Jillie zur Tür. »Ich habe deine Mom angerufen und ihr gesagt, dass wir noch eine Woche bleiben.« Sie legte die Hand auf die metallene Türklinke. »Und ich habe für uns im Hotel ausgecheckt. Die Flugtickets können wir uns problemlos bar auszahlen lassen.« Sie drehte sich um, öffnete die Tür und setzte einen Fuß auf die Schwelle.

»Aber unsere Sachen?!«

»Das Hotel packt sie zusammen und schickt sie mit dem Taxi zur Ranch. Irgendwann morgen wahrscheinlich. Ach, und ich hab ihnen deine Kreditkartennummer gegeben.«

»Aber …«

»Bin gleich zurück.«

Und dann war sie verschwunden. Die alte Holztür der Schlafhütte schlug wie zum Abschied gegen den Rahmen.

Frustriert ließ Kim sich auf das Bett fallen. »Jillie Abernathy, eines Tages werde ich dich …«

Sie schloss die Augen und sah Jillies strahlende Augen und ihr lebhaftes Gesicht vor sich. Sie war glücklich. Glücklicher als Kim sie seit langer Zeit gesehen hatte. Hatte sie sich wirklich in diesen Typen verliebt? Das wäre etwas ganz Neues, dachte sie. Jillie und verliebt. Nun, wenn es so war, dann musste sie das hier für sie tun, oder etwa nicht? Sie musste mitspielen. Auch wenn sie überhaupt keine Lust hatte, die nächsten zwei Wochen auf jeden Komfort zu verzichten. Nicht die geringste Lust.

»Kim Martin, du bist ein Weichei«, murmelte sie. »Und außerdem verrückt. Machst dich wegen zwei Verliebten zum Affen. Dummerweise verliebst du dich nie selbst.« Seufzend drehte sie sich auf die Seite. Sie wollte einfach nur schlafen. Sie hatte keine Lust, über all das nachzudenken. Nur selten gestand sie sich ein, wie sehr sie sich einen Mann wünschte, der sie bedingungslos liebte. Ihrer Erfahrung nach existierte dieser Mann nicht. Sie hoffte nur, dass Jillie kein schrecklicher Liebeskummer bevorstand.

Dabei wurde von ihr, Kim, erwartet, dass sie eines Tages heiratete. Ihre Mutter redete über nichts anderes. »Such dir einen guten Ehemann, Kim«, hatte sie gesagt. »Lasst euch in einem schönen Haus in einem hübschen Vorort nieder. Such dir jemanden, der für dich sorgen kann, der dir das Leben erleichtert und dir Ansehen in der Öffentlichkeit verschafft. Verlässlichkeit. Du weißt, wie wichtig der äußere Schein ist, Liebes.«

Ja, das wusste Kim. Ihr Vater war ein erfolgreicher Geschäftsmann. Genau wie die Generationen vor ihm war auch er Versicherungsmakler. Er scheffelte reichlich Kohle. Himmel, ihre Mutter hatte in ihrem ganzen Leben noch keinen Finger gerührt! Sie wollte unbedingt, dass Kim aufs College ging. Sie hielt das für einen ausgezeichneten Ort, um einen Anwalt oder einen Arzt als Ehemann zu finden. Doch als Kim sich für Pädagogik als Hauptfach entschied und schließlich beschloss, Lehrerin zu werden, war ihre Mutter entsetzt. Die Sache war nur: Kim liebte ihre Arbeit. Sie genoss es, mit Teenagern zu arbeiten. Bevor sie zur Beratungslehrerin ernannt worden war, hatte sie an der Highschool Hauswirtschaftslehre unterrichtet. Und sie wusste, dass sie eine verdammt gute Lehrerin war. Ihr fiel es leicht, sich Respekt bei den Schülern zu verschaffen. Und das war schon die halbe Miete, wenn es darum ging, eine gute Beziehung zu ihnen aufzubauen – die Grundlage für ein erfolgreiches Schuljahr.

Kochen und Entwicklungspsychologie waren ihre Schwerpunkte gewesen. Ihrer Mutter war das schrecklich banal vorgekommen, doch schließlich musste sie einräumen, dass es eine gute Vorbereitung auf die Familie darstellte, die Kim selbst einmal haben würde – irgendwann. Dass die Arbeit sie erfüllte, spielte dagegen überhaupt keine Rolle.

Im Laufe der Jahre hatte Kim festgestellt, dass sie ein Händchen für den Umgang mit Teenagern hatte. Sie hörten ihr tatsächlich zu. Und so hatte sie die Ausbildung zur Beratungslehrerin absolviert. Und obwohl es manchmal körperlich und seelisch anstrengend war, befriedigte diese Aufgabe sie noch mehr als das Unterrichten. In diesem Herbst würde ihr achtes Jahr als Lehrerin beginnen.

Ihre Mutter lag ihr noch immer damit in den Ohren, endlich einen Ehemann zu finden, ein Haus zu kaufen und Kinder zu bekommen. Warum verstand ihre Mutter nicht, dass sie Familie und Beruf miteinander verbinden wollte?

Vorausgesetzt natürlich, es gab irgendwo einen Mann, den sie sich als Vater ihrer Kinder vorstellen konnte.

Die Männer, mit denen sie in den letzten Jahren ausgegangen war, erfüllten eindeutig die Erwartungen ihrer Mutter. Aber Kims Bedürfnissen wurden sie nicht gerecht. Keiner von ihnen hatte in ihr mehr als ein Strohfeuer entfachen können. Und sie war beinahe an dem Punkt angelangt, die Suche nach Mr Right aufzugeben.

Es war nur so, dass all das, was für ihre Mutter die Grundlage eines erfolgreichen Lebens verkörperte – das Haus im Vorort, der perfekte Ehemann – genau das war, wo sie schon immer zu landen geglaubt hatte. Aber manchmal sehnte sie sich nach mehr. Nach irgendetwas außerhalb ihres sicheren Lebens.

Gab es da draußen noch mehr? Gab es ein Leben außerhalb ihres Nests mit dem saftig grünen Rasen davor?

Als Kim eine Stunde später aus der Schlafhütte auf den Pferch blickte, sah sie den Mond wie eine goldene Kugel am nachtschwarzen Himmel aufgehen. Der westliche Horizont glühte in einem zarten Rosa, das die Sonne zurückgelassen hatte, nachdem sie eine Weile zuvor untergegangen war. Kurze Zeit später war auch das vorbei. Plötzlich erschienen Sterne am Himmel, einer nach dem anderen, und erleuchteten schlagartig die Nacht mit ihrem Funkeln.

Kein Zweifel, im Westen war es ausgesprochen schön. Kim seufzte. Unter anderen Umständen vielleicht, wenn sie diese Stimmung mit jemandem hätte teilen können …

Dann sah sie die beiden. Sie standen auf der anderen Seite des Pferchs. Eine bittersüße Stille hüllte das Paar ein, als Jillie auf Mack zuging. Sie umarmten sich und küssten sich lange und innig.

Kapitel 4

Es war fünf Uhr morgens. Die Sonne war noch nicht aufgegangen. Doch Kim hatte bereits die zerfetzte und viel zu große Jeans angezogen und ein Westernhemd aus Baumwolle, dessen Ärmel ihr zehn Zentimeter weit über die Fingerspitzen reichten und die sie bis zu den Ellbogen hochkrempeln musste, um es bequem zu haben. Die eingetragenen Stiefel, die Mack ihr gegeben hatte, waren mindestens eine Nummer zu groß, also hatte sie ein paar Socken reingestopft. Noch feucht hing ihr das Haar zu beiden Seiten vom Kopf, denn sie hatte keinen Föhn dabei, geschweige denn einen Lockenstab.

Sie starrte auf zwei fettige Spiegeleier und hätte schwören können, dass sie zurückstarrten.

Sie hasste Eier.

Keine glückliche Camperin.

Die Hände im Schoß hob Kim den Kopf und musterte den Rest der Gesellschaft, die um den riesigen, groben Holztisch versammelt war. Sie und Jillie saßen auf der einen Längsseite, Aaron Johnson und Tim Rumer auf der anderen. Mack saß am Kopfende links von ihr, neben Jillie. Und neben Kim hatte sich der überhebliche Thad Winchester niedergelassen. Das andere Paar saß weiter weg am Ende des Tisches.

Schweigen herrschte an diesem Morgen unter den Gästen, die ein bisschen kleinlauter wirkten als beim Essen am Abend zuvor. Aaron und Tim hatten alle zu übermütig albernem Benehmen herausgefordert. Natürlich hatte Kim sich daran nicht beteiligt. Sie war nicht in der Stimmung zu feiern, und sie entschuldigte sich, nachdem sie lange genug in Fajitas, Reis und Bohnen herumgestochert hatte.

Es war nicht zu übersehen, dass nur Thad noch schlechter gelaunt war als Kim. Was für eine Stimmungskanone, dachte sie sarkastisch. Wenn er lächelt, explodiert wahrscheinlich sein Gesicht.

Auch er war offensichtlich kein glücklicher Camper.

Sie hatte heute Morgen auf ein leckeres Croissant und Marmelade oder vielleicht einen Bagel mit Frischkäse gehofft. Eine Blätterteigpastete. Etwas Saft. Sogar ein Eierauflauf wäre nett gewesen. Blaubeermuffins. Aber fettige Spiegeleier, eine Auswahl ebenso fettigen Specks und dicker Schinkenscheiben, dunkle Bratensauce und dick mit Butter bestrichener Toast waren nicht ihr Ding – und sie würde nichts davon essen. Wie schafften es die anderen nur, solche Berge an Fett hinunterzuschlingen? Am College wären die Spezialisten für Ernährungslehre beim bloßen Gedanken daran erschaudert.

Schrecklich gern hätte sie eine Tasse Tee gehabt und nicht diese flüssige Schuhcreme, die sie Kaffee nannten.

Sie räusperte sich und blickte Thad an. Sie wusste, dass sie dabei war, eine Zone zu betreten, aus der es vielleicht keine Wiederkehr geben würde. Aber sie konnte nichts dagegen tun. Was war in letzter Zeit eigentlich mit ihr los? »Äh … habt ihr eigentlich noch nie etwas von Cholesterin gehört?«

Die Gabeln schienen in der Luft zu schweben. Die Kaugeräusche hörten auf. Alle Blicke ruhten auf Kim. Was habt ihr eigentlich?, fragte sie sich. Habt ihr noch nie jemanden reden hören?

Eine Sekunde darauf legte Thad seine Gabel neben den Teller und kaute weiter, während er sie wütend anstarrte. »Stimmt was nicht mit deinem Frühstück?«

Kim schnaubte. »Frühstück? Das hier ist ein Herzinfarkt auf einem Teller«, erwiderte sie provozierend. »Diesen Eimer voller Fett mute ich meinem Körper nicht zu. Und wenn ihr wüsstet, was gut für euch ist, würdet ihr das auch nicht tun.«

Thads Augen wurden schmal. »Ich werde den Koch von Ihnen grüßen«, entgegnete er kühl und wandte sich dann gleichmütig wieder dem Frühstück zu. »Und jetzt esst auf.«

»Den Koch?«, wiederholte sie mechanisch. »Kein Koch mit Selbstachtung würde so eine fettige Sauerei auftischen. Eine Aushilfskraft im Schnellimbiss vielleicht, aber kein Koch."

Sekunden später stieß Thad seinen Teller zurück und stand auf. Kim ließ seinen versteinerten Gesichtsausdruck auf sich wirken – nicht einmal der Mount Rushmore konnte es mit der granitenen Härte seiner Miene aufnehmen. In seinem Gesicht zuckte kein Muskel. Kein Härchen seines Schnurrbarts zitterte. Und sein Blick war hart und kalt und drang in sie ein wie das Gift einer Klapperschlange. Sie spürte, wie Jillie ihr die Fingernägel in den Oberschenkel grub, in dem zwecklosen Bemühen, sie unter Kontrolle zu bekommen.

»Miss Martin. Ich lasse Sie hiermit wissen, dass mein Cholesterin bei der letzten Untersuchung deutlich unter dem Höchstwert lag. Und ich nehme dieses Frühstück seit über dreißig Jahren zu mir. Und bevor Sie die Verpflegung hier draußen schlechtmachen, denken Sie vielleicht mal darüber nach, wo Ihr nächstes Frühstück herkommen soll und dass es eine ganze Weile dauern wird, bis Sie wieder eins kriegen. Hier draußen essen wir, wenn es etwas gibt, und wenn es nichts gibt, dann arbeiten wir. Wenn Sie also lieber arbeiten als essen wollen, dann heben Sie Ihren kleinen Hintern hier raus, gehen zur Scheune und fangen an, die Maultiere zu beladen. Wir haben noch jede Menge zu tun, bis wir in einer Stunde aufbrechen, und ich für meinen Teil habe keine Zeit, hier rumzusitzen und mich mit einer Frau zu streiten, die nicht genug gesunden Menschenverstand besitzt, das zu essen, was man ihr vorsetzt, nicht genug Manieren, um den Mund zu halten, und nicht genug Anstand, nicht in die Hand zu beißen, die sie füttert. Kapiert?

Und noch etwas: Meine Köchin ist die einzige Frau, die sich in den vierzig Jahren meines Lebens meinen Respekt verdient hat. Und sie ist die einzige Frau, die so lange auf dieser Ranch bleiben darf, wie sie will. Ich wage zu behaupten, dass es klug von Ihnen wäre, sich nicht über ihre Kochkunst lustig zu machen. Sarah ist kein Dienstmädchen, sondern sie gehört beinahe zur Familie. Also behalten Sie Ihre Bemerkungen für sich, wie es sich für eine anständige junge Dame gehört, oder Sie drehen das Fleisch in den nächsten Tagen selbst durch den Wolf. Irgendwie habe ich das Gefühl, dass es Ihnen dabei nicht besonders gut gehen würde.«

Kim starrte ihn an wie durch einen Regenschleier. Sie beobachtete, wie seine Augen bei jedem Satz noch schmaler wurden, und spürte, dass mit ihren dasselbe passierte. Woher kam dieser Zorn? Lag es nur an ihr, oder gab es noch einen anderen Grund dafür? Unter dem Tisch ballte sie die Hände zu Fäusten und lockerte sie wieder, um die Anspannung loszuwerden. Sie schlug Jillies Hand weg. In diesem Augenblick hasste sie Thad Winchester mit aller Leidenschaft, deren sie fähig war.

»Ist das eine Drohung oder ein Versprechen?«, fragte sie mit süßlicher Stimme.

»Das ist ein Versprechen, Schätzchen.«

Schätzchen?

Kim blickte auf ihren Teller voller Spiegeleier. Langsam nahm sie die Gabel in die Hand, stach in die Mitte eines oben liegenden Dotters und sah zu, wie das Eigelb herauslief. Sie schnitt ein großes Stück ab, nahm es auf die Gabel und hob sie an den Mund. Das Eigelb rann an den Zinken herunter, etwas davon spritzte auf den Teller und auf den Ärmelaufschlag von Thads Hemd. Er zuckte nicht einmal zusammen. Kim hielt ihm die Gabel etwas näher vors Gesicht. Eine solche Herausforderung ließ sie sich nicht entgehen.

»Das hier ist der ekelhafteste Fraß, der jemals als Essen bezeichnet wurde. Vielleicht haben Sie so was mehr als dreißig Jahre lang gegessen. Aber eins garantiere ich Ihnen, Freundchen: Noch mal dreißig schaffen Sie das nicht.«

Die Fassade aus Granit bröckelte. Mit voller Wucht schoss er vom Stuhl hoch, hob beide Arme und brüllte Mack an: »Das wars.« Zornig starrte er seinen Freund über den Tisch hinweg an. »Bring sie zurück. Es funktioniert einfach nicht!«

»Nein!« Kim sprang auf. Alle hatten schweigend den Blick auf sie geheftet. Der Einzige, den ihre Reaktion mehr überraschte als sie selbst, war Thad. Zentimeter für Zentimeter näherte sie sich ihm. Eine Sekunde lang glaubte sie, einen schwachen Duft nach Aftershave wahrzunehmen. Sie achtete nicht weiter darauf. »Ich fahre nicht zurück, und Sie können mich nicht dazu zwingen. Vor einer Minute haben Sie mich herausgefordert. Haben Sie Angst, dass ich der Sache nicht gewachsen bin?«

»Wovon reden Sie überhaupt?«, blaffte er zurück. »Wollen Sie vielleicht die Köchin spielen?«

»Ja, zum Teufel!«

»Das halten Sie nicht durch.« Er lachte in sich hinein. »In den Schluchten dort draußen gibt es keinen Lieferservice.«

»Kein Problem. Stellen Sie mich ruhig auf die Probe, Sie Alleskönner.«

»Abgemacht.« Damit machte er auf dem Absatz kehrt und ging zur Tür. »Zeig ihr das chaotische Küchenzeugs, Mack. Gib ihr ein Maultier zusätzlich. Gib ihr Jethro. Er ist daran gewöhnt, das Kochgeschirr zu tragen. Zeig ihr die Speisekammer und sorg dafür, dass sie kriegt, was sie braucht. Ich bestehe unterwegs auf fettarmer Feinkost. Damit ich mir in den nächsten dreißig Jahren keine Sorgen um meinen Cholesterinspiegel machen muss.« Als er den Raum verließ, streckte Kim ihm die Zunge heraus.

Im Türrahmen drehte er sich noch einmal um und heftete den Blick auf sie. »Und sehen Sie zu, dass wir um sechs essen können. Wir müssen den Zeitplan einhalten.«

★

Die meisten Essensvorräte waren schon herausgesucht und in Kisten verpackt worden, als Kim von Mack in die Küche geführt wurde. Eine robuste Frau von ungefähr sechzig, mit ergrauendem Haar, das sie im Nacken zu einem Dutt frisiert hatte, eine Küchenschürze lose um die Taille gebunden, spülte gerade das Geschirr vom Frühstück. Vermutlich war es Sarah. Sie wandte ihnen den Rücken zu, als Kim hinter Mack eintrat. Beim Anblick der Frau fühlte Kim sofort einen Anflug von Schuldgefühl. Eigentlich hatte sie nichts gegen Sarahs Kochkünste. Sie hatte nur etwas gegen alles, was irgendwie mit Thad Winchester zu tun hatte.

Mack trat von hinten an Sarah heran und legte ihr die Hand auf die Schulter. Erschrocken drehte sie sich um, doch gleich darauf hellte ihre Miene sich auf. »Mack, also wirklich, du erschreckst einen ja zu Tode.« Dann erblickte sie Kim, und ihr Lächeln wurde noch breiter. »Ach, die neue Köchin! Wo bleiben nur meine Manieren. Kommt rein, kommt!« Sie trocknete sich die Hände an der Schürze ab und winkte sie dann energisch in die Küche.

Überrascht von der legendären Gastfreundschaft der Südstaaten, die diese Dame verströmte, spürte Kim, wie ihr Magen einen Salto schlug. Sarah hätte Hausmutter im Haus ihrer Studentinnenverbindung in Lexington an der Universität von Kentucky sein können. Sie strahlte die vornehme Art und Höflichkeit der Südstaatler aus, und hier im Westen wirkte sie ein wenig fehl am Platz. Doch in der riesigen Küche der Ranch schien sie ganz zu Hause zu sein. Kim fühlte sich elend. Wie hatte sie nur wenige Minuten zuvor so unhöflich sein können? Sie schluckte. »Oh, Sie haben uns gehört«, sagte sie leise. »Tut mir so leid. Ich wollte wirklich nicht …«

Sarah schob Mack aus dem Weg und kam auf Kim zu. »Ich weiß, dass Sie es nicht so gemeint haben. Aber Thaddeus haben Sie wirklich verärgert.« Sie stieß Mack den Ellbogen in die Rippen und kicherte. »So sauer haben wir ihn schon ewig nicht mehr gesehen, stimmts, Mack?«

Mack grinste und rieb sich die Wange, als er von ihr zu Kim blickte. »Kann man wohl sagen, Sarah. Kann man wohl sagen.«

Dann brachen sie beide in Gelächter aus.

Entgeistert stand Kim da, die Augen aufgerissen und mit offenem Mund. »Äh … Sie sind mir also nicht böse?«

Sarah stemmte die Fäuste in die üppigen Hüften, hörte endlich zu lachen auf und blickte Kim kopfschüttelnd an. »Kind, nein. Wer so viel Gefühl in diesem Mann hervorrufen kann, muss ein Geschenk des Himmels sein. – Manchmal ist er wirklich ein alter Kauz.«

Kim blickte erst Mack an, dann Sarah. »Ich verstehe nicht.«

Sarah tätschelte ihr den Arm. »Thaddeus nimmt die Dinge so schrecklich ernst. Alles muss so gemacht werden, wie er es will. Manchmal wünsche ich mir, dass er eine Frau findet, die den Stier bei den Hörnern packt und ihn ein bisschen zähmt. Ihn auf den Boden der Tatsachen holt. Er legt sich selbst die Messlatte verdammt hoch, und das erwartet er auch von anderen. Außer von mir natürlich.« Sie zwinkerte Kim zu. »Ich habe dem Jungen öfter den Hintern versohlt, als er sich erinnern kann.«

Sie wandte sich an Mack, als wäre Kim nun entlassen. »Tragt diese Kisten zur Hintertür hinaus. Ich packe jetzt das Fleisch ein. Seine Majestät ist wahrscheinlich schon ganz kribbelig und will endlich los.« Sie huschte eilig durch die Küche, so gut eine Frau ihres Formats das eben konnte. »Miss Kim und ich werden nachsehen, ob sie noch etwas braucht … Ach, was solls, ich gebe ihr noch ein paar Tipps. Zum Kochen, meine ich, nicht zu Thaddeus. Mit ihm muss sie selbst zurechtkommen. Aber ich bezweifle, dass sie meine Tipps braucht.« Wieder blickte sie Kim an und lächelte. »Nee. Ich glaub, sie braucht gar keine Hilfe.«

Kim sah zu, wie Mack eine Essenskiste auf die Hüfte hievte und ohne einen Blick zurück hinausging. Sie schaute Sarah an, die ihren

Blick aus funkelnden Augen erwiderte. Leise lachend drehte sich um und steuerte auf die Speisekammer zu.

»Nee, sie braucht bestimmt keine Hilfe«, murmelte sie in einem fast unhörbaren Singsang und schwang die Hüften im Rhythmus ihrer Worte.

Irgendwie hatte Kim das Gefühl, dass Sarah nicht vom Kochen redete.

★

Nach allem, was Thad über den Pferch hinweg an der Rückseite des Hauses erkennen konnte, schien Mack Kim unter seine Fittiche genommen zu haben. Grundgütiger! Auch das noch. Wenn die beiden Frauen ihre Reize ausspielten, wäre Mack bald geliefert, so viel war sicher. Eine hätte völlig gereicht. Er hatte Mack nicht so leichtfertig handeln sehen, seit … nun, seit ihn die Eine vier Jahre zuvor hatte sitzenlassen. Sie hatte ihm das Herz gebrochen und war ein Jahr später mit einer Riesenüberraschung wieder aufgetaucht – Macks kleinem Sohn, den er jetzt allein aufzog.

Er würde Mack an die unumstößliche Regel erinnern müssen. Finger weg von den Frauen! Und diese Jillie würde er im Auge behalten. Sie hatte es eindeutig auf Mack abgesehen.

Finger weg! Auch er selbst sollte diesen Grundsatz beherzigen. Die Sache war die: Wenn er Kim Martin jemals zwischen die Finger bekam, würde er sie wahrscheinlich erwürgen. Obwohl er äußerst versucht wäre, noch etwas anderes mit ihr anzustellen. Auch wenn Kim Ärger machte, war sie offensichtlich eine begehrenswerte Frau – für die er sich keinen Verstoß gegen seinen Moralkodex erlauben würde.

Er musste ein Unternehmen führen und Geld verdienen. Romantik stand nicht auf der Tagesordnung. Doch wenn sie sich unter anderen Umständen begegnet wären, dann hätte er die mutige, zierliche Blondine vielleicht gern näher kennengelernt …

Er wandte sich ab, zog den Sattelgurt fest und tätschelte der Stute das Hinterteil. Er überprüfte, ob sich in den Satteltaschen der Proviant befand, den er heute benötigen würde: Lunch und Kochgeschirr, Sonnencreme und Fernglas und ein Regenmantel. Dann wandte er sich wieder den Vorgängen zu seiner Linken zu. Mack hatte zwei Leinenplanen auf dem Boden ausgebreitet und zeigte Kim, wie sie die Essenskisten daraufstellen musste, um das Gewicht auszubalancieren. Als Thad an der Reihe von Maultieren entlangschlenderte, die bereits beladen und fertig zum Aufbruch waren, kontrollierte er bei jedem Tier, ob die Ladung gesichert war. Dabei behielt er Kim peinlich genau im Auge.

Die Jeans, die sie trug, brachte ihre Figur keineswegs zur Geltung. Doch als sie sich vorbeugte, um Mack dabei zu helfen, eine Kiste mit Fleischvorräten umzustellen, ertappte er sich dabei, dass er sie unter seiner Hutkrempe hervor anstarrte. Das alte Hemd, das irgendjemand Jahre zuvor zurückgelassen hatte, hatte sie tief in den Bund der zu großen Jeans gesteckt und es in der Taille so gebunden, dass ihre Sanduhrfigur deutlich zu sehen war. Als sie auf der Leinenplane auf und ab ging, Gegenstände aufsammelte und wieder hinlegte, spürte Thad, wie sich in seinem Bauch Wärme ausbreitete. Die Hitze des Verlangens. Deutlich spürbar, aber nicht erwünscht – und ein völlig ungewohntes Gefühl. Rasch drehte er sich wieder zu dem Maultier um, das die persönlichen Dinge der Gäste trug. Noch einmal überprüfte er den Gurt und versuchte dabei die angenehme Wärme abzuschütteln, die sich allmählich an ungeschützten Stellen in seinem Inneren ausbreitete. Er würde es nicht zulassen.

Doch dann ließ er ganz langsam den Blick wieder zu ihr wandern. Mack war gegangen und hatte es ihr überlassen, zu Ende zu packen.

Endlich hatte Thad sich zu den letzten Maultieren und Pferden vorgearbeitet und fand sich plötzlich am Rand der Plane wieder, die Kim gerade packte. Er sah ihr zu. Sie tat, als bemerke sie seine Anwesenheit nicht. Als sie die Hand nach einer Kiste mit Backwaren oben auf der Ladung ausstreckte, packte er Kim blitzartig am Handgelenk.

★

Kim kicherte in sich hinein, als sie bemerkte, dass Thad näher kam. Sie spürte die Schauer, die ihr über den Rücken liefen, und auch die Blicke, die er ihr von Weitem zuwarf, doch das würde sie sich auf keinen Fall anmerken lassen.

Als er ihr Handgelenk umfasste, kam das nicht ganz unerwartet, doch sie erschrak trotzdem. Zwar kreisten ihre Gedanken nur um ihn, doch sie hatte nicht mitbekommen, wie nahe er ihr bereits war. Bis seine Haut auf ihre traf und die plötzliche Berührung sie zusammenfahren ließ.

Über den gepackten Gegenständen kauernd, hob sie den Kopf. Ihre Blicke trafen sich. Langsam ging Thad neben ihr in die Hocke, ohne sie loszulassen. Sie sah einen finsteren, grüblerischen Mann. Einen gut aussehenden Mann, der so viel attraktiver gewesen wäre, wenn er wenigstens hin und wieder nicht wie versteinert gewirkt hätte. Noch immer hielt sein kühler Blick ihrem stand. Mehrere Sekunden vergingen, bevor er etwas sagte.

Er ließ sie los und fuhr zurück, als hätte ihn gerade etwas gestochen.

»Alles gefunden?«, fragte er barsch.

Ohne den Blick abzuwenden, reckte Kim das Kinn und neigte den Kopf zur Seite. »Ja.«

»Gut.« Er stützte die Hände auf die Knie, erhob sich und ragte über ihr auf. Kim rührte sich nicht von der Stelle und blickte zu ihm auf, direkt in sein Gesicht. »Ich will in zehn Minuten aufbrechen. Sehen Sie zu, dass Sie bis dahin fertig sind.«

»Das werde ich.« Sie stand auf und betrachtete die beladenen Maultiere. Ganz in der Nähe machte Jillie sich an ihrem Pferd zu schaffen, und Mack und die Cowboys überprüften das Gepäck.

»Ich muss mich entschuldigen, weil ich … weil ich Sie vorhin angeschrien habe.«

Bei diesen Worten blickte sie ihn wieder an. Überrascht schüttelte sie den Kopf. »Nein. Ich habe mich schlecht benommen. Ich sollte mich entschuldigen.« Es tat ihr leid. Eigentlich war es nicht ihr Stil, eine Szene zu machen.

Er starrte sie an. Es wäre untertrieben gewesen zu sagen, dass Kim die Intensität seines Blicks unangenehm war. Es war schwer, in seiner Miene zu lesen. Ein Schauer lief ihr über den Rücken. »Vielleicht haben wir uns ja beide schlecht benommen«, fügte sie hinzu.

»Vielleicht.«

In der Nähe wieherte leise ein Pferd, und Kim drehte sich in die Richtung, aus der das Geräusch kam. Aus dem Augenwinkel sah sie, dass Thad zu den anderen ging.

Sie wandte sich wieder ihrer Arbeit zu. Geistesabwesend ordnete sie die Gegenstände an, die eingepackt werden mussten, und wartete darauf, dass Mack zurückkommen, alles verschnüren und auf Jethro verfrachten würde. In Gedanken war sie nicht bei dem, was sie gerade tat. Sie dachte an die Hitze, die ihr Handgelenk noch immer ausstrahlte, an der Stelle, auf der Thads Finger wenige Sekunden zuvor ihren Abdruck hinterlassen hatten. Schließlich hielt sie es nicht länger aus und ließ den Blick wieder zu dem schmalhüftigen Cowboy schweifen, der in den letzten achtzehn Stunden ihres Lebens so viel Chaos angerichtet hatte. Sie sah, wie er sich auf das Pferd an der Spitze der Kolonne schwang und sich im Sattel des cremefarbenen Pferdes niederließ. Plötzlich merkte sie, dass sie die ganze Zeit die Luft angehalten hatte. Zischend stieß sie den Atem aus, was all ihre zurückgehaltenen Empfindungen belebte.

Sie zitterte am ganzen Leib.

»Verdammt!«

Sie ließ die Leinenplanen hinter sich, machte sich auf den Weg zur Küche und unterdrückte den Drang, nervös auf und ab zu laufen. »Verdammt!«, murmelte sie. »Ich lasse nicht zu, dass mein Körper so auf diesen Mann reagiert. Ich lasse es nicht zu!« Niemand außer ihr selbst hörte ihre stummen Beschwörungsformeln. »Nein, nein, nein. Ich lasse mich von diesem Duft nach Sattelseife und altem Leder zu nichts hinreißen. Nein!«

Doch als sie erneut einen Blick auf Thad erhaschte, der auf dem Pferd saß, wusste sie, dass das zu den schwierigsten Dingen ihres Lebens gehören würde. Denn in seiner Nähe schien ihr Körper einfach nur zu reagieren. Es gab kein Nachdenken.

Die nächsten zwölf Tage würden die Hölle werden. Und zwar anders, als sie ursprünglich geglaubt hatte.

Kapitel 5

Zwei Stunden später war Kim mitten auf dem Treck. Sie zockelte auf einer alten grauen Stute namens Sunshine dahin, die wenigstens zwanzig Jahre alt war und sich bewegte, als wäre sie siebzig. Thad führte dic Gruppe auf einer leichten Steigung in das Gebirge hinein. Mehrere Maultiere, sie selbst und Jillie, Tim und Aaron und das Paar, deren Namen sie noch nicht kannte, sowie zwei Cowboys namens Ben und Luke bildeten die Mitte der Gruppe. Mack ritt am Ende. Kim betrachtete die abgewetzten Chaps, die Hüte und Stiefel der Männer, die aufrecht in ihren Sätteln saßen, und gab sich Fantasien über den Wilden Westen hin. Sie stellte sich vor, Miss Kitty aus der Westernserie *Rauchende Colts* zu sein, und ein weiterer Cowboy in Gestalt von Matt Dillon hielt Einzug in ihren Tagtraum. Als er auf seinem Pferd näher kam und sie in sein Gesicht sehen konnte, verwandelte Matt Dillon sich in keinen anderen als Thad Winchester.

Sie versuchte, den Schauer abzuschütteln, der ihr über den Rücken lief und erkannte wieder ihre tatsächliche Lage. Sie ritt auf einem dummen Pferd den Hang eines riesigen Berges hinauf!

Im Augenblick genossen sie die letzten Ausläufer eines schönen Sonnenaufgangs und ritten durch den Frühnebel, der aufgezogen war, als die Sonne sich über den San Juan Mountains erhob. Zwischen vielen Wildblumen hindurch trabten sie in die Weminuche Wilderness hinein.

Sie redeten nur im Flüsterton, und Kim genoss den Frieden, der sie umgab. Es war, als beträten sie die Wildnis voller Andacht für ihre unberührte Schönheit. Stille senkte sich über sie. Wenn sie in diesem Augenblick irgendetwas brauchte, dann war es das hier. Obwohl sie es niemals zugegeben hätte, besonders Jillie gegenüber nicht, wie sie sich selbst eingestand. Nach den hektischen letzten vierundzwanzig Stunden brauchte sie Frieden und Glück und eine stille Landschaft, um ihre eigene Mitte wiederzufinden.

Sie hätte es nicht für möglich gehalten, doch sie genoss es sehr.

Endlich entspannte sie sich in ihrem Sattel. Die alte graue Stute würde nicht plötzlich losgaloppieren, und auch der Rest des Trecks hatte keine Eile. Sie fragte sich, ob es das übliche Tempo war, oder ob Thad ihretwegen absichtlich langsamer ritt, weil er glaubte, dass sie sonst nicht zurechtkommen würde. Nicht, dass er ihr einen Gefallen täte. Das hätte sie als Letztes von dem verfluchten Thaddeus Winchester erwartet. Es war ihr egal. Im Augenblick interessierte sie einzig und allein die friedvolle Aussicht.

Sie ließ den Blick zum Anfang des Trecks wandern und heftete ihn auf Thad. Sie war so weit von ihm entfernt, dass sie außer seinem kerzengeraden Rücken und dem Schatten, den der Cowboyhut auf seine Schultern warf, nichts erkennen konnte. Hin und wieder, wenn er sich umdrehte, um die Reihe von Maultieren hinter ihm zu kontrollieren, erhaschte sie einen kurzen Blick auf sein Profil.

Der Mann war erstaunlich. Ganz offensichtlich engagierte er sich für seine Ranch und sein Geschäft. Aber hatte er auch ein Privatleben? Und was war es, was ihn an ihr so reizte?

»Brr!«

Die Stimme erklang irgendwo hinter ihr. Versunken in ihren Tagtraum, schreckte Kim hoch, als das männliche Timbre die Stille durchbrach. Schnell zog sie an den Zügeln und brachte Sunshine zum Stehen, bevor sie auf das Maultier vor ihr prallen konnte. Dann bemerkte sie, dass Mack neben ihr aufgetaucht war.

»Kim! Hast du nicht gesehen, dass sich das Zeug aus dem Packsack vor dir löst?«

»Was?«

»Die Ausrüstung. Die Hälfte hängt von dem Muli da vorne herunter. Und die andere Hälfte ist über die letzten fünfzig Meter des Wegs verstreut. Du musst aufpassen!«

»Was?«, fragte Kim noch einmal. Sie blickte nach vorn. Tatsächlich hatte das Maultier vor Jethro die Hälfte seiner Ladung verloren, und da die Last nun ungleichmäßig verteilt war, rutschte der Packsack zur Seite. Dem Maultier schien das gar nicht zu gefallen. Mit einem leisen Fluch ritt Mack voran und saß ab.

»Was soll ich denn tun?«, rief sie. Sie spähte zur Spitze des Trupps und sah, dass auch Thad abgestiegen war und forsch auf sie zukam. Tim und Aaron, die zwischen ihr und Thad ritten, drehten sich in den Sätteln um, um zu sehen, was passiert war. Drei Tiere hinter ihr war Jillie bereits abgestiegen und befand sich nun neben ihr. Die Pferde wirkten nervös.

Kim ließ sich aus dem Sattel gleiten. Wenn sie wegen eines Notfalls irgendwo anhalten mussten, dann war das hier ein geeigneter Ort dafür. Wenigstens war das Gelände flach und weit. Zu beiden Seiten erstreckten sich Wiesen. Ungefähr eine Viertelmeile vor dem Treck führte ein schmaler Pfad steil den Berghang hinauf.

Thad band das Packstück auf der rechten Seite los und legte es neben dem Maultier auf den Boden. Das andere von der linken Seite lag bereits ausgebreitet vor ihnen, und sie legten nun die Gegenstände zurecht, die wieder eingepackt werden mussten. Thad blickte zu Kim auf und erhob sich. Die Hände in die Hüften gestemmt, betrachtete er sie und sagte barsch: »Auf so einer Tour muss man die Augen offen halten, Ladys. Das hier ist kein Sonntagsausflug. Jeder muss seinen Teil beitragen. Glück für Sie, dass Mack es gemerkt hat, bevor wir auf den schmalen Pfad dort geritten sind. Wir hätten alles verloren«, sagte er und schien Kim mit seinem Blick aufspießen zu wollen.

»Jillie hat es zuerst gesehen, Thad«, fügte Mack hinzu und stapfte zurück, um einen Matchsack aufzuheben, der ein paar Meter zurück liegen geblieben war.

Gratuliere, Jillie! Kim warf ihr einen scharfen Blick zu.

Thad sah Kim noch immer an. »Gut! Dann taugt wenigstens eine von euch zu irgendwas.«

»Okay, das reicht.« Kim trat einen Schritt auf ihn zu. Sie hatte viel zu lange geschwiegen. »Woher wollen Sie wissen, ob ich zu etwas tauge oder nicht? Sie kennen mich noch nicht mal einen Tag. Aber Sie sitzen da auf Ihrem Thron und geben den Arbeitssklaven Befehle. Ich für meinen Teil bin aber kein Arbeitssklave.«

»Das ist offensichtlich.«

Die Hände in die Hüften gestützt, blickte sie ihn aus schmalen Augen an. »Ach, und was soll das heißen?«

Langsam, Zentimeter für Zentimeter, kam er näher und blickte ihr wütend ins Gesicht. »Das soll heißen, dass das hier eine Nummer zu groß für Sie ist. Sie können nicht mit Pferden umgehen, und Sie leisten Ihren Beitrag nicht. Offenbar sind Sie es nicht gewohnt, sich die Finger schmutzig zu machen. Und ich bezweifle, dass meine Haftpflichtversicherung ausreicht, um für die Katastrophen aufzukommen, die Ihretwegen vielleicht noch passieren. *Das* soll es heißen.«

»Sie haben aber nicht im Geringsten gezögert, mir die Pflichten einer Köchin zu übertragen.«

»Ich habe durchaus gezögert, Ms Martin. Aber es gibt da diese Regel. Ich stehe zu meinem Wort. Ich stelle mich nur darauf ein, wieder alles in Ordnung zu bringen, wenn Sie fertig sind.«

Kim schnaubte verächtlich und starrte ihn an, bis er den Blick abwandte. »Wissen Sie, Mr Winchester, ich habe keine Ahnung, für wen Sie mich halten oder warum Sie glauben, dass ich Ihnen Schwierigkeiten bereiten werde. Aber ich versichere Ihnen, das wird nicht der Fall sein. Ich habe einen Fehler gemacht. Es wird nicht wieder vorkommen. Ich lerne schnell.«

Mühsam beherrschte Kim ihren Zorn. Der Mann hatte Nerven. Sich die Finger schmutzig machen? Sie atmete tief ein und starrte ihm noch einen Augenblick länger wütend in die tiefschwarzen Augen. Dann beugte sie sich herunter, hob ein Paket vor ihren Füßen auf und warf es ihm zu.

»Ich kann Sie echt nicht leiden, wissen Sie das?«, sagte sie.

»Gut. Das beruht auf Gegenseitigkeit. Gehen Sie los und holen Sie das restliche Zeug, das wir verloren haben.« Ohne sie weiter zu beachten, ging er davon und wandte sich den anderen zu. »Wir können hier Rast machen und die Tiere ausruhen lassen. Es wird ein bisschen dauern, bis alles wieder aufgeladen ist«, knurrte er.

Wie angewurzelt stand Kim neben ihrem Pferd und starrte entgeistert auf Thads breiten Rücken. Die Muskeln zeichneten sich unter seinem Hemd ab, als er und Mack den anderen Packsack wieder auf dem Rücken des Maultiers festzurrten. Warum gingen sie eigentlich ständig aufeinander los? Was stimmte nicht mit ihr, dass er sich dauernd über sie aufregte?

»Komm, lass uns das Zeug aufsammeln.« Jillie stupste sie an der Schulter und holte sie aus ihren Grübeleien zurück.

»Ich helfe ihr. Bleiben Sie bei den anderen«, war eine andere männliche Stimme zu vernehmen.

Kim blickte nach links und sah, dass Tim Rumer sich zu ihnen gesellt hatte. Er bedachte sie mit einem weltmännischen Lächeln und bot ihr den Ellbogen an. Kim gefiel, wie er aussah. Dunkles kurz geschnittenes Haar. Gründlich rasiert. Nach Aftershave duftend. Sein Hemd war gestärkt und seine Jeans nicht staubig … noch nicht. Er strahlte Charme und Erfahrenheit aus. Ein Hauch von Zivilisation. Warum war ihr das nicht früher aufgefallen?

Kim lächelte, hakte sich bei ihm ein und warf Jillie einen Blick zu. »Geh mit den Cowboys spielen, Jillie. Tim und ich holen die Sachen. Und sag Mr Winchester, er soll sich keine Sorgen machen. Wir werden sehr bald zurück sein, und dann kann er seinen geschätzten

Wanderritt fortsetzen.« Sie entließ Jillie mit einem Winken. Dann machten sie und Tim sich auf den Weg zum Ende des Trecks.

Als sie weit genug weg waren, bückte Kim sich, um den Verbandskasten aufzuheben. Als sie wieder hochkam, blickte sie verstohlen hinter sich. Thad Winchester stand abseits bei den Pferden, die Hände in die Hüften gestemmt, und starrte sie wütend über den Weg hinweg an. Rasch drehte sie sich um und hakte sich energisch bei Tim ein. Sie lachte laut über etwas, was er gesagt und von dem sie nicht das Geringste verstanden hatte, während sie den Weg hinunter und auf irgendjemandes Reisetasche zustolperten.

Doch als ihr Verstand Thads einsamen, ärgerlichen Gesichtsausdruck registrierte, fühlte sie sich, als hätte ihr jemand einen heftigen Schlag in die Magengrube verpasst.

★

Offenbar hatte Thad beschlossen zu reiten, bis er nicht mehr konnte. Mack protestierte, ebenso die anderen Cowboys, Tim und Aaron und schließlich auch Jillie. Kim hielt den Mund. Auf keinen Fall wollte sie Thaddeus Winchester noch mehr reizen. Sie schien dazu nicht einmal den Mund aufmachen zu müssen. Ihre bloße Existenz schien ihn zu ärgern.

Den Lunch hatten sie im Sattel zu sich genommen. Sarah hatte für jeden einen herzhaften Imbiss eingepackt, den Kim in ihrer Satteltasche gefunden hatte und dem kein langes Leben mehr beschieden war. Ihr Magen knurrte unaufhörlich. Sie hatten zwei kurze Pinkelpausen eingelegt, doch nach der ersten war auch Kim im Sattel geblieben. Die Vorstellung, ein Loch zu graben und sich darüber zu hocken, gefiel ihr überhaupt nicht. Vor allem, wenn alle darauf warten würden, dass sie fertig wurde. Sie beschloss, sich zu gedulden, bis sie zum Übernachten absattelten. Dann würde sie sich wegschleichen, wenn niemand auf ihr Kommen und Gehen achtete.

Das hieß, wenn sie so lange warten konnte. Den ganzen Tag mit voller Blase auf Sunshine durch die Gegend zu zuckeln war die Hölle.

Als er endlich bewiesen hatte, dass er der Boss war – oder als sein Ärger abgeklungen war –, gab Thad ein Zeichen und hielt an. Das weite, grasbewachsene Gebiet lag hoch oben im Gebirge, ein Bach floss zur Linken, und rechts waren die Gipfel der San Juans zu sehen. Hohe Gräser wogten in der warmen abendlichen Brise, und in der Ferne zwitscherte ein Vogel. Es war schon spät, die Sonne stand tief am Horizont, und Kim fragte sich ernsthaft, ob sie es schaffen würden, ihr Lager noch vor dem Einbruch der Nacht aufzuschlagen.

Stöhnend ließen die Reiter ihre müden Körper aus den Sätteln gleiten und dehnten ihre Gliedmaßen. Kim stand neben ihrer Stute, zwang sich, aufrecht zu stehen, und wünschte sich nichts sehnlicher als eine schattige Stelle hinter einem großen Baum, um einen Moment des Alleinseins zu ergattern. Stattdessen blickte sie sich um und fragte sich, was als Nächstes kommen würde. Sie hatte keine Ahnung, was zu tun war, um ein Lager aufzuschlagen. Und sie musste nicht lange warten. Nachdem Thad den Cowboys mit bellender Stimme befohlen hatte, die Reitpferde festzuhalten, kam er direkt auf sie zu.

Abrupt blieb er stehen und starrte sie an. »Sie bleiben mit Jillie hier. Wir kommen immer mit zwei Maultieren und nehmen die Packsäcke ab. Legen Sie sie da drüben bei dem Baum in eine Reihe und packen Sie alles aus.« Er deutete nach rechts. »Mack und ich stellen das Küchenzelt auf, sobald Sie die Geräte gefunden haben. In der Zwischenzeit kümmern sich die anderen um die Vorräte. Wir stellen die Zelte auf, wenn die Pferde gefüttert und angepflockt sind. Wenn Sie sich eingerichtet haben, erwarten wir innerhalb einer Stunde das Abendessen. Ich habe Hunger. Genau wie die anderen. Also trödeln Sie nicht rum.«

Zynisch lächelnd hielt Kim seinem Blick stand. Zackig führte sie zwei Finger der rechten Hand an die Stirn und tat so, als salutiere sie. »Ja, Sir!«, schmetterte sie.

Noch immer blickten sie sich an, und sie sah, dass Lichter in seinen dunklen Augen tanzten. Plötzlich wirkte er wie jemand, der äußerlich schroff, im Innern jedoch eher verletzlich war. Schlagartig wurde sein Blick wieder finster und trüb, sodass sie nicht tiefer in ihn eindringen konnte. Erstaunt von dem kurzen Aufblitzen dessen, was er in seinem Inneren war, spürte Kim, wie es ihr die Kehle zuschnürte und ihr Puls sich beschleunigte. Die ironische Geste des Salutierens hatte ihn unvorbereitet erwischt. Sie fragte sich, was sie tun musste, um den Mann ganz aus seiner harten Schale hervorzulocken.

Sie erschauerte. Rasch riss sie sich von seinem Anblick los und schob diese Gedanken von sich. Aufgewühlt sah sie sich nach Jillie um und lief los. Es beunruhigte sie, dass sie solche Vorstellungen überhaupt zugelassen hatte. »Komm, Jillie, wir haben zu tun.«

Ohne ihn anzusehen, schob sie sich Schulter an Schulter mit Jillie an Thad vorbei, und ging mit ihr zu den ersten beiden Maultieren. Nervös flogen ihre Finger über die Knoten der Leinenplane, die sie losband, während Jillie die Last festhielt. Nur einmal blickte sie über die Schulter und bemerkte, dass Thad sich eilig umdrehte und auf Mack zuging. Während der nächsten Viertelstunde konzentrierte sie sich auf die Arbeit und versuchte, ihren nervösen Magen und den hämmernden Herzschlag zu beruhigen und gleichzeitig den Druck auf ihrer Blase nicht zu beachten.

Doch sie wusste, dass sie sich bald nicht mehr darüber hinwegsetzen könnte. Ihr wurde bang ums Herz bei dem Gedanken, dass die nächsten Tage möglicherweise noch spannender werden würden, als sie ursprünglich geglaubt hatte.

★

Der kleine Fluss plätscherte vor ihm dahin. Thad hockte sich ans Ufer und versuchte auf den Grund zu blicken. Hinter ihm wieherten hin und wieder die Pferde. Sie waren schon getränkt worden und warteten nun auf ihre abendliche Mahlzeit. Eigentlich sollte er

Ben und Luke bei den Vorbereitungen helfen.

Nur einen Augenblick für mich allein, sagte er sich. Nur einen Moment.

Er brauchte einen klaren Kopf. Seit heute früh hatte er sich wie ein Idiot benommen. Er wusste zwar nicht genau, warum, aber er wusste, dass es verdammt viel mit Kim Martin zu tun hatte.

Er war kein Frauenheld, war es nie gewesen. Was nicht bedeutete, dass er keine abbekommen hätte, sei es nur vorübergehend oder auch für länger. Soweit er wusste, hatte er auch keine merkwürdigen Komplexe, die ihn daran hinderten, eine Beziehung mit einer Frau einzugehen. Doch bisher war er keiner begegnet, die ihn zu einer dauerhaften Beziehung hätte verlocken können.

Doch mit vierzig spürte er allmählich, dass er nicht ewig lebte. Verdammt, steckte er etwa in der Midlife-Crisis? Begann deshalb bei jedem Blick auf Kim die Hormone in seinen Adern zu kreisen? Etwas so Starkes, Drängendes hatte er zuletzt als Teenager gefühlt.

Der Kies hinter ihm knirschte unter sich nähernden Schritten. Thad stand auf, drehte sich um und erblickte Mack.

»Das Lager für die Nacht ist aufgeschlagen«, erklärte Mack und blieb neben Thad stehen. »Ben und Luke bauen gerade das Essenszelt auf. Wir können gleich den Herd anfeuern.«

Thad schnaubte. »Haben die beiden Frauen ihn überhaupt schon gefunden?«

Er spürte, wie Mack ihn anstarrte.

»Was ist denn los mit dir, Thad?«

Thad schaute weiter in den Bach. Abrupt drehte er sich um und stieß einen tiefen Seufzer aus. »Wenn ich das nur wüsste, Mack.« Er setzte sich auf einen großen Felsen, nahm den Hut ab und fuhr sich mit den Fingern durchs Haar.

»Du bist ziemlich hart mit ihr ins Gericht gegangen. So kenne ich dich gar nicht.«

»Das weiß ich selbst.«

»Also, was ist los?«

Er drehte langsam den Kopf von rechts nach links, um seinen steifen Nacken und die Schultermuskeln zu entspannen. Er blickte Mack in die Augen. Öffnete den Mund, als wollte er etwas sagen, doch dann schloss er ihn wieder. Schließlich sagte er: »Du kennst die Regeln, Mack, was den Umgang mit den Gästen betrifft. Das ist eine vernünftige Geschäftspolitik, und ich rate dir, das nicht zu vergessen.«

Er stand auf.

Mack lachte in sich hinein. »Sagst du das zu meinem Schutz oder zu deinem eigenen?«

Ohne zu antworten, lief Thad Richtung Lager.

»Du fühlst dich von ihr angezogen, stimmts?«

Er blieb stehen und drehte sich langsam zu seinem Freund um. »Wie die Motten vom Licht.«

»Warum vergessen wir den Wanderritt nicht einfach, schicken die anderen weg und machen uns zu viert auf den Weg? Keine offizielle Tour, kein Problem. Was hältst du davon?«

Thad dachte über Macks Worte nach. Sie klangen verlockend. Es war nur so: Nichts sprach dafür, dass Kim Martin sich im Geringsten von ihm angezogen fühlte. Was zum Teufel sollte sie auch mit ihm anfangen? Sie war einfach eine Nummer zu groß für ihn. »Nein. Nur, weil ich sie attraktiv finde, kann ich nicht einfach das Geschäft in den Wind schießen, Mack. Es ist unser Job, wir leben davon. Wenn sich zwischen Ms Kim Martin und mir überhaupt etwas entwickeln kann, dann erst, wenn diese zwölf Tage vorbei sind.«

»Das heißt, du willst dich während der ganzen Reise wie ein Esel benehmen?«

Thads Augen wurden schmal. Lange schaute er Mack an. »Wenn es sein muss.«

Er ging weiter.

»Nun, das dürfte dir nicht besonders schwerfallen«, murmelte Mack gerade laut genug, damit Thad es hören konnte.

Kapitel 6

Nachdem Jillie und Kim vier Maultiere von ihrer Last befreit und mehrere fast fünfzig Kilo schwere Packstücke auf dem Boden abgelegt hatten, lehnte Kim sich an einen Baum, um wieder zu Atem zu kommen, bevor sie die nächste Aufgabe in Angriff nahm. Die Tiere zu entladen schien anfangs ganz leicht zu sein. Ihr war nicht klar gewesen, wie schwer es war, die beiden Säcke in der Balance zu halten, während sie die Gurte lösten. Ganz zu schweigen von dem Gewicht, das sie und Jillie tragen mussten, wenn sie die Last auf dem Boden absetzten.

»Komm schon«, krächzte Jillie und zog Kim an beiden Händen mit sich. »Beweg dich! Wir müssen auspacken.«

»Ach, pfeif aufs Auspacken.« Kim versuchte Jillie in die entgegengesetzte Richtung zu ziehen. »Setz dich hin. Man muss sich auch mal ausruhen.« Sie blickte kurz zur Seite und hielt aus dem Augenwinkel nach Thad Ausschau. Dann konzentrierte sie sich auf ihre Fingernägel und kontrollierte, ob einer abgebrochen war. Einen Augenblick später schaute sie sich um und suchte nach einem passenden Baum für den Moment, in dem sie sich davonschleichen und um ihre eigenen Bedürfnisse kümmern würde. »Der Sklaventreiber guckt gerade nicht. Ruh dich ein bisschen aus, Jill.«

Doch Jillie hielt das Gleichgewicht und blieb stehen, so sehr Kim auch an ihr zerrte. »Jetzt komm. Bald ist es dunkel. Ich will nicht alles im Dunkeln aufbauen. Und wir müssen noch das Abendessen machen.«

»*Ich* muss das Abendessen machen. Daran hat Seine Königliche Hoheit keinen Zweifel gelassen.«

Jillie winkte ab. »Vergiss ihn. Wenn ich kochen will, dann koche ich.«

Kim kicherte und legte die Hände zwischen die Knie. »Du? Kochen! Ha! Dass ich nicht lache! Du bist beim Kochen ungefähr so geschickt wie ich beim Reiten.«

Nun griff Jillie nach Kims Händen und zog sie sanft auf die Füße. »Egal. Ich helfe dir.«

»Autsch …« Kim zuckte zusammen und fasste sich an den Po. »Ich glaube, ich hab ein Problem.«

»Wund geritten?«

Mit den Handflächen rieb sie erst über ihr Hinterteil und dann über die Innenseiten der Schenkel. Sie nickte. »Und wie.«

»Bleib in Bewegung. Deine Muskeln dürfen sich nicht verspannen. Ich gebe dir später etwas dagegen.«

»Bist du sicher?«

»Ja. Und jetzt beweg dich. Wenn deine Muskeln kalt werden, bist du geliefert.«

Mit schmerzverzerrtem Gesicht ging Kim auf eine der Leinenplanen zu und klagte: »Aua! Ich glaube, ich bin jetzt schon geliefert.«

»Sie sind beide geliefert, wenn Sie nicht bald die Ausrüstung abladen und die Küchenvorräte finden. Was haben die Damen denn bislang getrieben?«

Kim fuhr hoch. Sie hasste es, so erschreckt zu werden. Als sie ihm ins Gesicht blickte, spürte sie die Hitze tief in ihrem Bauch. Sie redete sich ein, dass sie ärgerlich auf ihn war und das Blut, das siedend heiß direkt unter ihrer Haut pulsierte, ein Ergebnis seiner Überheblichkeit war. Doch plötzlich spürte sie, dass es mit etwas völlig anderem zu tun hatte.

Obwohl sie Lust dazu gehabt hätte, schrie sie ihn nicht an. Stattdessen beachtete sie ihn überhaupt nicht, drehte sich abrupt zur nächsten Plane und schnürte sie auf. Als sie die Seile beiseitelegte, war sie sich seiner Gegenwart noch immer bewusst. Es war pures Glück, dass sie als Erstes den Sack mit der Küchenausrüstung erwischt hatte.

Thad trat neben sie. »Das ist der Herd. Das Essenszelt ist schon fast aufgebaut. Sobald Mack und ich damit fertig sind, können Sie mit den Fressalien anfangen.« Er trat einige Schritte zurück. »Und verschwenden Sie keine Zeit. Wir sind alle hungrig.«

Langsam drehte Kim den Kopf und blickte ihn aus schmalen Augen an. Gleich würden ihr die Sicherungen durchbrennen. Sie biss die Zähne zusammen, ihr Kiefer wurde hart. Sie hatte die Hände so fest zu Fäusten geballt, dass die Fingerknöchel weiß hervortraten. Sie hatte die Nase voll. Sie war müde, hungrig, schmutzig und wund geritten. Sie musste pinkeln, und sie war absolut nicht bereit, sich noch mehr solchen Mist anzuhören!

Sie bedachte ihn mit einem ekelhaft süßen Lächeln. »Hören Sie, Mr Winchester«, erwiderte sie. Dann trat sie einen kleinen Schritt vor, streckte die Hand aus und stieß ihm den Zeigefinger ihrer rechten Hand direkt in die Brust. Seine Augen flackerten, als ihr Finger ihn berührte, doch Kim tat, als hätte sie das nicht bemerkt. Stattdessen machte sie noch einen winzigen Schritt auf ihn zu. »Ich habe mich bereit erklärt, die Köchin dieses Trecks zu sein, und genau das werde ich tun. Ich wäre Ihnen dankbar, wenn Sie mich nicht ständig daran erinnern würden, denn ich kann Ihnen versichern, dass ich das nicht eine Minute lang vergessen habe. Wenn Sie also Ihr langbeiniges, überhebliches Selbst aus dem Weg räumen könnten, würde ich mir die Ausrüstung krallen, den Herd hintragen, wo immer Sie ihn haben wollen, und dann zu kochen anfangen. Aber bis dahin lassen Sie mich in Ruhe!«

Kim betonte jedes Wort einzeln und stieß ihm dabei den Finger in die Brust. »Ich werde meine Arbeit machen, Mr Winchester. Ich leiste meinen Beitrag, wie Sie befohlen haben. Und ob Sie mir das nun zutrauen oder nicht, ist mir vollkommen egal. Aber eins sage ich Ihnen. Wenn das Abendessen fertig ist, erwarte ich, dass mein Zelt aufgebaut ist, meine Sachen darin verstaut sind und ein vorgewärmter Schlafsack auf mich wartet. Ich hatte einen langen Tag, und ich habe keine Lust, ewig zu warten und am Ende doch alles selbst zu erledigen. Verstanden?«

Sie stieß ihm ein letztes Mal den Finger in die Brust. Es war höchste Zeit für sie, endlich Forderungen zu stellen!

Seine Augen schienen Funken zu sprühen. Sein kräftiger Kiefer war angespannt, die hohen Wangenknochen sahen aus, als wären sie aus Marmor. Schließlich breitete sich ein hintergründiges Lächeln auf seinem Gesicht aus.

Im nächsten Augenblick nahm er den Hut ab und verneigte sich mit einer ausladenden Bewegung vor ihr. »Stets zu Diensten, Ma'am«, sagte er spöttisch und ahmte die Ehrenbezeugung nach, die sie wenige Stunden zuvor abgelegt hatte. In der nächsten Sekunde schob er sich an ihr vorbei und ging mit großen Schritten seelenruhig zu den anderen Männern.

Kim drehte sich erst zu Jillie um und vollführte dann eine 180°-Drehung, um ihren Blick auf seinen Hintern zu heften. Sie hasste es, wie dieser Mann von hinten aussah. Die Art, wie sich die Jeans stramm über seinen Hintern spannte. Wie die Rückenmuskeln sich unter dem karierten Westernhemd abzeichneten. Ja, sie hasste das, was dieser Anblick in ihr auslöste. Sie spürte, dass ihr Zorn heftiger wurde.

So ein Schwachkopf!

Gereizt wandte Kim sich wieder um. Sie würde sich verdammt noch mal nicht von ihm zum Narren halten lassen. Mit dieser Gewissheit stürzte sie sich wieder in die Arbeit. Außerdem hatte sie irgendwo gehört, dass harte Arbeit ein hervorragendes Mittel gegen sexuelle Frustration war.

Sexuelle Frustration?

»Hilf mir mal, Jillie!«, sagte sie energisch.

Jillie gesellte sich zu ihr, und im Handumdrehen hatten sie den Inhalt der Plane abgelegt und sortiert, sämtliche Küchenvorräte gefunden und Mack darüber informiert, dass sie nun das Essen vorbereiten konnten. Doch während sie mit den Seilen hantierte und noch mehr Zeug auspackte, dachte sie ständig darüber nach, warum zum Teufel ihr der Gedanke gekommen war, sexuell frustriert zu sein.

Und Thad Winchester? Ihr Körper spielte ihr Streiche, so viel war sicher. Nie hätte sie sich träumen lassen, dass jemand wie … ein Rancher sie anziehen könnte. Ein Cowboy. Ein Mann wie Thad Winchester. Ein Mann, der keinerlei Respekt für sie als Mensch aufbrachte. Ein Mann mit Augen von der Farbe starken Kaffees und mit gebräunter Haut, in die sich über hohen Wangenknochen, auf der gefurchten Stirn und dem kantigen Kiefer die Spuren des Lebens eingegraben hatten. Schmale, weiche Lippen. Darüber ein dichter Schnurrbart. Ob es an der Nase kitzeln würde, wenn er sie küsste?

Sie küsste?

Kim stand auf, legte mürrisch die letzte Plane zusammen und warf sie auf den Haufen zu den anderen. Warum in aller Welt fragte sie sich, wie sein Bart sich anfühlte, wenn er sie küsste? Das würde niemals passieren! Dafür würde sorgte sie. Thad Winchester käme ihr nicht einmal nahe genug, um auch nur an so etwas zu denken!

Gereizt blickte sie sich nach Jillie um, die sich gerade mit Mack unterhielt. Plötzlich ungeduldig mit sich selbst und mit allem in ihrer Umgebung, stapfte sie zu einem Stapel Ausrüstung, nahm eine kleine Schaufel und eine Rolle Toilettenpapier und eilte ärgerlich an den beiden vorbei. Ihr Körper sandte alle möglichen Signale aus: schmerzende Muskeln, ein knurrender Magen, eine Hypophyse, die die Hormone durch ihre Adern rasen ließ, und eine Blase, die deutlich zu verstehen gab, dass sie schon viel zu lange nicht mehr geleert worden war.

Und in diesem Moment kam sie angesichts ihrer Frustration über sich selbst und ihres anschwellenden Verlangens zu dem Schluss, dass es an der Zeit war, das Einzige zu erledigen, was sie momentan tun konnte. Peinlich oder nicht, es musste sein. Sie trottete auf den kleinen Wald zu und spürte, dass jeder Einzelne in dem Lager sie angaffte und wusste, was sie vorhatte. Ein paar Meter hinter der Waldgrenze fand sie endlich einen großen Baum und fühlte sich ganz furchtbar fehl am Platz. Und verlegen.

Sie grub ein kleines Loch, so, wie Thad es ihnen vor der Tour erklärt hatte. Sie blickte sich um. Nie war ihr bewusst gewesen, wie dunkel der Wald in der Abenddämmerung sein konnte. Schnell erledigte sie ihr Geschäft und ging zurück zum Lager. Sie hoffte, dass sie den Wald vor Anbruch des Tages nicht mehr betreten müsste.

★

Als das Essen fertig war, war auch das Lager errichtet. Mit Jillies Hilfe hatte Kim Frikadellen und Sauce, Kartoffelbrei, Bohnensalat, Kaffee und einen kleinen Schokoladenkuchen zum Nachtisch zubereitet. Als Mack und Thad den Herd im Kochzelt aufgestellt hatten und sie sich selbst überlassen waren, war es keine große Sache mehr gewesen.

Unter Thads wütendem Blick hatte Mack für sie das Feuer im Herd entfacht. Sie spürte, dass Thad sich wünschte, sie würde einen Fehler machen oder so lange ungeschickt mit der Ausrüstung hantieren, bis sie um Hilfe bitten müsste. Doch Mack schien Thads Benehmen genauso zu lästig zu sein wie ihr. Als Thad auf dem Absatz umdrehte, um beim Aufbau der letzten Zelte zu helfen, musste Kim ein Grinsen unterdrücken.

Als sie die Essenskisten durchstöberte, fand sie eine Bestandsliste und Anweisungen von Sarah. Sobald sie herausgefunden hatte, nach welchem System gepackt worden war und ihr die Speisezettel für die nächsten zwei Wochen in die Hände gefallen waren, wurde ihr klar, dass es ein Leichtes sein würde, hier Köchin zu sein. Sarah hatte geschrieben, dass das Fleisch außen an der Kiste zuerst verbraucht werden musste, weil es als Erstes auftauen würde. Sie musste sich also bis zum Ende der Woche in die Mitte vorarbeiten. Zur Halbzeit der Reise würde jemand von der Ranch frische Essensvorräte bringen.

Außerdem hatte Sarah den Bohnensalat schon zubereitet, der zwischen weiteren tiefgekühlten Produkten neben dem Fleisch in Trockeneis lagerte. Sie musste nur noch den Kaffee aufsetzen, die vorgebratenen Frikadellen und die Sauce warm machen, die Kartoffeln kochen und stampfen und den vorgebackenen Schokoladenkuchen in Scheiben schneiden. Eine Dreiviertelstunde später konnte das Abendessen serviert werden.

Thad gab zu ihren Kochkünsten – oder deren Fehlen – während der gesamten Mahlzeit keinen Kommentar ab. Er aß, verließ dann die Runde und ging hinaus in die dunkle Nacht. Allein. Kim schüttelte den Kopf über seine Gleichgültigkeit und machte sich daran, die Teller von den Essensresten zu befreien und Wasser für den Abwasch zu kochen.

Alle anderen packten mit an. Tim schlug vor, dass jeder sein eigenes Essgeschirr abwaschen sollte, was sie auch taten. Dann blieb er, um Kim beim Reinigen der Töpfe und Pfannen zu helfen. Mack und Jillie waren zusammen weggegangen – sie wollte gar nicht wissen, wohin. Die Cowboys und Aaron hatten für die Nacht getrennte Wege eingeschlagen.

Zwar war sie müde und freute sich über Tims Hilfe, doch allmählich wurde er ihr ein wenig lästig. Sie war nicht in der Stimmung, sich charmant und unterhaltsam zu geben. Jetzt wollte sie nur noch mit dem Abwasch fertig werden und sich schlafen legen.

Sie war todmüde. Als sie die Ausrüstung nach Macks Anweisungen verstaut und die batteriebetriebene Laterne im Essenszelt eingeschaltet hatten, bedankte Kim sich noch einmal bei Tim. Eigentlich hatte sie Lust, ihm vor dem Eingang des Kuppelzelts, das Mack ihr früher am Abend zugewiesen hatte, eine dicke Abfuhr zu erteilen. Doch dort angekommen, zog sie nur schnell den Reißverschluss am Eingang auf, schlüpfte in das Zelt und verschloss es hinter sich.

Im Dunkeln konnte sie nichts erkennen. Tim hatte den Weg zum Zelt mit seiner Taschenlampe ausgeleuchtet, und jetzt brauchten ihre Augen etwas Zeit, um sich an die schwarze Höhle zu gewöhnen.

Sie ging auf die Knie und stöhnte. Noch nie war sie so erschöpft gewesen. Nie in ihrem Leben. Nicht einmal während der Feierwoche ihrer Studentinnenverbindung auf dem College. Nicht einmal während der Reitturniere. Auch nicht spät in der Nacht vor den Examensprüfungen.

Noch nie zuvor hatte sie in ihren Kleidern geschlafen, doch jetzt fand sie die Vorstellung äußerst verlockend. Sie hatte keine Lust, im Dunkeln nach dem Jogginganzug zu suchen, den man ihr gegeben hatte. Dazu fehlte ihr jetzt wirklich die Kraft. Sie wollte sich nur noch tief in ihren Schlafsack kuscheln, einschlafen und bis zum nächsten Morgen alles um sich herum vergessen.

Draußen war es warm, und der Schlafsack würde sie gegen die Nachtkühle schützen. Also öffnete sie schnell die verdeckte Knopfleiste des geliehenen Westernhemdes und streifte es ab. Als Nächstes kam der BH. Dann öffnete sie den zu weiten Gürtel und den Reißverschluss der Jeans, schob sie über die Hüften und merkte, dass sie die Stiefel noch anhatte.

»Verdammte Dinger«, flüsterte sie im Dunkeln. »Viel zu groß. Meine Füße tun weh, mein Hinter tut weh, meine Oberschenkel auch. Verdammter Ausritt. Verdammte Jillie Abernathy«, murmelte sie ärgerlich. »Ich versohle dir den Hintern, wenn ich dich erwische. Und wo zum Teufel bleibst du mit der Salbe?«

Kim stöhnte, als sie sich wand, um die Beine ausstrecken zu können. Sie fummelte an den Stiefeln herum und schaffte es endlich, sie auszuziehen, einen nach dem anderen. Sie zog und ächzte, bis sie sich endlich von ihren verschwitzten Füßen lösten. Aus einem flog eine zusammengeknüllte Socke heraus, prallte an der gegenüberliegenden Zeltwand ab und fiel dann zu Boden.

»Mist! Jetzt muss ich die morgen früh auch noch suchen.«

Schließlich zog sie die Jeans aus, ließ den Slip an und krabbelte auf allen Vieren auf der Suche nach ihrem Schlafsack herum. Innerhalb weniger Sekunden hatte sie eine Ecke des Dings in der Hand.

»Ach nein!«, rief sie. »Er hat ihn tatsächlich für mich ausgerollt. Vielleicht steckt ja doch ein bisschen Verstand in diesem harten Schädel.«

Kim ließ die Finger über den Reißverschluss bis zum Kopfende gleiten. Sie stellte fest, dass er bis oben zugezogen war, atmete aus, zog den Verschluss auf und ließ das Kopfteil gegen die Zeltwand schnellen.

In der Erwartung, warmen Flanell auf der Haut zu spüren, ließ sie sich auf den Schlafsack fallen. Doch das geschah nicht. Sie traf auf etwas Warmes. Ja. Warme, behaarte Haut. Die Hitze, die diese Haut ausstrahlte, ließ sie erbeben.

»Im Moment ist nicht nur mein Schädel hart. Und wenn du nicht verdammt schnell bist, dann kann ich für nichts garantieren.«

Kim schrie auf und wollte zurückweichen, doch er hatte ihr bereits die Hand auf den Mund gedrückt. Er zog sie zu sich herab und legte ihr einen behaarten Arm um die Taille. Dabei streifte er ihre Brustspitzen, und ihr Körper bebte vor Erregung.

Sie war in seinen Armen gefangen, fest an seine warme Haut geschmiegt, die leicht nach Schweiß, Kaffee und Holzrauch duftete. Und nach etwas Würzigem. Erneut durchlief ein Schauer ihren Körper und endete in den aufgerichteten Spitzen ihrer Brüste.

»Wehe, du schreist noch einmal«, flüsterte er ihr mit heiserer Stimme ins Ohr. »Gleich kommt das ganze verdammte Camp angerannt. Du willst doch nicht, dass sie uns in dieser kompromittierenden Situation erwischen, oder?«

Ärger kochte in Kim hoch, als sie ihm wortlos und von ganzem Herzen zustimmte – und ihre Zähne tief in Thads fleischige Handfläche schlug.

★

Wie zum Teufel war Kim Martin in seinem Zelt und seinem Schlafsack gelandet? Thad hatte keine Ahnung. Und doch lag sie in seinen Armen, fast nackt, und hatte ihm die Zähne in die Hand geschlagen.

Beim Geräusch gedämpfter Stimmen, die sich dem Zelt näherten, war er aufgewacht. Als er Tim Rumers Stimme erkannt hatte, die sich mit Kims vermischte, hatte er sich innerlich gekrümmt. Würde sie Tim erlauben, ihr die ganze Nacht Gesellschaft zu leisten? Schließlich hatte es tagsüber so ausgesehen, als würden sie sich rasch näherkommen. Bei dieser Vorstellung versetzte ihm etwas, was er nicht näher beschreiben konnte, einen Stich. Wenn er dem Gefühl einen Namen geben müsste, hätte er es Eifersucht genannt. Aber er würde es nicht benennen. Er hatte keinen Grund, auf Tim Rumer oder irgendjemand sonst eifersüchtig zu sein.

Kim Martin war tabu. Punkt.

Wie eine Katze hatte sie sich angeschlichen und hastig die Zeltluke hinter sich geschlossen. Als ihm klar wurde, dass er es nur mit ihr und nicht mit Tim zu tun hatte, stieß er einen Seufzer der Erleichterung aus. Er betrachtete sie im Dunkeln. Allmählich gewöhnten seine Augen sich an das fehlende Licht – offenbar schneller als ihre –, denn er musste all seine Selbstbeherrschung aufbringen, um sich nicht zu bewegen.

Seine Wangen wurden heiß, als er zusah, wie sie die Hände auf die Knopfleiste legte und schnell das Hemd aufknöpfte. Sein Magen zog sich zusammen, als sie es ungeduldig auszog und beiseitewarf. Das Blut pulsierte ihm in den Ohren, als sie zwischen ihre Brüste griff, geschickt den Verschluss ihres BHs öffnete und ihren üppigen Brüsten die Freiheit schenkte.

Wie einen Radar richtete er den Blick auf ihre Rundungen. Nur die Tatsache, dass sie die Hände inzwischen auf den Reißverschluss ihrer Jeans gelegt hatte, lenkte ihn von der Vorstellung ab, wie ihre Brüste sich in seinen Händen anfühlen würden.

Beim vertrauten Geräusch des Reißverschlusses spürte er, wie sich sein Blut in der Leistengegend sammelte. Er unterdrückte ein Stöhnen.

Himmel, wie er sich selbst in diesem Augenblick hasste. Aber so sehr er sich auch verabscheute, weil er still dort lag und sich wie ein Voyeur fühlte, er stellte sich noch immer vor, eine Hand in ihre Jeans gleiten zu lassen, sie sanft auf ihre Hüften zu legen und ganz langsam Denim und Spitze abzustreifen, um das Gefühl ihrer runden Pobacken und ihrer zarten Haut unter seinen Händen zu genießen.

Ja, er wusste, dass sie zart war. Eine Frau wie sie musste einfach zart sein.

Verdammt!

Als sie ihre Stiefel ausgezogen und die Jeans abgestreift hatte, ließ die Sinnlichkeit des Augenblicks ihm das Blut in den Adern kochen. Was zum Teufel tat er hier eigentlich? Wenn das herauskam, war sein Ruf als zuverlässiger Geschäftsmann vom Wind der Rocky Mountains verweht.

Er musste hier raus, und zwar schnell!

Als sie auf der Suche nach ihrem Schlafsack den Zeltboden vor sich betastete und dabei unzusammenhängendes Zeug vor sich hin murmelte, hielt er den Atem an und wartete ab. Sie blockierte den Eingang zum Zelt. Es gab keinen Ausweg. Er musste sich dieser Zwangslage stellen.

Frontal.

Als sie nach dem Reißverschluss griff und den Schlafsack öffnete, wusste Thad, dass er sich so schnell und leise wie möglich bemerkbar machen musste. Auf keinen Fall wollte er, dass das ganze Camp sich in wenigen Augenblicken hier versammelte.

Dann berührte ihre Haut die seine, und sie fuhr zurück. Da wusste er, dass sie schreien würde. Und darum legte er ihr die Hand auf den Mund und zog ihren herrlichen Körper an sich.

Verflucht! Wenn er wenigstens sein Hemd angelassen hätte. Wenn er sie doch überhaupt nicht berührt hätte. Sie war so weich, wie er es vorausgesehen hatte. Dass er mit der Hand die Unterseite ihrer Brüste berührte, als er sie an sich drückte und ihr flüsternd befahl, still zu sein, war sein Untergang. Und wenn er sich diesen blöden Witz über ein gewisses hartes Körperteil verkniffen hätte, dann hätte er insgesamt ein bisschen besser dagestanden.

Denn an diesem Punkt hatte sie ihn gebissen, und er war derjenige gewesen, der geschrien hatte.

Augenblicklich ließ er sie los.

Kim schnellte zurück, suchte nach ihrem Hemd und warf es sich schnell über die Schultern. »Was zum Teufel tun Sie in meinem Zelt?«, keuchte sie. »In meinem Schlafsack?!«

Einen langen Augenblick herrschten Stille und Dunkelheit. Die Spannung in der Luft war so greifbar wie der Tau, der am Morgen vermutlich den Boden bedecken würde. Schließlich antwortete er ihr und wählte sorgfältig seine Worte. »Ich mach nur, was Sie mir befehlen, Ma'am.«

»Was?« Angesichts dieser lächerlichen Erwiderung kletterte Kims Stimme eine Oktave höher.

»Ich mache nur alles für Sie bereit, wie Sie es verlangt haben, Ma'am«, antwortete er mit dem unterwürfigen Gehabe eines Cowboys, der den Gentleman spielt.

»Was soll das heißen?«, fragte Kim noch einmal.

Am liebsten hätte er sie noch weiter gereizt und behauptet, nur ihren Schlafsack anzuwärmen und damit die Forderung zu erfüllen, die sie früher an diesem Tag gestellt hatte. Doch er überlegte es sich anders. Er setzte sich auf, rieb sich die linke Handfläche und stieß ärgerlich den Schlafsack von sich. »Meine Güte, Sie sind im falschen

Zelt gelandet, Ms Martin. Das hier ist mein Zelt.«

»Was?«, zischte sie und rutschte auf den Knien auf die andere Seite. »Raus jetzt!« Er sah, wie sie die Arme über der Brust verschränkte, und er war sich sicher, dass sie zitterte.

Verdammt, *er* zitterte.

»Glauben Sie mir«, fuhr Thad fort. »Ich hatte niemals die Absicht, das Zelt mit Ihnen zu teilen. Oder meinen Schlafsack. Irgendwie kann ich mir nicht vorstellen, dass das besonders amüsant wäre, weder für Sie noch für mich. Trotzdem sind Sie es, die gehen muss. Es ist mein Zelt.«

»Nein … Mack hat gesagt, das hier ist meins.«

»Dann hat er Ihnen etwas Falsches gesagt.«

»Und warum sollte er das tun?«

Thad schwieg einen Augenblick, bevor er antwortete. »Genau das werde ich noch herausfinden, Ms Martin. So, und jetzt drehe ich mich um, und Sie suchen Ihre Sachen zusammen und ziehen sich an. Ihr Zelt ist das neben dem Essenszelt. Da schlafen die Köche immer. Und wenn es Ihnen nichts ausmacht, würde ich jetzt gerne schlafen.«

Thad tat, was er angekündigt hatte. Er drehte sich um und konnte Kim nicht mehr sehen … eigentlich nicht. Doch er konnte sie hören, und vor seinem geistigen Auge sah er, wie sie sich anzog. Und die Vorstellung stellte beunruhigende Dinge mit ihm an.

Sehr beunruhigende Dinge. Vor allem, weil er noch die Wärme ihrer Haut auf seinen Händen spürte.

Dankbar registrierte er, dass sie gegangen war.

Am nächsten Morgen würde Mack Montgomery dafür bezahlen. Und zwar teuer.

Kapitel 7

Kim schreckte hoch, als der Reißverschluss ihrer Zeltluke aufgezogen wurde. Mit einem Satz war sie auf den Knien und zog den Schlafsack eng um sich. Sie keuchte, als sie sah, dass jemand durch die Öffnung hereinkroch. Ein Strahl des Mondlichts drang herein und beleuchtete den Eindringling und das Innere des Zelts.

»Kim …?«, flüsterte die Gestalt.

Sie entspannte sich. »Jillie! Du hast mich zu Tode erschreckt. Komm rein.«

Jillie duckte sich ins Zelt und ließ die Luke zuklappen. Sie streckte ihr eine Hand entgegen, in der etwas lag. »Hier. Wer soll denn sonst mitten in der Nacht in dein Zelt gekrochen kommen?«

Kim nahm ihr den Becher aus der Hand. »Niemand«, brummte sie. Auf keinen Fall würde sie Jillie erzählen, dass Thad kurz zuvor in ihr Zelt eingedrungen war. Und auf gar keinen Fall würde sie erwähnen, dass sie in dem Moment, als Jillie sie weckte, gerade davon träumte, dass Thad ganz unglaubliche Dinge mit ihr anstellte.

»Was ist das?« Sie nahm den Deckel des Bechers ab.

»Salbe.«

Insgeheim war sie Jillie dankbar. In den letzten Stunden hatte sie sich hin und her gewälzt, um eine bequeme Schlafposition zu finden, und an morgen wollte sie nicht einmal denken.

»Bist du tatsächlich wund?«

Sie blickte Jillie scharf an. »Was glaubst du denn?«

Jillie kicherte. »Das fühlt sich an, als hättest du die ganze Nacht abgefahrenen Sex gehabt, ohne am Ende auf deine Kosten zu kommen, stimmts?«

Kim blickte zur Seite und tauchte einen Finger in die Salbe. »Da kann ich in letzter Zeit nicht so mitreden. Aber ich kann mich nicht erinnern, mich nach dem Sex jemals so gefühlt zu haben.«

Jillie schlängelte sich auf dem Schlafsack näher an Kim heran, beugte sich zu ihr und kicherte ihr ins Ohr. »Dann hast du es falsch gemacht … auf die falsche Art und mit den falschen Männern. Hab ich dir nicht immer gesagt, du sollst dich nicht mit solchen Weicheiern abgeben?«

»Jillie!« Sie rutschte ein Stück rüber. »Erstens schlafe ich nicht mit jedem Mann, mit dem ich ausgehe, und zweitens würde ich mit keinem Mann ins Bett steigen, bei dem ich mich hinterher so fühle.«

»Da entgeht dir aber einiges«, versetzte Jillie. »Ich wette, Thad geht beim Sex richtig ran. Was meinst du?«

Kims Gesicht wurde heiß. Wenn Jillie gewusst hätte, wovon sie einen Augenblick zuvor geträumt hatte, hätte sie all diese Vermutungen nicht anstellen müssen. »Ich glaube nicht. Jetzt lass mich allein, damit ich die Salbe auftragen und weiterschlafen kann. Brauchst du sie heute Abend noch?«

»Ähm … nein. Ich habe sie schon benutzt.«

So etwas hatte Kim schon vermutet. Wahrscheinlich hatte Jillie beim Auftragen der Salbe ein wenig Hilfe bekommen.

»Äh … Kim? Ich … äh … werde nicht bei dir … im Zelt über…«

»Geh!«, befahl Kim. Sie ahnte, was jetzt kommen würde, und tat, als sei es ihr egal. Der strenge Geruch der Salbe stieg ihr in die Nase, und sie zuckte zurück. »Geh! Lass dich vor morgen früh nicht mehr hier blicken. Wenigstens eine von uns soll sich bei diesem Albtraum hier amüsieren.«

Jillie wandte sich zum Ausgang, dann zögerte sie. »Kim, wenn du dich so elend fühlst …«

»Nein. Geh einfach zu Mack. Ihr beide seht aus, als wärt ihr füreinander bestimmt.«

»Ich mag ihn wirklich.«

»Gut.«

»Ehrlich gesagt, glaube ich, dass ich in ihn verliebt bin.«

Kim starrte ihre Freundin mit aufgerissenen Augen an. »Jetzt schon?«

Jillie zuckte mit den Schultern. »Na ja, du weißt schon. Liebe auf den ersten Blick und so …«

Kim wandte den Blick ab. Sie wollte nicht darüber nachdenken, dass Jillie sich vielleicht verliebt hatte. »Ja, ja … warte ab, was passiert, wenn du nach Kentucky zurückkehrst.«

Stille breitete sich in dem Zelt aus, als Jillie nicht antwortete. Argwöhnisch musterte Kim ihre Freundin. »Du fährst doch nach Kentucky zurück, oder?«

Es dauerte eine halbe Minute, bis Jillie antwortete. »Natürlich. Also, wir sehen uns morgen früh, okay?« Jillie rutschte auf Knien auf den Zelteingang zu.

»Super.«

Sie verschwand, und Kim starrte in die Dunkelheit. Irgendetwas war da im Busch, so viel war sicher. Und das hinterließ eine sehnsüchtige Leere tief in ihr. Es gab etwas, was Jillie ihr nicht sagen wollte. Etwas, was alles verändern würde. Grundgütiger! Jillie würde *nicht* zurück nach Kentucky gehen.

Wenn das stimmte, hätte sie sich für Jillie freuen sollen. Und sie würde sich für sie freuen. Später. Sie würde sie vermissen, ja, und zu ihrer Entscheidung stehen, doch tief in ihrem Innern nagte die Eifersucht an ihr.

Verlegen, weil sie sich selbst ertappt hatte, tauchte Kim zwei Finger in die Salbe und massierte einen großen Klecks davon in die

Haut an der Innenseite ihres Oberschenkels ein. Dabei dachte sie die ganze Zeit darüber nach, was Jillie gesagt hatte. *Wenn du dich so elend fühlst.*

Nun, sie fühlte sich eigentlich nicht elend, was sie selbst ziemlich überraschte. Sie war es nur leid, sich mit Thad zu streiten. Und mit sich selbst zu hadern. Sie war es leid, sich zu fragen, ob sie jemals wieder in seinen Armen liegen würde.

Und sie hatte keine Lust mehr, sich zu fragen, ob sie, Kimberley Price Martin, in der Lage war, sich in einen Mann wie Thaddeus Winchester zu verlieben. In jemanden, der sie bedingungslos lieben würde, so wie Mack Jillie bereits jetzt zu lieben schien. Ein Mann, der größer war als das Leben selbst und der sie zu Tode erschreckte. Ein Mann, der beim Sex vermutlich richtig zur Sache gehen und sie mit Muskelkater und der Lust auf mehr zurücklassen würde.

Ein Mann, der sie mit einem Kuss zum Schmelzen bringen konnte.

Wenn sie es wollte.

Und das war schließlich die entscheidende Frage, oder?

Wollte sie es?

★

Sie wachte spät auf. Sie erkannte es daran, dass ein winziger Sonnenstrahl schräg durch ein Loch im Zeltdach fiel. Erst am frühen Morgen war sie endlich eingeschlafen. Gewisse Dinge hörten nicht auf, ihr durch den Kopf zu gehen und sie aufzuwühlen, und bis spät in die Nacht kreiste das Adrenalin durch ihre Adern. Doch als sie endlich eingeschlafen war, schlief sie wie ein Stein.

Jetzt fühlte sie sich sehr viel besser als am Abend zuvor. Wahrscheinlich hatte ihr vor allem der Schlaf gefehlt. Doch zu der Ausgeschlafenheit gesellte sich eine Spur Reizbarkeit.

Es ärgerte sie unendlich, dass sie es genossen hatte, in Thads Armen zu liegen. Wie konnte sie nur? Er war ein völlig Fremder für sie! Was stimmte nicht mit ihr, dass sie sich immer wieder nach seiner Berührung sehnte?

Sie würde darüber jetzt nicht nachdenken. Im Augenblick forderten andere Körperteile ihre Aufmerksamkeit. Die, die sie gerade erst aus ihrem komaähnlichen Schlaf geholt hatten. Sie musste wieder pinkeln, was ebenfalls ein verdammtes Ärgernis war. Zu allem Überfluss knurrte auch noch ihr Magen. Sie konnte ein ordentliches Frühstück brauchen. Gestern hatte sie kaum etwas gegessen.

Leise schimpfend und schlecht gelaunt tastete sie in dem kleinen Zelt nach ihrer saubersten dreckigen Jeans und nach Socken. Sie ließ das T-Shirt an, in dem sie geschlafen hatte, doch sie zog sich einen BH darunter.

Ohne den gewohnten Komfort eines Badezimmers mit Spiegel zog sie sich an und begann erneut zu schimpfen, als sie ihre Reisetasche nach der Rolle Toilettenpapier durchwühlte. Als sie sie endlich gefunden hatte, zog sie ihre Stiefel an, öffnete das Zelt und trat hinaus in den frischen Morgen. Am Eingang erblickte sie die Schaufel, die noch fehlte, und begab sich hinter das Zelt in das Wäldchen, um ihre Notdurft zu verrichten.

Mit jedem Schritt wurde ihr Schimpfen lauter. Sie hatte wirklich verdammt miese Laune. Konnte nicht schlafen. Musste pinkeln. Sollte Frühstück für einen Haufen Cowboys mit den Manieren von Neandertalern machen. War hungriger als je zuvor in ihrem Leben. Und der Schmerz in ihrem Hintern nervte mehr als jede Schwiegermutter.

Hinter einer Kiefer blieb sie jäh stehen. Der Baum war breit. Hoch. Spendete viel Schatten. Perfekt.

Sie ließ die Klopapierrolle fallen und grub das unvermeidliche Loch.

Sie machte sich an ihrem Gürtel zu schaffen, dann am Reißverschluss. Sie zog die Jeans über die Hüften herunter.

Und die ganze Nacht lang hatte sie von Thad Winchester geträumt …

Hinter ihr zerbrach ein Zweig.

Sie fuhr herum und zerrte an ihrem Slip.

Hinter einer anderen großen Kiefer trat Thad hervor und zog gerade seinen Reißverschluss hoch.

Sie keuchte auf. Thad drehte sich um, zögerte … und ein verschmitztes Grinsen breitete sich auf seinem Gesicht aus.

»Morgen.« Er legte den Kopf schief.

»Ja.« Sieh zu, dass du hier wegkommst.

Eine Sekunde später ging er fort. Pfeifend.

Kim wartete, bis er außer Sichtweite war … und dann vorsichtshalber noch einmal zehn Minuten. Dann tat sie, was getan werden musste, und verließ das Wäldchen.

Als sie wieder bei ihrem Zelt angelangt war, hatte sich ihre Laune kein bisschen gebessert. Und wenn Thad beim Frühstück immer noch grinsen und vor sich hin pfeifen würde, hätte sie nicht übel Lust, ihm das dumme Grinsen mit dem Pfannenwender aus dem Gesicht zu wischen.

In ihrer Feldflasche war etwas frisches Wasser. Hatte sie sie am Abend zuvor aufgefüllt? Sie nahm einen kräftigen Schluck und verzog das Gesicht, als sie sich daran erinnerte, dass alles, was hineinging, auch wieder heraus musste. Dann trat sie hinter das Zelt und spritzte sich etwas Wasser ins Gesicht, putzte die Zähne und versuchte, sich halbwegs vorzeigbar herzurichten. Der Mangel an Komfort ging ihr allmählich auf die Nerven. Dabei war es erst der zweite Tag. Himmel, wenn sie wenigstens duschen könnte!

Widerstrebend machte sie sich auf den Weg zum Essenszelt.

★

»Morgen.«

Kim rieb sich die Augen und versuchte, sich auf den Körper zu konzentrieren, der zu der Stimme gehörte. Die Sonne schien schräg hinter dem Essenszelt hervor und warf einen Schatten, der dafür sorgte, dass sie nicht erkennen konnte, wer sie angesprochen hatte.

»Hi, Kim.«

Jillie.

Sie betrat das Zelt und erblickte Jillie und Mack, die an einem Campingtisch saßen und an dampfenden Kaffeetassen nippten. Sie trat näher und setzte sich. »Du hast nicht *guten* Morgen gesagt«, sagte sie mürrisch und warf Mack einen Blick zu.

»Kopf hoch, Kim«, erwiderte er etwas zu schwungvoll. »Es ist ein schöner Morgen!«

»Ach wirklich?« Sie blickte sich um. »Was ist denn so schön daran?«

Sie gähnte, streckte die Hände aus und legte sie auf den Tisch. Dann bettete sie den Kopf auf die Arme und schloss die Augen. »Gibts noch Kaffee?«

Jemand berührte sie am Arm. Vermutlich war es Jillie. »Ich hole dir welchen«, sagte ihre Freundin.

»Das solltest du auch. Du bist nämlich an allem schuld.«

»Ach komm, du amüsierst dich doch prächtig, oder etwa nicht?«

Kim öffnete ein Auge und hob die Braue. »Oh ja, Jillie. Ich amüsiere mich ganz prächtig. Das hier ist genauso gut wie Shopping auf dem Rodeo Drive.«

Jillie stellte die Kaffeetasse aus Blech vor Kim ab, und sie hob den Kopf. »Du hast noch nie auf dem Rodeo Drive eingekauft, woher willst du also wissen, wie viel Spaß das macht?«

Kim trank einen Schluck Kaffee und verzog das Gesicht. »Ich weiß es eben«, erwiderte sie missmutig. Sie trank noch einen Schluck von der schwarzen Brühe und schloss erneut die Augen. Langsam durchdrang die Wärme ihren Körper, der allmählich wieder zum Leben erwachte.

»Kim, du weißt, dass du das Frühstück vorbereiten musst.«

»Ja, ich weiß.« Sie hielt die Augen geschlossen und nippte noch einmal an dem Gebräu.

»Die Cowboys warten schon.«

»Ich kümmere mich gleich darum.«

»Kim, ich habe das Feuer für den Kaffee vor einer Stunde angeheizt«, warf Mack ein. »Und wenn sie nicht bald brutzelnden Schinkenspeck riechen, werden sie ungemütlich. Vielleicht lege ich besser noch Holz nach.« Er stand auf.

Schon gut! Ich hab verstanden!

Kim stellte ihre Tasse ab, vielleicht ein bisschen zu energisch. Kaffee spritzte über den Rand und nur knapp an ihrer Hand vorbei. »Genug jetzt.« Sie blickte Mack in die Augen. »Ich bereite jetzt das verdammte Frühstück vor.«

Sie stand auf, die Kaffeetasse in der Hand. Mack schürte das Feuer und legte Brennmaterial nach.

Sie hatte gerade Schinkenspeck, Kartoffeln, Eier und Brötchen zum Aufbacken gefunden, alles auf dem Arbeitstisch ausgebreitet und eine Kochplatte vorgeheizt, als hinter ihr jemand auftauchte.

»Warum ist mein Frühstück noch nicht fertig?«

Die Stimme klang fest und unbeirrbar, und sie musste nicht lange raten, wem sie gehörte. Sie blickte von der Packung mit Speck auf, an der sie gerade herumfummelte, und atmete lange aus. Sie wich seinem Blick aus. *Lieber Gott, jetzt bitte keine Szene.*

»Ich bereite es gerade zu.«

»Es ist schon nach sechs. Ich sollte bereits gegessen haben.«

Heiß und feucht spürte sie Thads Atem im Nacken. »Ich habe verschlafen«, räumte sie ein und versuchte immer noch, die Packung Speck aufzureißen. Sie wollte ihm nicht sagen, warum das passiert war. Dass ihre Träume voller Bilder davon waren, wie er in ihren Schlafsack glitt. Nein, sie würde in aller Ruhe das Frühstück machen und sich dabei so wenig wie möglich mit diesem Mann streiten. Und dann würde sie den Rest des Tages hinter sich bringen.

Falls ich diese verdammte Packung aufkriege.

Sie griff nach dem Fleischermesser neben dem Herd.

»Sie haben noch eine Viertelstunde, Ms Martin.«

Das Messer in der Hand, drehte sie sich um und begegnete Thads Blick. Das Messer schwebte zwischen ihnen. »Sehen Sie nicht, dass ich mir Mühe gebe? Warum lassen Sie mich nicht einfach in Ruhe, und ich mache das blöde Frühstück fertig?«

Thad legte seine Hand über die ihre und auf das Messer. »Seien Sie vorsichtig mit dem Ding.«

»Natürlich bin ich das«, blaffte sie ihn an.

»Geben Sie es mir.«

»Ich muss den Speck aufschneiden.«

»Ich sagte: Geben Sie es mir.«

Argwöhnisch blickte Kim ihm in die Augen. »Da.«

Als sie noch eine Sekunde lang dastand, ohne sich zu bewegen, durchbohrte er sie mit seinem Blick. Auch er bewegte sich nicht. Merkwürdig, aber heute Morgen schien er nicht ganz so sauer auf sie zu sein. Er brüllte nicht, sein Gesicht war rot. Er stellte nur ganz sachlich fest, was seiner Meinung nach zu tun sei. Nun, wenn er sie nur lange genug in Ruhe ließ, bekäme sie den Speck schon in die Pfanne.

»Danke. Wenn Sie jetzt bitte aus dem Weg gehen würden …«

Thad straffte die Schultern und behielt sie im Blick. »Ich erwarte mein Frühstück um fünf Uhr dreißig. *Jeden Morgen,* Ms Martin.«

»Dann muss mich jemand wecken. Ich habe nämlich keinen Wecker, und ich bin es absolut nicht gewöhnt, mit den Hühnern aufzustehen. Jedenfalls nicht so früh, wie die Hühner hier in dieser Gegend aufstehen.«

Er beugte sich vor. »Soll ich das persönlich übernehmen?«, fragte er so leise, dass nur sie ihn hören konnte. Bilder von Thad, der sie weckte, schossen ihr durch den Kopf. Aber sie wusste, dass er keine Andeutung gemacht hatte … oder doch?

Sie ging einen Schritt zurück, ließ ihn aber nicht aus den Augen. »Nein, lieber nicht. Darum kümmere ich mich selbst.«

Er richtete sich auf. »Ich erwarte das Frühstück morgen eher.«

»Ich schätze, Sie erwarten das, was Sie kriegen werden.« Sie würde sich nicht von ihm unterkriegen lassen.

»Was ich erwarte, Kim, ist, dass eine Frau, die eine wichtige Aufgabe wie die Versorgung der Gäste und der Crew übernimmt, von allein aufsteht, ihre Arbeit macht und weiß, was sie zu tun hat.« Er kam näher. »Andererseits: Sie wissen nicht, was Sie tun, stimmts?«

Ihre Augen wurden schmal. »Ich bin nicht unfähig, wenn es das ist, was Sie damit sagen wollen.«

»Ich will damit nur sagen, dass das hier eine Nummer zu groß für Sie ist.«

Kim kicherte. Eine Nummer zu groß? Ha! »Gehen Sie mir aus dem Weg, Cowboy, und ich mache Ihnen das beste Frühstück, das Sie je hatten. Vielleicht kommt es ein bisschen spät, aber es wird nahrhaft und wohlschmeckend sein und auch Ihre Cowboys bei Laune halten. Geben Sie mir fünfundvierzig Minuten.«

»Fünfzehn.«

»Fünfunddreißig.«

»Zwanzig.«

»Dreißig.«

»Abgemacht!«

Einen Moment lang starrte Thad sie noch wütend an. Doch seine Augen funkelten und die Andeutung eines Lächelns erschien auf seinem Gesicht. Dann machte er auf dem Absatz kehrt und ging. Mack und Jillie saßen noch am Tisch und sahen ihnen zu. Nun musste sie sich selbst umdrehen, um nicht zu lächeln.

Dafür gab es mehrere Gründe. Erstens, Thad und sie hatten ein Gespräch geführt, ohne laut zu werden. Zweitens, er hatte sie mit ihrem Vornamen angesprochen, und drittens, zum Schluss hatte er ihr ein äußerst erotisches kleines Lächeln geschenkt.

Aber vor allem würde sie dem verdammten Thad Winchester endlich eins auswischen. Gleich würde sie ihm das Frühstück servieren … und ihm vielleicht eine kleine Kröte zu schlucken geben.

★

Kim brauchte die komplette halbe Stunde, um das Frühstück als Büfett auf dem Arbeitstisch anzurichten. Es dauerte sogar etwas länger, aber sie glaubte nicht, dass Thad wirklich die Minuten zählen würde. Sie hatte sich beim Stöbern in den Essenskisten abhetzen und Jillie und Mack um Hilfe bitten müssen. Jillie hatte den Speck schön knusprig gebraten und ihn dann zum Abtropfen auf Papiertücher gelegt. Mack hackte Zwiebeln und grüne Paprikaschoten und schwitzte sie in etwas Fett an, das vom Braten des Schinkenspecks übrig geblieben war. Auch das Gemüse lag nun zum Abtropfen auf Küchenpapier.

In der Zwischenzeit hatte sie Kartoffeln für Hash Browns gerieben, einen Laib Brot in eine große Schüssel gekrümelt und ihn mit einer Mischung aus gequirlten Eiern, Salz, Pfeffer und einem Spritzer Senf und einem Schuss Tabasco und Worchestersauce bedeckt. Als die Zwiebeln und Paprikaschoten abgetropft und der Speck zerbröselt war, fügte sie sie zusammen mit ein paar Handvoll geriebenem Cheddarkäse der Mischung hinzu und gab das Ganze in eine große Backform, die sie mit Antihaft-Backspray eingesprüht hatte.

Dann wanderte alles in den Ofen. Sie betete, dass die Hitze nicht zu hoch oder zu niedrig eingestellt war und das Ding in Rekordzeit fertig werden würde.

Während das Gericht vor sich hin brutzelte, briet sie die Hash Browns knusprig. Mack kochte noch mehr Kaffee, und Jillie schnitt Orangen auf.

Als die Zeit fast um war, spähte sie in den Herd, um zu sehen, was sich in der Auflaufform tat. Sie stieß einen erleichterten Seufzer aus. Der Auflauf war an den Rändern hübsch gebräunt und in der Mitte fest. Einfach perfekt.

Sie legte gerade letzte Hand an, als die Cowboys und die anderen Gäste auf das Zelt zugeschlendert kamen. Erwartungsvoll hielt sie den Atem an, als einer nach dem anderen sich Auflauf, Kartoffeln und Orangen auf den Teller legte, sie sich die Tassen mit Kaffee füllten und an den Tischen Platz nahmen. Mack und Jillie folgten.

Und dann Thad.

Prüfend betrachtete er den Tisch und alles, was sie zubereitet hatte. Langsam drehte er sich zu ihr um. Ihre Blicke trafen sich, und Kim musste ein Zittern unterdrücken. Er nahm zwei Teller und hielt ihr einen davon hin. »Zeit zu essen«, sagte er mit ausdrucksloser Miene.

Zögernd kam sie näher und nahm den Teller.

»Sieht gut aus«, stellte er fest.

Sie unterdrückte ein Lächeln. »Ist es auch.«

Thad ließ den Blick über die Cowboys und Mitreisenden schweifen. Kein Mucks war von den Tischen zu hören außer klappernden Gabeln und einem gelegentlichen Schmatzen. »Nahrhaft und wohlschmeckend zugleich«, wiederholte er, was sie zuvor gesagt hatte.

Kim nickte.

»Also gut.« Erneut blickte er auf den Auflauf. »Essen wir und brechen dann auf.«

Er nahm sich eine ordentliche Portion. Langsam und gleichmäßig atmete Kim aus. Und lächelte.

★

Später konnte sie kaum glauben, dass sie einen weiteren Tag überlebt hatte, dessen größerer Teil darin bestand, tiefer in die San Juan Mountains hineinzureiten. Thad hatte beim Frühstück angedeutet, dass sie bis zum späten Nachmittag durchreiten und dann am Abend das Lager bei einer alten Goldgräberstadt in der Nähe des Bear Creeks aufschlagen würden. Er hatte gesagt, sie würden die nächsten paar Nächte dort lagern, je nachdem, und weiterziehen zum Elk Park. Von dort dann weiter östlich, bis es für die Gäste an der Zeit war, die Schmalspurbahn zurück nach Durango zu nehmen. Thad, Mack und die Cowboys würden mit den Pferden und Maultieren zur Ranch zurückkehren.

Der Zwölfmeilenritt auf der guten alten Sunshine verlief ohne Zwischenfälle. Das verschaffte Kim den Luxus, eine Aussicht zu genießen, die die ganze Welt zu umfassen schien. Außerdem gab es ein oder zwei Augenblicke, in denen sie sich auf sich selbst besinnen konnte. Die Landschaft rundherum war zu beeindruckend und großartig, als dass sich allzu viele Gedanken an Thad eingeschlichen hätten. Nun, wenigstens den größten Teil des Tages. Bilder seiner Hände auf ihrem Körper suchten sie einmal zu oft heim und sorgten dafür, dass ihr Schauer über den Rücken liefen. Doch sie verdrängte diese Bilder schnell aus ihrem Kopf und versuchte, sich wieder auf die Landschaft zu konzentrieren.

Sie erlaubte sich nur wenige Augenblicke der Panik, als sie auf Sunshine dem Auf und Ab der schmalen, trügerischen Pfade folgte und sich vorkam, als ritte sie über das Dach der Welt. Sie stiegen auf 3.500 Meter über dem Meeresspiegel, und genauso hoch fühlte es sich für Kim auch an. Sie hatten sich über felsige Pässe vorgearbeitet, über Wiesen voller leuchtender Wildblumen und durch üppige Waldreviere. Als sie höher kamen, wurden die Berge in der Ferne felsig und kahl.

Sunshine benahm sich ziemlich gut, und bei jedem Schritt den Weg hinauf atmete Kim befreit auf. Als sie sich nun der alten Goldgräberstadt näherten, sog sie tief die dünne, frische Bergluft ein, bis ihr schwindelig wurde.

Ein Gebirgsfluss, vermutlich der Bear Creek, floss direkt an ihrer Lagerstelle vorbei. In der Ferne hörte sie ein Rauschen. Ob es in der Nähe einen Wasserfall gab? Plötzlich verblassten angesichts des heiteren, friedlichen Anblicks vor ihr all ihre Probleme. Jeder Muskel in ihrem Körper entspannte sich.

In gewisser Weise war sie froh, dass Jillie sie zu dieser Reise überredet hatte. Nie zuvor hatte sie etwas so Eindrucksvolles und

Unvergessliches erlebt und dabei auch noch so etwas wie Selbstgenügsamkeit gelernt. Sie wünschte nur, sie hätte ihre Kamera nicht im Hotel gelassen. Das hier würde ihr zu Hause keiner glauben.

Fachmännisch wurde das Lager aufgeschlagen, und Kim, Jillie und Tim hatten das Abendessen binnen einer Stunde auf dem Herd stehen. Zu Jillies Bestürzung und zu Kims Erstaunen schien Tim sich selbst zum Hilfskoch ernannt zu haben, während sein Kumpel Aaron die Aufgabe übernommen hatte, die Tiere anzupflocken und zu füttern. Sie scherzten und lachten die ganze Zeit, während Kim den Chefkoch spielte und sie herumkommandierte. Vor lauter Kameradschaft hätte sie Thad beinahe vergessen. Natürlich blitzte hin und wieder sein Bild vor ihrem inneren Auge auf.

Thad hatte sich an diesem Tag rar gemacht. *Nicht, dass ich über ihn Buch führe oder so. Na ja, irgendwie schon … aber nicht ernsthaft* … Doch es war offensichtlich, dass er ihr aus dem Weg ging.

Beim Frühstück hatte er das Essen so schnell heruntergeschlungen und seinen Kaffee so schnell ausgetrunken, dass Kim sich fragte, wie er es geschafft hatte, sich nicht die Kehle zu verbrennen. Nachdem sie und ihre sogenannte Küchenmannschaft die Reste des Frühstücks aufgeräumt und Küche und Zelt wieder abgebaut hatten, waren sie wieder beim Beladen der Maultiere behilflich gewesen. Doch Thad vertrieb sich die Zeit mit anderen Dingen, fern von ihr.

Kim betrachtete den ganzen Nachmittag lang seinen Rücken, als er sie weiter in die Wildnis führte. Auf einmal wurde ihr klar, dass sie ihm vertraute. Sie musste zugeben, dass er offensichtlich wusste, was er tat, und dass er fähig genug war, sie nicht in gefährliche Situationen zu bringen.

Doch bei jedem Halt legte er großen Wert darauf, in der Nähe der Cowboys zu bleiben. Nie wagte er sich in Jillies oder ihre Nähe oder auch nur zu Mack, Tim oder Aaron. Einmal ertappte sie sich dabei, dass sie ihn anstarrte, als er mit den Cowboys lachte und scherzte. Eifersucht durchfuhr sie wie ein Messerstich. Warum war er in ihrer Nähe nie so ungezwungen? Wäre es nicht schön, wenn sie einen Tag lang oder wenigstens während einer kompletten Mahlzeit einfach belanglos scherzen und Kameraden sein könnten?

Und wieder erwischte Kim sich dabei, dass sie ihn aus dem Augenwinkel beobachtete, während sie das Dinner, bestehend aus gegrilltem Huhn, Ofenkartoffeln, grünen Bohnen und einem gemischten Salat, zubereitete. Er war schweigsam und hielt sich vom Rest der Gruppe fern. Als schließlich alle außer Thad etwas zu essen bekommen hatten und Kim sich selbst eine Portion aufgeben wollte, sah sie den drohenden Schatten auf dem Essen vor sich, und sie spürte, wie sich ihre Nackenhaare aufstellten.

Sie hörte ihr Herz pochen und betete im Stillen, dass es ruhiger schlagen sollte. Womöglich hörten es sonst auch alle anderen.

Sorgfältig gab sie grüne Bohnen auf ihren Teller und legte den Löffel dann in die Schüssel zurück. Ohne nachzudenken, nahm sie den letzten Teller vom Tisch neben dem Herd, drehte sich um und hielt ihn Thad entgegen.

Nur zögernd streckte er seine große Hand danach aus. Sie hob den Kopf. Ihre Blicke trafen sich, und Kim erstarrte. Einen Augenblick später hielt er den Teller in der Hand und wandte sich kommentarlos ab. Wie benommen drehte auch sie sich um und ging fort, um den anderen Gesellschaft zu leisten.

Die Art, wie er sie angeblickt hatte, ließ sie nicht los. Sie fühlte sich, als wäre sie in eine warme Decke gehüllt. Seine Augen wirkten müde; sie waren rot gerändert, als hätte er zu wenig geschlafen. Doch er würde die Fassade aufrechterhalten, dessen war sie sicher. Niemals würde er zugeben, dass er erschöpft war – und wenn sein Leben davon abhing.

Auf dem Weg zu dem Tisch, um den die Cowboys und Gäste versammelt waren, fragte Kim sich, was Thad in der Nacht zuvor den Schlaf geraubt haben mochte. War es vielleicht dasselbe, was auch sie bis tief in die Nacht hinein wachgehalten hatte?

Sie schüttelte den Kopf. Thad war nicht der Typ Mann, der wegen etwas so Belanglosem wie einem Fehler ins Grübeln kam. Und genau das war das zufällige Zusammentreffen ihrer Körper gestern Nacht gewesen. Ein Fehler.

Es sei denn … es hatte doch etwas zu bedeuten.

In der Nähe des Tisches blieb sie plötzlich stehen. Sie fürchtete sich davor, über die Frage nachzudenken, die ihr ständig durch den Kopf ging. Sie warf einen Blick auf die Gruppe. Zu ihrer Linken sah sie Jillie, die Mack gegenübersaß und nun ans Ende der Bank rutschte, um Platz für eine weitere Person zu machen. Es waren keine weiteren Plätze mehr frei.

Sie ging zu Jillie. »Rutsch rüber, Jill«, flüsterte sie. »Ich will neben dir sitzen.«

Jillie hörte auf, den Bissen Salat zu kauen, den sie im Mund hatte, und blickte nach links, dann nach rechts. »Hm … hier ist wirklich nicht viel Platz, Kim. Setz dich doch an den Picknicktisch da drüben.«

Mit dem Blick folgte Kim Jillies ausgestrecktem Finger. Ein alter, verwitterter Picknicktisch, den jemand Jahre zuvor zurückgelassen hatte, stand wenige Meter vom Essenszelt entfernt.

Sie schaute wieder Jillie an. »Komm, Jillie, das Ding bricht doch gleich zusammen. Rutsch rüber.«

Jillie schüttelte den Kopf. »Geh lieber, Kim. Du weißt doch, dass ich Linkshänderin bin. Ich würde dir beim Essen die ganze Zeit den Ellbogen in die Rippen stoßen.« Sie widmete sich wieder ihrem Essen und stach die Gabel in einen saftigen Hühnerschenkel.

Mit mürrischem Gesichtsausdruck betrachtete Kim den Rest der Gruppe, die hungrig aß. Selbst Tim schien sich im Augenblick für nichts anderes als sein Essen zu interessieren. Sie zuckte mit den Schultern und steuerte auf den abgelegenen Tisch zu.

Nachdem sie ungefähr eine Minute lang gegessen hatte, erschien erneut der Schatten über ihrem Teller.

Schweigend setzte Thad sich ihr gegenüber. Er schien nicht einmal zu bemerken, dass er nicht die einzige Person am Tisch war. Einige Minuten lang aß sie weiter und hob hin und wieder den Kopf, um einen flüchtigen Blick auf ihn zu werfen. Er konzentrierte sich auf sein Essen. Er kostete von allem, was Kim gekocht hatte, langte kräftig zu, und innerhalb kurzer Zeit war sein Teller leer. Endlich blickte er sie mit der Miene eines gesättigten Mannes an und ertappte sie dabei, wie sie ihn musterte. Merkwürdig. Bei dem Gedanken, dass sie seinen Hunger befriedigt hatte, dachte sie darüber nach, ob sie ihn auch auf andere Weise würde befriedigen können.

Ein Schauer überlief sie. Ihr wurde klar, dass seit dem Abend zuvor … seitdem sie Thads muskulöse Arme an ihrem nackten Oberkörper gespürt hatte … ihre Gedanken und ihre Hormone nur um eins kreisten. Konnte sie einen Mann wie Thad Winchester befriedigen? Nein, falsch – nicht einen Mann *wie* Thad Winchester, sondern Thad selbst?

Sein Blick aus kühlen dunklen Augen bohrte sich in ihre, und ein glühend heißer Schauer lief ihr über den Rücken. »Also …«, sagte sie mit einem Blick auf seinen Teller. »Bereit für einen Nachschlag?«

Mist! Nachschlag? Ihre Gedanken wanderten zur vergangenen Nacht.

Zögernd schüttelte Thad den Kopf. »Nein«, antwortete er schließlich. »Aber danke.«

»Hm … war es so schlecht?« Sie hielt seinem Blick stand, und ihr Herz schlug im gleichen Rhythmus wie … was auch immer.

Seine Augen funkelten. »Nein. Das Dinner war … angemessen. Sie haben sich in der Küche ziemlich geschickt angestellt.«

Sollte das etwa ein Kompliment sein? »Das ist mir schon in Fleisch und Blut übergegangen.«

»Tatsächlich?«

Sie betrachtete die dünne Linie seiner Brauen, die er jetzt vor Überraschung gehoben hatte, und seinen Kiefer, der sich entspannte. An seine misstrauischen Blicke war sie gewöhnt. Doch plötzlich fand sie sein Gesicht attraktiv, denn jetzt wirkte es weder finster noch mürrisch. Sie hatte ihn auch vorher schon attraktiv gefunden … obwohl sie eigentlich nicht auf raue Naturburschen stand, aber …

Kim stützte die Ellbogen auf den Tisch und beugte sich vor. Sie blinzelte in die untergehende Sonne und spürte, dass sich ihre Mundwinkel zu so etwas wie einem Grinsen verzogen. Über das Abendessen zu diskutieren fiel ihr leichter als darüber nachzudenken, dass sie hier mit Thad saß und sie sich ausnahmsweise nicht anbrüllten. »Das Dinner war mehr als *angemessen*, und das wissen Sie, Thad Winchester«, konterte sie in scherzhaftem Ton.

Flirte ich etwa gerade?

Auch Thad beugte sich vor, und sein Gesicht näherte sich dem ihren. »Nun … vielleicht bin ich bereit, die Bewertung anzuheben, wenn ich noch Dessert und Kaffee bekomme.«

Flirtet er?

»Normal oder entkoffeiniert?« Sie wussten beide, dass nur normaler Kaffee infrage kam.

Angesichts der prompten Erwiderung lehnte Thad sich zurück, und Kim entdeckte die Andeutung eines Lächelns um seinen Mund. »Normalen Kaffee. Ich schlafe wie ein Stein. Was gibts zum Nachtisch?«

»Rührkuchen mit Erdbeeren. Letzte Nacht haben Sie aber nicht geschlafen wie ein Stein. Milch oder Zucker?« Sie beugte sich erneut über den Tisch. Allmählich gewöhnte sie sich an dieses merkwürdige Geplänkel.

»Schwarz. Und keine Erdbeeren. Ich bin allergisch dagegen. Warum glauben Sie, dass ich nicht gut geschlafen habe?«

Sie stand auf, ohne den Blick abzuwenden, nahm ihren Teller und griff über den Tisch nach seinem. »Weil ich auch nicht gut geschlafen habe.«

Thad schloss die Finger um ihr Handgelenk und hielt sie fest. Ihr Blick fiel auf seine Hand. Ganz sanft zog er sie näher zu sich, doch auch ohne diese Geste fühlte sie sich zu ihm hingezogen. Klirrend fiel ihr Teller zu Boden. In dem Moment, als seine warmen Finger sich um ihr Handgelenk schlossen, hatte sie praktisch aufgehört zu atmen.

Doch als sie ihm wieder ins Gesicht blickte, wirkte es wie gemeißelter Marmor. »Ich mache das selbst«, sagte er. »Sie müssen mich nicht bedienen.« Seine Augen glänzten wie Stahl, und sein Blick war eine Warnung. Sie war nicht sicher, wovor.

Davor, ihm in die Quere zu kommen? Oder zu nahe?

»Es liegt nicht in meiner Natur, irgendjemanden zu bedienen, Thad, es sei denn, ich entscheide mich dafür. Wenn Sie mich jetzt freundlicherweise loslassen würden, kann ich uns etwas Kuchen und Kaffee holen.«

Er tat es, und sie nahm ihren Teller und entfernte sich von dem klapprigen alten Picknicktisch, an dem dieser überlebensgroße Mann saß. Unregelmäßig hämmerte ihr das Herz in der Brust, und ihr Gehirn registrierte die Tatsache, dass sie atmen musste.

Was zum Teufel stimmte nicht mit ihr? Bewirkte Thad Winchester mehr in ihr als einen Hormonrausch? Gingen ihr die flüchtigen, verletzlichen, unwiderstehlichen Blicke, die er ihr zuwarf, etwa nahe?

»Und warum bringe ich ihm Kaffee und Kuchen?«, murmelte sie vor sich hin. Warum *wollte* sie das tun? Sie war eher daran gewöhnt, dass Männer *ihr* etwas brachten als umgekehrt.

Sie *wollte* ihn. Das war der Grund. Sie wollte ihn unbedingt.

Mit jeder Faser ihres Seins. Sie wollte ihn anders als jeden anderen Mann zuvor. Und dass sie sich das eingestand, goss noch mehr Öl ins Feuer. Trotzdem wusste sie, dass eher die Hölle zufrieren würde, bevor er zugab, dass er sie ebenfalls begehrte. Und zwar für mehr als eine kurze Knutscherei im Schlafsack. Nichts von dem, was Thad ihr bieten konnte, war von Dauer. Er war nicht der Mann, den sie brauchte.

Und zu einer Urlaubsromanze war sie nicht bereit. Es war offensichtlich, dass es zwischen ihnen niemals mehr geben würde. Es war lächerlich, sich Thad in ihrer Welt vorzustellen. Und sich selbst in seiner zu sehen, war … na ja … ebenfalls beinahe …

Lächerlich.

Egal. Sie würde sich nicht auf Thad Winchesters Launen einlassen, egal wie verlockend sie waren. Sie musste die in ihr tobenden Hormone unter Kontrolle bringen und sich beruhigen, damit sie sich wieder anständig und wie eine Dame benehmen konnte. Sie würde sich auf niemanden einlassen, der nicht zu einer dauerhaften Beziehung bereit war. Oder wenigstens zu einer langfristigen. Sehr langfristig. Thad war einfach eine schnelle Nummer. Irgendwann würde es passieren, denn sie war so reif wie eine Tomate im August.

Sie durfte seinem rauen, mit Testosteron getränkten Charme nicht verfallen. Sie durfte sich nicht in dem erotischen Spinnennetz namens Männlichkeit verfangen. Mit einer List war sie dazu gebracht worden, an diesem zweiwöchigen Wanderritt teilzunehmen. Es war nicht annähernd so schlimm, wie sie anfangs befürchtet hatte. In gewisser Weise genoss sie es sogar. Aber danach würde sie nach Hause zurückkehren. Nach Kentucky. Zu ihren Schülern. Zu der Karriere, für die sie so hart gearbeitet hatte. Und in die Wirklichkeit.

Alles lief auf eins hinaus: *Ich muss mich von Thad fernhalten.* Zurzeit war der Duft nach Leder verdammt verführerisch.

Geistesabwesend warf Kim die schmutzigen Teller in eine leere Spülwanne und starrte auf den restlichen Rührkuchen. Dann drehte sie sich auf dem Absatz um und steuerte auf die Ungestörtheit ihres Zelts zu.

Vergiss das Dessert! Egal welcher Art.

Kapitel 8

Ganz allein saß Thad jenseits des lodernden Feuers und starrte in die orangefarbenen und roten Flammen. Er hatte sich absichtlich von der Gruppe entfernt. Die anderen hatten Marshmallows auf dünne Zweige gespießt und grillten sie über dem Feuer. Die Gäste und seine Männer unterhielten sich angeregt, doch er beteiligte sich nicht an den Gesprächen. Heute Abend musste er wachsam bleiben und durfte sich kein kumpelhaftes Benehmen erlauben. Er fürchtete sich davor, einen Fehler zu machen. Wenn er nicht aufpasste, würde er Kim in seine Arme ziehen, noch bevor er wusste, was er tat. Dieses Bild wollte ihm nicht mehr aus dem Kopf gehen, und er musste es loswerden.

Es war äußerst wichtig, dass er für den Rest der Reise wachsam blieb. Nur zu leicht konnte er in seiner Aufmerksamkeit nachlassen, und der Schaden wäre nicht wiedergutzumachen.

Er war nicht bereit, ein solches Risiko einzugehen. Außerdem musste er seinen Männern ein Vorbild sein. Hatte er nicht erst vor knapp zwei Wochen einen seiner besten Cowboys gefeuert, weil der sich eines Nachmittags zu einem Schäferstündchen mit einer Touristin davongeschlichen hatte?

Ja, das hatte er.

Und Ben und Luke beobachteten ihn, auch wenn sie es nicht direkt darauf anlegten, ihn bei irgendetwas zu erwischen. Sie waren gute Männer, loyale Männer, und dabei sollte es bleiben. Und Mack

… er würde sich von Jillie fernhalten müssen, sonst … Nun, über die Folgen wollte er jetzt nicht nachdenken.

Er wandte seine Aufmerksamkeit den Gästen zu. Die beiden Großstädter aus Indiana hatten es sich gemütlich gemacht. Einer von ihnen glaubte, ein Cowboy zu sein, und trieb sich in der Nähe der echten Cowboys herum; der andere hielt sich offenbar für einen Gentleman. Jedes Mal, wenn er sich Kim näherte, zog sich Thads Magen zusammen.

Er war eifersüchtig auf seine Freiheit zu flirten und ihr nahe zu sein. Vielleicht nach dem Wanderritt …

Nein. Dazu würde keine Zeit bleiben. Sie würde dahin zurückgehen, wo sie herkam, und er würde sie niemals wiedersehen. Damit musste er sich abfinden, egal wie sehr er sich zu dieser Frau hingezogen fühlte. Solange sie unterwegs waren und er die Reise leitete, gab es nicht die geringste Chance, mit ihr zusammen zu sein.

Aber vielleicht … nur vielleicht … konnte er ihre E-Mail-Adresse oder ihre Telefonnummer herausfinden, wenn das hier vorbei war.

Er ließ den Blick wandern. Nur die Hitze des vor ihm lodernden Feuers und die glühende Asche darin kamen dem Verlangen gleich, das in ihm brodelte.

Er beobachtete, wie sie ins Feuer blickte und das kurze blonde Haar zurückwarf. Aufmerksam betrachtete er ihr Gesicht. Nun hatte sie sich von den anderen entfernt, genau wie er kurz zuvor. Plötzlich schien auch sie niemanden mehr zu brauchen, und er fragte sich, worüber sie nachdachte, als sie dort saß, das kesse Gesicht erhellt vom Schein des Feuers.

Sein Atem ging schwer, als er den Blick von ihrem Gesicht über den geöffneten Kragen des geliehenen Westernhemdes wandern ließ, hinunter über die Schultern und Arme bis zu den Ellbogen, die sie auf die Knie gestützt hatte. Sein Herz begann heftig zu schlagen. Ein Blick reichte, um ihn daran zu erinnern, wie sie sich angefühlt hatte. Wie warm sie war, als sie in seinen Armen lag, an seiner Brust. Und wie hart er vor Verlangen nach ihr gewesen war.

Die Knie eng an die Brust gezogen und das Kinn in die Hände gestützt, starrte sie wie in Trance in die Flammen. Wenn ich doch nur …, dachte er … Wenn ich doch nur wüsste, was sie denkt. Was sie wirklich über ihn dachte und für ihn empfand.

Wenn ich doch nur … Er war ernsthaft versucht, das Risiko einzugehen.

Fetzen einer längst vergessenen vertrauten Melodie durchschnitten die knisternde Stille des Lagerfeuers. Einer der Cowboys, der nahe bei Kim saß, fing an, auf seiner Gitarre zu klimpern. Thad beobachtete, wie sie überrascht den Blick hob, dem seinen begegnete und sich nicht abwandte. Sein Herz schlug im Rhythmus der eindringlichen Melodie. Dann riss er sich von ihr los und starrte auch nicht mehr in die Hitze der Flammen, sondern in die kühle Tiefe der Nacht hinaus.

Desperado.

Why don't you come to your senses?

Warum kommst du nicht endlich zur Vernunft?

Die Melodie des alten Eagles-Songs drang an ihr Ohr, und Kim fand sich plötzlich in der Gegenwart wieder. Wachsam und sich der Menschen um sie herum bewusst, hob sie den Kopf und begegnete über dem Lagerfeuer Thads Blick. Ihr stockte der Atem, als sie sich fragte, ob er wusste, ahnte oder spürte, woran sie gerade gedacht hatte.

Die Wangen noch erhitzt von den Gedankenspielen, konnte sie ihr rosiges Glühen wenigstens dem Feuer zuschreiben. Nur, dass das Feuer tief in ihr brannte. Die Flammen vor ihnen waren nichts im Vergleich zu dem, was in ihr wütete.

Sie hatte mit offenen Augen von Thad geträumt. Davon, dass er später in dieser Nacht in ihr Zelt schlüpfen würde. Von seinen Händen auf ihrem Körper. Seinen Lippen. Seinem Körper. Seinem …

Kim begann zu zittern und schüttelte den Kopf, um diese Gedanken zu vertreiben. Erneut blickte sie zu ihm hinüber. Thad starrte in die dunkle Nacht, und die Musik schwebte in der Luft.

Oh, you're a hard one …

Kim musterte sein Profil, während sie den Worten des Songs lauschte. Bist du wirklich so ein harter Kerl, Thad Winchester? Warum bist du immer so abweisend zu mir?

Die Melodie verlor sich in der Nachtluft, und plötzlich löste Thad den Blick aus der Dunkelheit und richtete ihn erneut direkt auf Kims Gesicht. Sie hielt seinen Blick länger aufrecht als nötig. Innerlich bebend blickte sie schließlich weg.

Ein warmer Körper rutschte auf dem Holzblock näher an sie heran, und sie erschrak. Jemand legte ihr den Arm um die Schultern. Verwirrt erwachte sie aus ihrer Trance und blickte nach rechts.

»Kalt?«, fragte eine männliche Stimme. Es klang beinahe wie ein leises Schnurren. Tim Rumers vom Feuerschein erhelltes Gesicht kam langsam näher. Erstaunlicherweise roch sein Atem nach Bier. »Ich w…wärme dich«, flüsterte er. »Komm näher.«

Kim zuckte zusammen, schob ihn weg und rückte rasch von ihm ab. Er folgte ihr.

»Komm schon, Kimm. Du z…zitterst ja. Ich w…wärme dich«, lallte er.

Sie rutschte noch ein Stück weiter und legte Tim die Hände auf die Brust. Sein Timing war völlig daneben. Die Art, wie er plötzlich neben ihr aufgetaucht war, ärgerte sie. Sie wollte einfach nur ins Feuer blicken und an Thad denken … obwohl sie wusste, dass sie ohnehin nichts dagegen tun konnte.

Erneut gab sie Tim einen Schubs. »Mir ist nicht kalt, Tim. Ich sitze vor einem lodernden Feuer, Herrgott noch mal! Verschwinde!« Sie war nicht in der Stimmung, den Kampf mit einem Betrunkenen aufzunehmen, und es bereitete ihr keinerlei schlechtes Gewissen, dass sie so schonungslos war. Er hatte ihr vollends die Laune verdorben.

Wieder kam er angekrochen, legte den Arm um sie und zog sie an sich. »Kim … Kim … Kim.« Er schnüffelte an ihrem Nacken. »Ach, komm, Kimmy … nur ein bisschen kuscheln.«

Sie wollte keine Szene machen, doch sie musste seinen nach Bier riechenden Körper loswerden. Also schubste sie ihn ein weiteres Mal. Heftiger. »Geh weg, Tim! Du bist betrunken. Du weißt, dass du auf der Reise keinen Alkohol trinken sollst. Lass mich in Ruhe, sonst erzähle ich es weiter.«

Tim kicherte nur und näherte sich ihr erneut. »Du bist 'ne süße kleine Labertasche, stimmts?«

»Und du bist betrunken«, zischte sie.

»Nein. Fühl mich nur wohl.« Er fasste sie um die Taille und senkte den Kopf. »Komm und f…fühl dich wohl mit m…mir, Kimmy«, flüsterte er und fing an, sie zu begrabschen.

»Nein!«

Er berührte sie auf viel zu intime Weise, und das auch noch viel zu schnell.

Kim stieß ihn weg und stand auf. »Ich habe Nein gesagt, verdammt noch mal! Lass mich in Ruhe!« Ihre Stimme war lauter als beabsichtigt.

Stolpernd kam Tim auf die Füße. »Ach, komm, Kim …« Er holte aus.

Im nächsten Augenblick ragte Thads muskulöser Körper wie ein Fels zischen ihr und Tim auf. »Ich glaube, die Dame hat Nein gesagt, Rumer«, brüllte er. »Und ich glaube, du bist betrunken.«

Tim blickte ihn verständnislos an. Dann verzog er das Gesicht zu einem Grinsen und stolperte auf Thad zu. »K…kein Grund, hier Ärger zu machen, Cowboy. I…ich wollt sie nur m…mal in den Arm n…nehmen. Hast du keine Hündchen oder so zum Kämpfen?"

Hilflos stand Kim da, als Thad den Betrunkenen mit beiden Händen am Kragen packte. Er zog Tim an sich und starrte ihm ins Gesicht. Die Sekunden vergingen, und Thads Gesicht wirkte wie versteinert. Ihm zitterten die Hände, seine Augen waren schmale Schlitze. Mühsam beherrschte er seinen Zorn und begnügte sich damit, den Mann zu Boden zu stoßen. Tim riss vor Schreck die Augen auf.

»Bei Sonnenaufgang bist du verschwunden, klar? Dein Freund soll sich überlegen, ob er noch bleibt, aber dich …« Thad zeigte mit dem Finger auf Tim, »… dich will ich nie wieder hier sehen.« Ruckartig hob Thad den Kopf und heftete den Blick auf einen seiner Cowboys. »Ben, reite mit ihm zurück. Ich rechne mit ihm ab, wenn ich wieder auf der Ranch bin.«

Und damit drehte Thad sich zu Kim um und musterte sie. Lange. Ohne Vorwarnung griff er nach ihrem Arm, wirbelte sie herum und führte sie mit energischen Schritten vom Lagerfeuer fort.

Unter dem Druck seiner Hand auf ihrem Arm zuckte Kim zusammen. Nur mit Mühe gelang es ihr, ihm zu folgen.

»Was soll das werden?«, keuchte sie schließlich.

Den Blick geradeaus antwortete er schroff: »Ich hol dich da raus, verdammt.« Mit einem Ruck zog er sie näher an sich.

»Warum?«

»Weil ich dich nicht dort haben will.«

Sie befreite sich aus seinem Griff und blieb stehen. »Du hast mir nichts zu sagen, verdammt noch mal. Willst du mich morgen früh etwa auch nach Hause schicken?«

Thad stemmte die Hände in die Hüften, drehte sich um und blickte auf sie herab. Schlagartig fühlte sie sich neben ihm ganz klein, zart und zierlich.

»Nein, verdammt. Eigentlich sollte ich es tun. Aber nein.«

Erneut packte er sie am Arm, verfiel in ein schnelles Tempo und zog sie mit sich, während Kim sich mehrfach vergeblich aus seinem Griff zu befreien versuchte.

»Ich weiß zwar nicht, wo du mich hinbringen willst, aber du musst mich nicht so grob behandeln. Ich kann sehr gut alleine laufen.«

Thad schenkte ihren Worten keine Beachtung und zog sie hinter das Küchenzelt. Mit einer geschmeidigen Bewegung wirbelte er sie herum, sodass sie direkt vor ihm stand. In diesem Augenblick spürte Kim genau, was ihm durch den Kopf ging. Es war derselbe Gedanke, den sie wenige Augenblicke zuvor gehabt hatte.

Ohne ein Wort nahm er ihr Gesicht in beide Hände. Die Schroffheit war verschwunden, als er ihr die Finger auf das Kinn legte und es anhob. In seinen Augen konnte Kim das Verlangen sehen, und ihr eigenes spiegelte sich darin wider. Flüchtig fuhr er ihr mit dem Daumen über die Unterlippe. Sie erschauerte. Adrenalin begann durch ihre Adern zu strömen, und sie drängte sich an ihn. Als er sich über sie beugte und seine Lippen die ihren berührten, geriet ihre ganze Welt außer Kontrolle.

Kim hatte nicht gewusst, dass es eine solche Wonne geben konnte. Wie im Rausch nahm er ihre Lippen in Besitz, knabberte an ihnen und drängte mit der Zunge in ihren Mund. Mit den Händen fuhr er ihr durchs Haar, legte sie ihr in den Nacken, hielt sie fest und schien ihren Mund, ja ihr ganzes Gesicht verschlingen zu wollen. Ihre schnelle Atmung vermischte sich mit seinem Keuchen. Ein Geschmack nach salziger Haut lag auf ihrer Zunge, als sie seine Lippen kostete. Das Blut raste durch ihre Adern und ließ jede Faser ihres Körpers vor Verlangen vibrieren.

Erregt, hingebungsvoll klammerte sie sich an Thad. Sie umfasste seine Schultern, massierte sie und zog ihn näher an sich. Heftig drängte sie sich an ihn und spürte ihn hart und voller Verlangen an ihrem Bauch. Thad biss ihr sanft in die Lippen und ließ seine Lippen über ihren Hals hinab zum Schlüsselbein wandern. Er stöhnte, und Kim hörte, dass er mit rauer Stimme ihren Namen flüsterte. Sie versuchte, nicht daran zu denken, wie schmerzlich es klang.

Thad legte ihr die Arme um die Taille, als wollte er sie nie mehr gehen lassen. Er presste sie an sich und zog sie auf die Zehenspitzen, während er sie noch immer küsste. Sie war froh, dass er sie im Arm hielt, denn wenn er sie küsste, fühlte sie sich leicht wie Luft und gleichzeitig wie benebelt. Sie brauchte jeden Halt, den sie bekommen konnte. Wahrscheinlich hätte sie sich allein nicht mehr auf den Beinen halten können.

Zwischen keuchenden Atemzügen, heftigen Herzschlägen und Lippen und Zungen, die sich vereinten, kam Kim nur sekundenweise zu Verstand. Thad küsste sie! Und sie erwiderte seine Küsse mit größerer Leidenschaft, als sie je zuvor erlebt hatte.

Endlich ließ er sie wieder herunter, bis ihre Füße den Boden berührten. Seine Hände lagen noch immer um ihre Taille. Widerstrebend lösten sie die Lippen, küssten sich wieder und wieder, begierig darauf, sich zu schmecken. Ihr Puls raste, hinter ihren geschlossenen Lidern explodierten Sterne. Sie verlor jedes Gespür für Zeit und Raum. Sie wusste nicht mehr, wer sie war und warum sie sich an diesem Ort befand. Warum ihre Welt plötzlich aus den Fugen geraten war. Dann fühlte sie Thads schweren Atem warm auf ihrem Gesicht, und sie wusste, dass sie lebendig war. Dass sie ihn begehrte. Und als sie die Augen öffnete, sah sie in das Gesicht des Mannes, der ihr vor Lust fast den Verstand geraubt hatte.

Doch was sie sah, war nicht Thad, wie sie ihn in dieser Woche kennengelernt hatte. Sein Gesicht wirkte weich und verletzlich, leidenschaftlich und lebendig. Liebevoll. Und sein Blick suchte in ihrem Gesicht nach denselben Gefühlen. Suchte nach etwas, von dem sie nicht sicher war, dass sie es benennen konnte.

Oder geben.

»Das habe ich nicht gewollt«, murmelte er und schaute sie noch immer an.

»Ich habe nicht gewollt, dass du das tust«, flüsterte sie.

»Ich konnte nicht ertragen, dass er dich berührt hat.«

»Ich wollte nicht, dass er mich berührt.«

»Ich wollte dich berühren. Ich musste es tun. Dich küssen …«

Ein erregender Schauer überlief Kim. Es war, als wären all ihre

Träume wahr geworden. Obwohl sie es nicht gewollt hatte. »Ich habe mich so sehr danach gesehnt, dass du mich berührst. Mich küsst.«

Das Funkeln in Thads Augen verwandelte sich bei ihren Worten in ein Glühen. Voller Verlangen umarmte er sie noch einmal und küsste sie.

Dann zog er sich zurück. Plötzlich.

Erhobenen Hauptes trat Thad einen Schritt von ihr weg und senkte die Arme. Die Verbindung zwischen ihnen war unterbrochen. Einen Augenblick lang betrachtete sie ihn. Ihre Brust hob und senkte sich vor Erregung. Plötzlich begann er, nervös auf und ab zu gehen und sich mit den Fingern durch das Haar zu fahren.

»Das darf sich nicht wiederholen«, sagte Thad leise. Zögernd ließ er den Blick über ihr Gesicht wandern. Dann zog er sich in die Dunkelheit zurück, verschwand in der Nacht und ließ sie ganz allein zurück.

Sie sah ihn weggehen und spürte die Stiche in der Brust und hinter den Augen. Noch nie im Leben hatte etwas sie so sehr berührt wie dieser Augenblick. Noch nie. »Ich weiß«, flüsterte sie, ohne ihre eigenen Worte zu hören. »Ich weiß.«

★

Warum habe ich sie nicht einfach selbst nach Durango zurückgebracht? Verdammt noch mal!

Thad starrte in die tiefschwarze Leere vor sich. Auf seinem Aussichtspunkt, einem Felsvorsprung hoch über dem Lager, dachte er über die Wendung des Schicksals nach, die ihm wenige Stunden zuvor widerfahren war. Mit dem Rücken lehnte er an dem kalten Felsen, der ihn in der kühlen Nacht wachsam bleiben ließ. Einen Fuß hatte er auf den Fels gestützt, um die Balance zu halten. Er konnte nicht schlafen. Er wusste nicht, ob er jemals wieder ruhig schlafen könnte – ohne dass diese Bilder seine Gedanken heimsuchten.

Es war eine von den Nächten, in denen die Stille über ihm zusammenbrach. Millionenfach funkelten die Sterne wie Diamanten am Himmel. Die Abenddämmerung war still und kühl. Nur hin und wieder durchbrachen der Ruf eines Vogels und das Heulen eines Kojoten die Stille. Er liebte solche Nächte. Still. Friedlich. Normalerweise übertrug sich diese Stimmung auf ihn und sorgte für inneren Frieden. Wahrscheinlich war das der Grund, warum die Menschen sich von diesem Land angezogen fühlten und von diesem Beruf, und das seit über hundert Jahren. Er konnte sich nichts Friedlicheres vorstellen als den Himmel in den Bergen in einer kühlen, sternklaren Nacht.

Dieser Nacht jedoch war nicht zu trauen. Es gelang ihr nicht, ihren Zauber zu entfalten. Er war weder ruhig noch friedlich.

Unter ihm lag still das Lager. Nur die Laterne im Essenszelt brannte und würde ihm den Weg zurück zum Lager weisen. Vorsichtig warf er einen Blick hinter sich. Ab und zu wieherte unten ein Pferd. Alle anderen waren schon vor Stunden schlafen gegangen. Nur er nicht.

Und den Grund dafür kannte er verdammt gut.

Rastlose Tatkraft pulsierte in seinem Innern. Tatkraft, die ein Ventil brauchte.

Thad hob die Hand vor das Gesicht und nahm noch einen tiefen Zug von der Camel, die er geschnorrt hatte. Rot glühend tanzte die Asche vor dem schwarzen Hintergrund. Einen Moment lang behielt er den Rauch tief in den Lungen, damit das Nikotin seine flatternden Nerven beruhigen konnte. Dann blies er den Rauch in den Himmel, blickte auf den Stummel, schnippte ihn auf den Boden und trat ihn mit den Stiefelspitzen gründlich aus.

Seit Jahren hatte er nicht mehr geraucht.

Er schloss die Augen, und sofort sah er Kim vor sich. Ihre verdammt blauen Augen sprachen Bände, ihre köstlichen, vollen Lippen … Die zarte, weiche Haut schmeckte wie Honig … das allein genügte, um ihn wachzuhalten. Es fehlte nicht viel, und er würde sich noch vor dem Ende der Nacht in ihrem Zelt wiederfinden. Er musste sich von ihr fernhalten. Und er war nicht sicher, wie es um ihre Widerstandskraft bestellt war.

Verflixt! Wahrscheinlich konnte keiner von ihnen dem Sog widerstehen, dieser Anziehung zwischen ihnen – auch wenn sie wussten, dass es falsch war.

Er würde sich nicht mit einem Gast einlassen. Nicht jetzt. Er musste Geduld haben. Bis zum Ende der Woche warten. Abwarten, wie die Dinge sich entwickelten. Dann vielleicht …

Doch Kim zu widerstehen war das Schwerste, was er sich je in seinem Leben vorgenommen hatte.

Zum Teufel, schon früher hatte er Frauen auf diese Reisen mitgenommen. Attraktive Frauen. Doch noch nie hatte ihn die Versuchung so sehr gequält. Es lag an Kim. Sie zog ihn an wie die Motten das Licht.

Thad fuhr sich mit den Händen über das Gesicht, als könnte er so ihr Bild wegwischen. Dann stand er auf und blickte auf das Lager hinunter. Sie war dort unten. Allein. In ihrem Zelt. Und so empfänglich für ihn wie er für sie. Er wusste es.

Also musste er sich von ihr fernhalten. Er würde nichts anfangen, bevor er mit Sicherheit wusste, dass sie eine Chance hatten. Er wollte nicht riskieren, etwas zu vermasseln, von dem er das sichere Gefühl hatte, dass es sich als sehr wichtig für ihn herausstellen konnte. Er musste sichergehen, dass seine Gefühle mehr als Begierde und körperliches Verlangen waren.

Und gleichzeitig ängstigte ihn die Vorstellung zu Tode, Kim zu lieben und sie wieder zu verlieren. Denn wenn die Reise zu Ende ging, war sie diejenige, die gehen würde.

Der bloße Gedanke hinterließ ein schmerzliches Gefühl in seiner Brust.

Kapitel 9

Warum nur kann ich nicht schlafen?

Kim drehte sich im Schlafsack um und blickte auf die andere Seite des Kuppelzelts. Sie schlug mit der Faust auf ihr Kissen und knüllte es zu einer Kugel, die sie sich dann unter die Wange stopfte. Sie war hellwach und dabei so müde wie nie zuvor. Bilder davon, wie Thad sie küsste, gingen ihr durch den Kopf und waren der einzige Grund, dass sie nicht schlafen konnte. Schon in der Nacht zuvor hatte sie lange wach gelegen.

Na gut, ihr Magen tat weh. Und sie fühlte sich irgendwie benommen. Ein bisschen atemlos.

Himmel noch mal, Kim, hat Thad diese Wirkung auf dich?

»Ganz bestimmt nicht«, murmelte sie. »So habe ich mich nach einem Kuss noch nie gefühlt.«

Ihr Magen schmerzte, und sie legte sich eine Hand auf den Bauch. Schweißperlen traten ihr auf die Stirn, sodass sie den Schlafsack von sich strampelte. »Viel zu heiß hier drin.«

Nachdem sie einige Minuten dagelegen hatte und die Symptome schlimmer geworden waren, kam sie zu dem Schluss, dass ihr Körper nicht wegen Thad so aus dem Lot geraten war. Sie war tatsächlich krank.

»Mist … Mist … Mist«, flüsterte sie. »Ich will nicht krank werden. Sonst sterbe ich hier oben noch.«

In ihrem Magen rumorte es. Was hatte sie heute Abend gegessen? Richtig, gegrilltes Huhn. Hatte sie etwa die ganze Mannschaft vergiftet? War das eine Lebensmittelvergiftung? *Verdammt! Das werde ich mir nie verzeihen.* Vielleicht würde Thad sogar behaupten, dass es ein Mordversuch war, und sie verklagen.

»Super. Genau das brauche ich jetzt.«

Ihr drehte sich beinahe der Magen um. Noch immer war ihr heiß, die Haut schweißbedeckt. Sie zog sich die Jogginghose aus und trug nur noch das große, ausgeleierte Hemd und den Slip. Sie versuchte, die Augen zu schließen, damit ihr Magen sich beruhigen konnte. Wenn ich ganz still hier liege, geht es vielleicht vorbei, und morgen früh fühle ich mich wieder besser, dachte sie.

Doch bald war ihr klar, dass sie sich geirrt hatte. Die Übelkeit überkam sie mit voller Wucht. Wenige Sekunden später sprang sie auf, warf die Stoffbahn am Eingang zur Seite und rannte hinter das Zelt, um sich zu übergeben.

Auf Händen und Knien kauernd quälte sie sich, bis die Krämpfe endlich nachließen. Der bittere Geschmack der Galle brachte sie gleich darauf wieder zum Spucken.

Sie wischte sich zitternd mit dem Ärmel ihres Hemds den Mund ab und kniete auf dem Erdboden.

Sie zitterte am ganzen Körper. Ihr war kalt, doch sie brauchte einen Augenblick, um all ihre Kraft zusammenzunehmen und wieder in ihr Zelt zu gehen. Und sie wollte sicher sein, dass sie nicht erneut von einer Welle der Übelkeit überwältigt wurde.

Mit geschlossenen Augen fuhr sie sich mit der Hand durch das feuchte Haar und wartete ab.

Sie merkte nicht, dass jemand neben ihr aufgetaucht war.

»Kim«, flüsterte er. »Komm, ich helfe dir.«

Mühsam öffnete sie die Augen und sah, wie Thad Wasser aus einer Feldflasche auf einen Waschlappen goss. Dann schraubte er den Verschluss wieder auf die Flasche, legte sie beiseite und schob

Kim das feuchte Haar aus der Stirn, um ihr das Gesicht mit kaltem Wasser abzuwaschen.

Seufzend ließ sie ihn gewähren.

»Besser so?« Er blickte ihr prüfend in die Augen, als er ihr mit dem feuchten Tuch sanft über Stirn, Haaransatz und Nacken fuhr.

»Ich glaube schon.«

»Kannst du ins Zelt zurückgehen?«

Sie nickte. Mittlerweile war die Übelkeit abgeklungen.

Er stand auf, nahm sie bei der Hand und zog sie auf die Füße. Auf dem Weg zurück zum Zelt hielt er sie fest im Arm. Sie setzte sich auf den Schlafsack. Er kniete vor ihr und nahm in dem winzigen Zelt ziemlich viel Platz ein. Seine Anwesenheit nahm ihr beinahe die Luft zum Atmen. Wieder fühlte sie sich eigenartig benommen.

»Wo sind deine Sachen? Ich hole dir ein anderes Hemd.«

Sie deutete auf die Reisetasche.

»Ich drehe mich um, und du ziehst das da aus.«

Zögernd tat sie es und warf das Hemd in die Nähe des Zelteingangs. Er wandte ihr den Rücken zu, um vorsichtig ihre Sachen zu durchsuchen, und sie fühlte sich sehr verletzlich, als sie dort hinter ihm saß, nahezu nackt. Sie schüttelte ein leichtes Frösteln ab. Endlich warf er ihr ein T-Shirt zu, noch immer mit dem Rücken zu ihr.

Sie schlüpfte hinein. »Okay«, sagte sie leise.

Er drehte sich um.

»Danke. Ich … ich weiß nicht, was passiert ist. Hoffentlich habe ich nicht alle vergiftet.«

Langsam breitete sich ein Lächeln über sein Gesicht. »Du hast niemanden vergiftet, Kim. Wahrscheinlich hast du die Höhenkrankheit.«

»Höhenkrankheit? Soll das heißen, dass mir jetzt die ganze Zeit schlecht sein wird?«

Er schüttelte den Kopf. »Sehr unwahrscheinlich. Ich schätze, du gewöhnst dich bald an die Höhe. Konntest du nicht schlafen?«

Sie nickte. *Aber das habe ich nicht der Höhenkrankheit zugeschrieben.*

»War dir ein bisschen schwindelig? Warst du kurzatmig?«

Sie zuckte mit den Schultern. »Kann sein.« *Ich habe gedacht, es liegt an dir.*

Er musterte sie schweigend und nachdenklich. »Morgen geht es dir bestimmt besser. Trink viel Wasser und iss etwas. Hier, du kannst meine Feldflasche haben.« Er legte die Flasche neben den Schlafsack. »Wenn du schlafen kannst, dann schlaf, solange es geht. Mach dir wegen uns keine Gedanken, wir kommen schon klar.«

Zögerlich nickte sie. Es machte sie nervös und ein bisschen ängstlich, dass er ihr gegenübersaß. Es war keine Übelkeit. Es war etwas anderes. Das Lächeln von vorhin war aus seinem Gesicht verschwunden. Als wäre ihm gerade klar geworden, wo sie sich eigentlich befanden – in ihrem Zelt, allein.

Er drehte sich zum Ausgang und griff nach ihrem Hemd. »Versuch jetzt zu schlafen«, sagte er mit sanfter Stimme.

»Ja.«

Er streckte den Arm nach der Zeltluke aus.

»Thad? Ähm .. warum bist du plötzlich so nett zu mir?«

In dem dunklen Zelt konnte sie seine Augen kaum erkennen, doch sie spürte, dass ihre Frage ihn verunsicherte.

»Kim … Ich …«

»Kein Problem«, unterbrach sie ihn. »Danke jedenfalls.« Sie war nicht sicher, ob sie seine Antwort hören wollte.

Er warf ihr einen letzten Blick zu und ließ sie dann allein.

★

Als sie am nächsten Morgen endlich wieder aus ihrem Zelt auftauchte, sah sie als Erstes, dass es draußen sehr hell war. Als Nächstes fiel ihr auf, dass sich im Lager fast nichts bewegte. Tatsächlich wirkte der Ort wie verlassen. Als sie sich dem Essenszelt näherte, stieg ihr der

Duft von gebratenem Speck und starkem Kaffee in die Nase. Einen Moment lang glaubte sie, jemand habe Frühstück gemacht. Doch als sie sah, dass kein Essen auf sie wartete und die Sonne beinahe senkrecht stand, es also offensichtlich bald Mittag wäre, kam sie zu dem Schluss, dass die anderen tatsächlich ohne sie klarkamen.

Na super!

Sie hob die Bratpfanne auf und stellte sie auf den Herd zurück, schürte das bereits verglühende Feuer und beschloss, noch ein Stück Holz nachzulegen. Dann durchstöberte sie die Fleischkiste auf der Suche nach einem Stück Schinkenspeck. Alle schienen verschwunden zu sein, also hatten sie vermutlich schon gegessen. Sicher würden sie es ihr gönnen, wenn sie etwas aß. Auch wenn es schon fast Mittag war.

Langsam blickte sie sich um. Wo zum Teufel waren die anderen?

Sie fand ein halbes Pfund Schinkenspeck. In der Pfanne auf dem Herd brutzelte mittlerweile das Fett, das vom Frühstück noch übrig war. Die Hitze tötet bestimmt alles ab, dachte sie achselzuckend. Sie legte noch zwei Scheiben Speck in die Pfanne und beobachtete, wie das Fett zischend gegen den schwarzen Eisenrand spritzte.

»Reicht das auch für zwei?«

Kim sprang auf und sah in Thads Gesicht. Ihre Wangen wurden heiß. Schnell wandte sie den Blick ab und betrachtete die Packung Speck in ihrer Hand.

»Ich glaube schon.«

»Gut.« Er nahm ihr die Packung ab und legte sie auf einen Tisch neben dem Herd. Er trennte die Speckscheiben voneinander und legte sie in das Fett. Überrascht trat Kim zurück und sah ihm zu. Er blickte sie an und sagte: »Ich kümmere mich um Eier und Speck, wenn du Kaffee und Brötchen besorgst.«

Thad wandte sich wieder dem Herd zu. Verblüfft blieb Kim stehen und sah ihm weiter zu. Eine Sekunde später blickte er sie fragend an. Sie nickte und machte sich auf den Weg, um die Kaffeekanne zu holen.

Sie zögerte nicht lange wegen des Koffeins und stellte die metallene Mokkakanne auf eine Kochplatte. Zwei Tage zuvor hätte sie geglaubt, dass Thad nicht einmal wusste, wie eine Pfanne aussieht.

Nachdem sie erneut die kalte Vorratskiste durchsucht hatte, zog Kim eine Dose Brötchen zum Aufbacken heraus. Sie riss den Pappbehälter auf und legte die Teigstücke in eine runde Pfanne. Hin und wieder blickte sie verstohlen zu Thad, der Speck und Eier wendete.

»Rutsch mal, dann kann ich die restlichen Brötchen in den Ofen legen«, bat sie.

Mitten in der Bewegung hielt er inne, blickte sie an und machte ihr Platz, ohne sie aus den Augen zu lassen.

Kim hielt seinem Blick stand und stellte sich neben ihn. Sie spürte, dass sein muskulöser Körper nur wenig von ihr weg war. Die Luft zwischen schien elektrisch geladen. Einen Moment lang bewegte er sich nicht. Auch sie stand reglos da. Mit zitternden Händen öffnete Kim die Ofentür, schob die Teiglinge hinein, schloss die Tür rasch wieder und trat verlegen zurück. Sie wischte sich die Hände an den Oberschenkeln ab und blickte ihn flüchtig an. Dann wandte sie sich ab und entfernte sich einige Schritte von ihm. »Die brauchen nicht lange, der Ofen ist ziemlich heiß«, sagte sie über die Schulter hinweg.

Thad bewegte sich nicht von der Stelle. Die Luft zwischen ihnen schien zu knistern. »Der Speck ist fertig«, erklärte er. »Die Eier brauchen noch eine Minute.« Dann quirlte er die Eier. Nachdem er das Fett bis auf einen kleinen Rest abgegossen hatte, gab er die Eiermischung in die Pfanne, wo sie zischend zu stocken begann.

Kim schluckte und setzte sich an den Tisch, den Rücken an die Kante gelehnt, und musterte Thad. Wie peinlich. Wenige Stunden zuvor war er ihr mit den Fingern durchs Haar gefahren, und seine Lippen hatten ihren Mund gestreift, sanft und heftig zugleich. Er hatte sie in einen Gefühlstaumel versetzt. Dann war er in die Dunkelheit hinausgegangen, nicht ohne ihr zu sagen, dass sich das niemals wiederholen durfte.

Und schließlich war er mitten in der Nacht zu ihr gekommen. Er hatte ihr das fieberheiße Gesicht gekühlt und sich um sie gekümmert, als sie Hilfe brauchte. So viele verwirrende Gedanken und widerstreitende Gefühle tobten in ihr.

Die ganze Nacht lang hatte sie davon geträumt, in seinen Armen zu liegen.

Die ganze Nacht lang hatte sie sich eingeredet, dass das unmöglich war. Eine kurze Affäre in diesem Bergparadies konnte kein gutes Ende nehmen. Und in wenigen Tagen würde sie wieder nach Hause fahren: Zu ihrem potenziellen Haus auf der East Side und zu ihrer sicheren, beständigen Zukunft.

Zu ihrem zukünftigen Ehemann, den sie noch nicht einmal kannte.

Zu ihren zukünftigen Kindern, die sie noch nicht empfangen hatte.

Zu den Treffen der Junior League.

Zu Mom und Dad.

Zu ihrem Job.

Plötzlich kam ihr all das so weit entfernt von dem vor, was sie gerade erlebte. So alltäglich, dass ihr das, was gerade passierte, aufregend und außergewöhnlich erschien. Ihr war nicht klar gewesen, wie langweilig ihr Leben in Kentucky geworden war.

Nun aber stand er vor ihr, dieser prächtige Cowboy, und tat, was eigentlich von ihr erwartet wurde. Er machte Frühstück. Sah verdammt sexy aus. Und ließ sie innerlich schmelzen wie ein Eis am Stiel an einem heißen Nachmittag im August.

Rasch blickte sie sich noch einmal um.

»Wo sind eigentlich die anderen?«

Thad hob das Rührei aus der Pfanne und verteilte großzügige Portionen auf zwei Teller. Er stellte die Pfanne zur Seite und öffnete die Ofentür, ohne Kim eines Blickes zu würdigen. »Die Brötchen sind fertig.« Ihre Frage überhörte er.

Kim stand auf und ging zum Ofen. Mit einem Topflappen nahm sie die Brötchen heraus und legte sie oben auf den Herd. Mit einer Gabel gab sie auf jeden Teller zwei Brötchen. Als sie die Hände ausstreckte, um die Teller mitzunehmen, berührte sie Thads Finger, und sie stießen mit den Hüften zusammen. Die Spannung zwischen ihnen knisterte wie eine Bratenkruste in heißem Fett. Kim schluckte, zog hastig die Hände zurück, und Thad nahm die Teller vom Tisch.

»Ich nehme die hier, und du holst den Kaffee.«

Und genau das tat Kim. Nachdem sie die dampfende schwarze Flüssigkeit in zwei Becher gegossen hatte, folgte sie Thad zum Tisch, setzte sich ihm gegenüber und stellte einen Kaffeebecher neben seinen Teller. Mit großem Appetit fing er an zu essen. Doch auf einmal war Kim nicht mehr hungrig. Sie starrte auf den Teller voller Eier, Schinkenspeck und Brötchen. Ihr Magen schlug einen Salto.

»Was ist? Immer noch Angst vor den paar Gramm Fett?«

Kim blickte ihm ins Gesicht. »Oh, nein.« Energisch schüttelte sie den Kopf.

»Fehlt irgendwas? Ketchup für die Eier? Marmelade für die Brötchen?«

Erneut schüttelte Kim den Kopf. »Nein, es sieht köstlich aus.«

»Milch zum Kaffee?« Auf Thads Gesicht breitete sich ein Lächeln aus, und Kim spürte, wie ihr flau im Magen wurde.

»Nein.« Sie rieb sich mit der Hand über den Bauch.

Thad hörte auf zu kauen und betrachtete sie. »Ist dir noch schlecht?«

Sie schüttelte den Kopf.

Du machst mich nervös, Thaddeus Winchester. *Denn wenn ich dich ansehe, habe ich Schmetterlinge im Bauch, und mir laufen Schauer über den Rücken.* Nein! Kim rief sich selbst zur Ordnung. Sie würde es nicht noch schlimmer machen, als es ohnehin schon war.

Sie griff nach ihrer Gabel und zwang sich zu lächeln. »Ich habe nur … vorm Frühstück darüber nachgedacht, wie friedlich dieser

Morgen ist.« Ihr war klar, wie kitschig ihre Worte klangen. Verlegen blickte sie Thad an. »Ich muss dich etwas fragen.«

Er biss von seinem Brötchen ab und kaute langsam. »Ja …?«

»Woher kommt dieser plötzliche Sinneswandel? Ist dir klar, dass du mich ganz verrückt machst? In einem Moment bist du brummig wie ein alter Bär, und im nächsten machst du mir Frühstück. Das verstehe ich nicht.«

Thad sah sie aufmerksam an. »Mache ich dich verrückt? Na ja, das kann ich dir erklären. Sagen wir … ich habe eine Entscheidung getroffen.«

»Und welche?«

»Dass … dass dieser alte Bär dir eine Tatze reichen muss.«

»Ich verstehe nicht.«

Er schob seinen Teller zurück und verschränkte die Arme vor sich auf dem Tisch. »Hm. Ich auch nicht.«

Einen Augenblick lang musterte sie ihn und wandte dann den Blick ab. Im Lager war es beunruhigend still. Alles hatte sich verändert. Thad. Alles. Es war gespenstisch. Sie drehte sich wieder zu ihm.

»Wo sind die anderen?«

Thads Blick traf sie wie ein Faustschlag. »Die anderen? Oh, die sind weg.«

★

Er musste ehrlich zu ihr sein.

Wenn sie hier wegging, sollte sie wenigstens sagen können, dass er ehrlich gewesen war. Wenn sie ein bisschen Grips hatte – was er annahm –, musste sie nach dem gestrigen Abend wissen, was er für sie empfand.

Er musste noch ein paar Tage durchhalten. Solange würde er seine Gefühle für sie noch unter Verschluss halten. Doch es gab keinen Grund, unfreundlich zu ihr zu sein.

Thad sah die Panik, die in Kims aufgerissenen Augen flackerte.

»Weg? Alle? Wohin?« Ihre Stimme überschlug sich beinahe.

Er antwortete so aufrichtig wie möglich. »Ja, die meisten sind weg. Mack und Jillie sind heute Morgen zu einem kleinen Ausflug aufgebrochen.«

»Das kann ich mir vorstellen«, murmelte Kim. Thad wusste, dass sie ihre Gefühle unter Kontrolle zu halten versuchte. »Und die anderen?«

»Ben und Luke sind mit den Anwälten und dem anderen Paar zurückgeritten. Dein Freund Tim hat beschlossen, dass er hier lange genug den feinen Pinkel aus der Großstadt gespielt hat. Ich habe den Cowboys gesagt, sie sollen auf der Ranch bleiben. Ich schätze, Mack und ich kommen mit Jillie und dir ziemlich gut alleine klar.«

Erneut wirkte Kim besorgt. Thad versuchte, in ihrem Gesicht zu lesen, doch das fiel ihm schwer. Nun stieg auch in ihm die Panik auf. Verdammt, warum hatte er ausgerechnet diese Worte gewählt?

Mein Gott! Die nächsten Tage würden lang werden. Er konnte nichts tun, als jeden Blick in Kims schönes Gesicht zu vermeiden. Und er befürchtete, dass nichts ihn davon abhalten würde, sie zu verführen, wenn sie jemals wieder in seinen Armen landen sollte.

Und darum durfte es nicht sein. Noch nicht. Jedes Mal, wenn er in diese sündhaft blauen Augen blickte, weckte sie eine andere Art von Hunger tief in ihm.

»Und wohin sind Jillie und Mack gegangen?« Der Klang ihrer Stimme riss ihn aus seinen Grübeleien.

»Sie suchen nach Knochen.«

»Nach *Knochen?«* Sie runzelte die Stirn.

»Ein paar Teilnehmer, die wir auf dem Ausritt letztes Jahr verloren haben.« In dem Moment, als die Worte seinen Mund verließen, wusste Thad, dass er einen Fehler gemacht hatte.

»*Was?«*

Kims schrille Stimme durchschnitt die Stille, und Thad warf den Kopf in den Nacken, um sich das Lachen zu verkneifen. Sie sah vollkommen verängstigt und gleichzeitig sanft und unschuldig aus. Ihr kurz geschnittenes blondes Haar stand ihr ziemlich zerzaust vom Kopf ab, wodurch sie noch jungenhafter wirkte. Ihre Augen waren so groß wie Untertassen. Am liebsten hätte er laut losgelacht, doch er fürchtete, dass sie über den Tisch hinweg auf ihn einschlagen würde. Sein Herz war voll und schwer. Sie war so unglaublich schön, so naiv und leicht zu täuschen.

»Ich mache nur Witze. Sie suchen nach Überbleibseln von einer Fremont-Expedition im frühen neunzehnten Jahrhundert.«

Thad hatte ein Glitzern in den Augen, das Kim noch nie an ihm gesehen hatte. Wenn sie einen Augenblick zuvor nicht so beunruhigt gewesen wäre, hätte sie diesen kleinen Scherz vielleicht lustig gefunden. Doch Tatsache war, dass seine Witze sie erschreckten. Sie hätte sich nie träumen lassen, dass Thad Sinn für Humor hatte. Und das war nicht nur bezaubernd, sondern auch beunruhigend, denn wenn dieses kleine Anzeichen von Humor einen Riss in seiner rauen Schale verursachte, dann … nun …

Dann hatte sie ein großes Problem. Sie wollte nicht, dass er sie neckte. Aus Neckereien wurde ein Flirt. Der zu anderen Dingen führte. Und diese anderen Dinge würden sie in Schwierigkeiten bringen, wenn sie ihn zu nahe an sich heranließ.

Sei höflich zu dem Mann, Kim. Bleib auf Distanz. Und fall nicht auf das Flirtspiel herein. Dann kann dir nichts passieren.

»Oh«, sagte sie betont sachlich. »John Fremont, nehme ich an. War das nicht während des … warte mal, so um 1845 herum?«

Wenige Tage zuvor hätte Kim noch alles daran gesetzt zu beweisen, dass sie viel mehr vorzuweisen hatte als manikürte Fingernägel und einen teuren Haarschnitt. Obwohl diese Dinge ihr wichtig waren. Sie hätte ihm beweisen wollen, dass sie genau wie die anderen Mitreisenden ihren Teil leisten konnte. Aber jetzt … nun … alles war völlig durcheinander. In einem Moment sollte er lieber gar nichts von ihr wissen, und im nächsten versuchte sie ihn mit ihren

Kochkünsten und ihrem Verstand zu beeindrucken. Und dann wiederum befahl sie sich selbst, nicht mit ihm zu flirten, um ihm keinen Anlass zu einem weiteren wundervollen Kuss zu geben. Oh Gott …

Was passiert hier mit mir?

Thads Gesicht nahm einen ernsten Ausdruck an, als er über die Expedition sprach. »Um 1840, glaube ich. Ein bisschen früher als seine Expeditionen in die oberen Rocky Mountains und nach Oregon. Weißt du, dass die Starvation Gulch ihm ihren Namen verdankt? Ich erinnere mich nicht an die Einzelheiten. Frag Mack, wenn es dich interessiert, aber ich glaube, ein großer Teil seiner Mannschaft ist damals verschollen. Verhungert, glaube ich. Mack hatte Lust, mit ein paar Gästen einen Abstecher zu machen und den Hobbyarchäologen zu spielen. Ich schätze, damit werden Jillie und er den ganzen Tag beschäftigt sein.«

»Oh ja, sicher«, murmelte Kim und richtete den Blick auf einen Punkt hinter Thads Kopf. Wenn sie Jillie richtig einschätzte, war die Suche nach alten Knochen das Letzte, wonach ihr der Sinn stand. Wahrscheinlich hatte sie es eher auf Macks Knochen abgesehen.

»Warum sagst du das?«

Sie schüttelte den Kopf, und ihre Wangen wurden heiß. »Ähm … schon gut.« Sie rutschte auf der Bank hin und her, nahm sich ein Brötchen und biss hinein. »Also«, sagte sie dann und versuchte, ungezwungen zu klingen. »Was hast du denn heute Nachmittag so vor?«

Unbehagliches Schweigen machte sich zwischen ihnen breit. Ihre Blicke trafen sich. Erneut biss Kim in das Brötchen. Es war krümelig und schwer zu kauen. Oder lag es daran, dass ihr Mund sich plötzlich wie ausgetrocknet anfühlte? Schließlich würgte sie den Bissen mit einem Schluck heißen Kaffee hinunter.

»Wir haben den Nachmittag für uns, nehme ich an.«

Plötzlich heißhungrig blickte Kim auf ihren Teller und schob sich einen Bissen kaltes Rührei hinein. Was wollte er damit andeuten?

»Gibt es etwas, was du gerne tun würdest?«

Wenn sie zu ihm aufblickte, würde er genau wissen, was sie gerne tun würde. Aber *das* würde nicht passieren.

Sie schluckte den Bissen Rührei hinunter und hob den Kopf. »Bist du sicher, dass wir allein sind?«

Den Blick auf sie geheftet, nickte er langsam. Lag da ein Anflug von Sorge auf seinem Gesicht? Für den Bruchteil einer Sekunde konnte sie seine unergründlichen Augen nicht sehen, als der Cowboyhut sich neigte. Dann waren sie plötzlich wieder da.

Durchdringend. Fragend. Scherzend.

Was tat er da? Wollte er sie zum Narren halten? Sollte sie sich auf ihn stürzen, damit er sie wieder überrumpeln konnte wie nachts im Zelt? Sie würde doch nicht noch einmal auf diesen alten Trick hereinfallen, oder?

In Thads Kiefer zuckte kein Muskel. Seine Lippen waren straff und dünn und so gerade wie ein Strohhalm. Er war unglaublich sexy.

Oh verdammt, ich bin geliefert.

Sie hatte keine Ahnung, was er vorhatte, doch sie wusste genau, was er wollte. Und was nicht. Und dass sie es auch nicht wollte. Oder?

So wahr uns Gott helfe.

Kim fuhr sich mit der Hand durch das schmutzige, zerzauste Haar. »Ich … also, was ich wirklich gern täte, Thad … ich glaube … ich würde gern ein Bad nehmen.«

Thad straffte die Schultern und beäugte sie argwöhnisch. »Ein Bad.«

Wenn er sie jetzt zimperlich nannte, würde sie ihm eine kleben, entschied Kim. Schon seit Tagen fühlte sie sich nicht mehr sauber, und wenn sie nicht bald ihren Körper in Wasser tauchte, würde sie wahrscheinlich demnächst vermodern. Je länger sie darüber nachdachte, desto sicherer war sie, dass sie nicht darauf verzichten konnte.

Außerdem lenkte sie das Eintauchen in den kalten Strom vielleicht vom Gedanken an warme Schlafsäcke und muskulöse Arme ab. Unwillkürlich erschauerte sie.

Doch als sich ihre Blicke trafen, konnte sie nichts Herablassendes in seinen Augen erkennen. Sie sah nur mühsam beherrschte Begierde.

Oh. Gott.

Thad stand auf und trat vom Tisch zurück, als wollte er ein Gespräch beenden, das auf Abwege gelangt war, die er nicht weiterverfolgen wollte. Er blickte auf sie herab. Kim sah an seinem leeren Teller, dass er schon lange mit dem Essen fertig war. Ihr eigenes hatte sie kaum angerührt.

»Okay«, sagte er und entfernte sich noch weiter von ihr. »Ich habe im Camp zu tun, also nichts wie ran, geh ruhig baden. Ich packe die Vorräte um und einen Teil der Ausrüstung, die wir jetzt nicht brauchen. Ich mache auch das Küchenzelt sauber.«

»Nein, überlass das mir. Du hast gekocht«, widersprach Kim und stand auf.

Thad schüttelte den Kopf und hob die Hände, als wollte er eine Barriere zwischen ihnen errichten. »Nein. Du hast die ganze Woche gekocht und geputzt. Ich übernehme das. Nimm dein Bad. Wahrscheinlich ist es genau der richtige Zeitpunkt, um das zu tun. Erinnerst du dich noch an die Regeln?«

Kim warf ihm einen verständnislosen Blick zu. Dann erinnerte sie sich daran, dass er vor der Reise gesagt hatte, es dürfe nichts an der natürlichen Umgebung verändert werden. Die richtige Art, sich zu entspannen. Das Geschirr abzuwaschen. Den Abfall zu entsorgen. Zu baden. »Ja. Ich erinnere mich.« Sie hatte nicht den Wunsch, die unberührte Schönheit der Landschaft um sich herum zu zerstören.

»Gut. In der Vorratskiste da vorn ist ein spezieller Behälter. Du weißt, wo der Bach ist. Lass dir Zeit. Niemand wird dich stören.«

Ein eigenartig verlockendes Knistern lag in der Luft, als Kim ihm in die Augen blickte, nickte und das Essenszelt verließ. *Niemand wird dich stören.* Seine Worte klangen in ihren Ohren nach.

Die Sache war nur: Sie war nicht sicher, ob sie in Ruhe gelassen werden wollte.

Kapitel 10

Thad machte sich im Küchenzelt zu schaffen und vermied es, in die Richtung von Kims Zelt zu blicken. Er wollte sich nicht vorstellen, wie sie sich dort auf ihr Bad vorbereitete. Und als er sie auf dem Weg zum Bach vorbeigehen hörte, richtete er den Blick absichtlich auf das Becken voller Seifenlauge und schmutzigem Geschirr, damit er in Gedanken bei der Sache blieb. Doch als er glaubte, sie sei an der Stelle angekommen, wo eine Baumgruppe ihm die Sicht auf sie versperrte, hob er den Kopf und starrte ihr hinterher.

Er erhaschte nur einen flüchtigen Blick auf ihr goldblondes Haar und ihren Rücken, als sie hinter den Bäumen verschwand, ein Handtuch über die Schulter geworfen.

Warum hatte er sich vorhin so verhalten? Was war in ihn gefahren, sie zu necken und mit ihr zu flirten, obwohl er ihr am Abend zuvor praktisch erklärt hatte, dass er nichts von ihr wissen wollte? Wollte er nur sehen, wie sie reagierte? Wollte er, dass sie mit ihm flirtete? Wollte er, dass sie zu ihm kam und mit ihm schlief? Hatte er genau das durchblicken lassen, als er fallen ließ, dass sie beide allein waren?

Wahrscheinlich, du verrückter Mistkerl. Du willst mit ihr allein sein; du willst sie besser kennenlernen. Und nicht nur ihren Körper. So faszinierend ihre burschikose Schönheit auch war – ihn faszinierte die ganze Frau. Und seine Gefühle für sie waren tiefer, als ihm lieb war.

In der nächsten halben Stunde versuchte er, diese Gedanken zu vertreiben und beschäftigte sich damit, die angepflockten Pferde zu füttern und zu bewegen, ein paar nutzlose Dinge auszupacken und Abfälle zu verbrennen. Zähneknirschend versuchte er, jede Vorstellung davon aus seinem Kopf zu verbannen, was auf der anderen Seite jener Gruppe von Kiefern vor sich ging.

Vergeblich.

Er richtete sich über den beiden Vorratskisten auf, deren Inhalt er gerade in eine Kiste zusammengepackt hatte, und ließ den Blick zu der Stelle wandern, an der Kim ihr Bad nahm. Mit geschlossenen Augen atmete er tief ein und stellte sich vor, wie ihm der blumige Duft ihres Shampoos in die Nase stieg und wie sich ihre weiche Haut unter seinen Händen anfühlte.

Er stellte sich Kim nackt am Ufer vor, Körper und Haare nass von Wasser und Seifenschaum. Wie sie sich das kristallklare Wasser über den Kopf goss und es sich über die Haut laufen ließ. Sie hob die im Sonnenlicht glitzernden Hände vor das Gesicht und rieb sich mit den Fingerspitzen winzige Tröpfchen aus den Augen. Dann streckte sie die Arme über den Kopf und drückte sich das Wasser aus dem Haar. Ihre spitzen Brüste reckten sich der Sonne entgegen und schienen in das Ambiente der Rocky Mountains zu ragen wie ein Teil der natürlichen Umgebung. Im Geiste streckte Thad die Hände aus. Berührte sie.

Schauer überliefen ihn.

Er schüttelte den Kopf, und das Bild verschwand. Eine Sekunde lang. Plötzlich merkte er, dass während seines Tagtraums etwas direkt unter seinem Gürtel immer härter geworden war. Verlangen nach Kim erfasste ihn. Schon in den Tagen zuvor hatte er an sie gedacht, von ihr geträumt, und nun konnte er diese Gefühle – die Leidenschaft, die Besessenheit, die er für sie empfand – nicht länger unterdrücken. Er würde etwas unternehmen müssen. So oder so.

★

Kim war im Himmel. Kaum hatte sie ihre Kleider abgelegt, watete sie schon ins Wasser, ließ sich bis zum Hals hineinsinken und das kühle Wasser des Gebirgsbachs über ihren Körper fließen. Die Arme hatte sie über zwei Felsbrocken ausgestreckt, sich angelehnt und es sich bequem gemacht. Sie ließ den Kopf in den Nacken fallen und schloss die Augen.

Das Wasser war kühl, beinahe kalt, doch es machte ihr nichts aus. Je länger sie darin blieb, desto mehr gewöhnte sie sich daran, und es war wundervoll. Ruß, Staub und Rauch schienen aus ihren Poren zu strömen. Es war die entspannendste Erfahrung der ganzen Reise. Über ihr der blaue Himmel. Federwolken. Und nur der Klang des rauschenden Wassers an ihrem Ohr.

Für diesen himmlischen Moment hatten sich die höllischen Tage fast gelohnt, die sie zuvor ertragen hatte. Vielleicht würde sie es sogar noch einmal tun.

Höllisch? War es wirklich höllisch gewesen?

Mit geschlossenen Augen ließ sie die Ereignisse der vergangenen drei Tage Revue passieren. Der Ausritt war eine Katastrophe gewesen, das Frühstück auf der Ranch, dem *Flying W,* noch schlimmer. Nach dem ersten Tag im Sattel war sie so verdammt wund geritten, dass sie am liebsten gestorben wäre. Und dann in den Schlafsack und Thad Winchester in die Arme zu fallen war mehr, als sie ertragen konnte.

Sie schüttelte sich und öffnete die Augen, um in den Himmel zu blicken. Selbst in dem kalten Wasser war ihr Körper beim Gedanken an sie und Thad in demselben Schlafsack erregt.

Und seine Küsse. Oh, als er sie geküsst hatte, war sie verloren gewesen. Ihr Körper hatte mit rückhaltloser Leidenschaft reagiert. Sie wollte, dass er blieb. Dass er später in der Nacht zu ihr kam.

Und gleichzeitig wollte sie ihn nicht.

Zwischen ihr und einem Cowboy aus Colorado konnte es keine Zukunft geben. Zwischen ihnen würde es nie etwas werden, und für einen Ferienflirt war sie nicht der Typ. Sie konnte es nicht erwarten, wieder nach Kentucky zurückzukehren. In ihre eigene kleine Welt. Wo sie sicher war.

Sicher wovor? Vor einem Mann, für den sie offensichtlich etwas empfand, und der allem Anschein nach auch Gefühle für sie hatte.

Warum also lag sie hier und träumte davon, wie sie sich in seinen Armen gefühlt und was seine Küsse in ihrem Innern ausgelöst hatten? Und dachte gleichzeitig darüber nach, in ihr sicheres kleines Leben nach Kentucky zu flüchten?

Sie wusste es nicht.

Es war die Hölle. Und zwar eine selbstgemachte.

Doch der Gedanke ließ sie nicht los. Was wäre so problematisch, wenn Thad und sie eine Beziehung eingingen? Das Problem war, schlussfolgerte sie, dass ihre Welten unvereinbar waren. Sie würden zusammenstoßen, und zwar heftig.

Sie hatte hart gearbeitet, um ihren Beraterabschluss zu machen. Darauf war sie stolz und freute sich schon morgens beim Aufstehen darüber. Ihre Schüler bedeuteten ihr etwas. Sie waren auf sie angewiesen und sie auf die Schüler, manchmal wahrscheinlich zu sehr, denn sie machten ihr Leben lebenswert.

Was gab es in dieser wilden Bergwelt schon für sie? Leben auf einer Ranch? Verdammt, sie konnte kaum auf der guten alten Sunshine zu reiten. Welche Ehefrau gäbe sie wohl für einen Rancher ab?

Sie erschrak über ihre eigenen Gedanken. Ehefrau? Wie kam sie denn darauf? Zwischen ihr und Thad war nichts als ein paar außer Rand und Band geratenen Hormonen. Wenn sie einfach nachgaben und ihre Körper davon befreiten … vielleicht wäre die ganze Quälerei dann vorbei und sie konnten den Rest der Reise genießen. Vielleicht …

Nein. Der Gedanke rief verführerische Bilder in ihr wach, die sie nicht zulassen durfte. Oder doch?

Ungefähr eine halbe Stunde später stieg Kim aus dem Bach. Eigentlich hatte sie keine Lust, sich am Ufer einzuseifen und abzuspülen, wie Thad es ihnen aufgetragen hatte, bevor sie vom *Flying W* aufgebrochen waren. Sie erinnerte sich wortwörtlich an seine Anweisungen. »Seife ist Seife, egal ob biologisch abbaubar oder nicht«, hatte er ihnen erklärt. »Wir wollen die Umwelt nicht verschmutzen, also tun wir alles, um das zu vermeiden. Indem wir uns am Ufer einseifen und abspülen, sorgen wir dafür, dass die Tenside nicht in den sauberen Gebirgsbach gelangen. Der Boden filtert die Schadstoffe auf natürliche Weise.«

Sie war so umweltbewusst wie jeder andere auch und hatte immer darauf geachtet, Produkte zu kaufen, die der Umwelt nicht schadeten, zum Beispiel biologisch abbaubare Seifen und Waschmittel. Sie recycelte ihre Zeitungen und Getränkedosen und bemühte sich, sparsam mit dem Wasser umzugehen. Und wenn sie sich umblickte, hasste sie die Vorstellung, dass so viel Schönheit durch Müll und Chemikalien ruiniert wurde.

Aber wäre es jetzt nicht wundervoll, einfach ein Bad in diesem dahinplätschernden Bach zu nehmen?

Missmutig griff sie nach der Waschschüssel füllte sie im Bach mit Wasser. Dann trug sie sie ans Ufer. Dort seifte sie sich schnell ein und übergoss sich mit dem Wasser aus der Schüssel. Und nun zu den Haaren, dachte sie. Sie fühlten sich unglaublich sandig und fettig an.

Sie griff nach ihrem Shampoo, blickte kurz auf die Flasche und sehnte sich danach, Kopf und Körper in den Bach zu tauchen, bis der letzte Rest Dreck von ihrer Kopfhaut abgewaschen war. Wie sollte sie ihr Haar richtig sauber bekommen, wenn sie es hier am Ufer einseifte und ausspülte?

Sie biss sich auf die Lippe und blickte hinüber zum Lager.

Nein. Das ging nicht.

Noch einmal blickte sie auf die Shampooflasche. *Nature's Essence.* Rosenblütenduft. Hergestellt aus natürlichen Kräutern und Pflanzen. Sie drehte die Flasche um und überflog die Liste mit den Bestandteilen. Sie grinste. Ein Shampoo, das nur aus natürlichen

Substanzen und Farbstoffen bestand, konnte der Umwelt doch nicht schaden, oder?

Absolut nicht.

Nachdem sie sich davon überzeugt hatte, beschloss sie, nur eine winzige Menge zu verwenden. Gerade genug, um ihr Haar zu waschen und ihm wieder etwas Schwung zu geben. Und der Rosenblütenduft … nun, der würde ihr vielleicht ein wenig Luxus schenken, den sie brauchte, um den Rest der Reise zu überstehen.

Noch einmal spähte sie zum Lager hinüber. Sie konnte nicht auf die andere Seite der Kiefern sehen, doch sie wusste, dass Thad dort war. Er hatte versprochen, dass sie nicht gestört werden würde. Es gab keinen Grund, sich nicht ein kleines bisschen zu verwöhnen, oder?

Er würde es nie erfahren.

Mit der Shampooflasche in der Hand drehte sie sich rasch wieder zum Bach um.

Sie watete tiefer hinein als zuvor und stellte die Flasche auf einem Felsvorsprung ab. Sie tauchte unter, kam hoch und rieb sich die Augen, bevor sie nach dem Shampoo griff und sich einen Klecks davon in die Hand drückte.

Dann stand sie auf. Schnell strömte der Bach auf Hüfthöhe an ihr vorbei, als sie sich sanft das Shampoo ins Haar rieb.

Sie schwelgte in dem Gefühl der seidig weichen Schaumblasen und massierte sich die Kopfhaut. Seufzend schloss sie die Augen, als der Seifenschaum ihr über Schultern und Brüste lief.

»Ahhh …«, seufzte sie. »Ich hatte ja keine Ahnung, wie wundervoll es ist, endlich wieder sauber zu sein.«

Rosenduft umwehte sie, und sie fühlte sich gepflegt und sexy. Sie atmete tief durch und massierte sich noch einmal sanft die Kopfhaut. Dann hockte sie sich ins Wasser, spülte den Schaum von ihren Schultern und ließ die Hände über ihren Körper gleiten, um den restlichen Seifenschaum abzuwischen. Danach tauchte sie ganz in das Wasser ein, um ihr Haar vom Shampoo zu befreien.

Als sie sich aus dem Wasser erhob, sah sie die Flasche auf dem Felsvorsprung stehen. Spontan stand sie auf und griff danach, und ohne nachzudenken, klappte sie den Deckel auf und träufelte sich die cremige, rosafarbene Lotion auf Arme, Brust und Bauch.

Plötzlich fühlte sie sich köstlich verrucht und verführerisch.

Sie ging langsam und systematisch vor. Eine Hand legte sie in den Nacken, beugte den Kopf zurück und blickte in den Himmel. Dann schloss sie die Augen und atmete tief die frische Bergluft ein. Mit den Fingern liebkoste sie sanft ihre Haut und ließ sie zu den Brüsten wandern. Ihre Fingerspitzen glitten erst über eine Brust, dann über die andere. Die Lotion schäumte unter ihren Fingern, als sie spürte, wie ihre Brüste sich strafften, die Spitzen erregt und durch das kühle Wasser hart wie Kieselsteine.

Sie legte die Hände um beide Brüste und warf den Kopf in den Nacken, als Thad in ihren Gedanken auftauchte. Er stand hinter ihr. Sie atmete schwer. Und nun waren es *seine* rauen großen Hände, die ihre Brüste liebkosten, die Spitzen drückten und die Begierde durch ihre Adern rauschen ließen. Ein leises Stöhnen kam ihr über die Lippen, als er ihr in der Fantasie die Hände auf den Bauch legte und die rosafarbene Lotion in die Haut massierte. Er zog sie eng an seinen muskulösen, nackten, männlichen Körper, und sie erbebte innerlich, als er die Finger weiter nach unten gleiten ließ.

»Oh Thad …«, sagte sie mit rauer Stimme, ganz in ihre Träumerei versunken.

Sie ließ sich tiefer in das Wasser gleiten, beugte die Knie und stellte sich vor, wie Thad sie in seinen Schlafsack zog. Sie spürte seine Lippen in ihrem Nacken.

Heiß. Atemlos. Gierig.

»Oh Thad«, hauchte sie noch einmal.

»Was, oh Thad?«, rief nicht weit entfernt eine strenge Stimme.

★

Seine Fantasie war Wirklichkeit geworden.

Eigentlich hatte er nur einen flüchtigen Blick zwischen den Kiefern hindurch wagen wollen. Doch von dem Augenblick an, als er sie entdeckt hatte, konnte er sich nicht mehr losreißen. Egal wie sehr er es versuchte. Allerdings gab er sich auch keine große Mühe mehr.

Er war wie gebannt von ihrer Schönheit. Fasziniert von ihrer Zartheit vor dem Hintergrund der schroffen, zerklüfteten Berge. Wie in Trance beim Anblick ihrer Hände, die über ihre seidige Haut glitten. Verhext von ihrem Gesichtsausdruck, den geschlossenen Augen, den Lippen, die in der Sonne leise unzusammenhängende Worte murmelten.

Als er hinter den Bäumen hervortrat, wusste er, dass sie ihn sehen würde, falls sie die Augen wieder öffnete. Er wusste, dass er etwas tat, was sich vielleicht nicht mehr rückgängig machen ließ. Er wusste, dass es zwischen ihnen auf die eine oder andere Weise nie wieder wie vorher sein würde, wenn sie ihn dort stehen und sie beobachten sah.

Er wusste, es gab kein Zurück.

Ihr Anblick zog ihn magisch an. Mit den Händen liebkoste sie ihre Brüste und ließ sie dann hinunter auf den Bauch gleiten. Das Kinn hatte sie zum Himmel gereckt, und er sah, wie ihre Brust sich unter leisem Seufzen hob und senkte. Sie hatte die Lippen leicht geöffnet und atmete flach.

Und im Geist ahmte er jede Bewegung ihrer Hände mit den seinen nach. Sie brannten vor Verlangen, sie zu berühren, zu liebkosen. Seine Lippen schmerzten vor Sehnsucht danach, sie zu schmecken, mit den Zähnen über ihre Haut zu fahren.

Hölle und Verdammnis.

Was tat er hier? Tief in ihm brannte und quälte ihn eine pure Begierde, die kein Mensch je empfunden hatte. Er sehnte sich danach, ihre Haut zu berühren. Er verzehrte sich danach, ihr mit den Fingern durchs Haar zu fahren und ihr die letzten Reste des Seifenschaums vom Körper zu waschen. Sein Blut pulsierte in nur einem Teil seines Körpers, und sein Hirn hatte die Fähigkeit verloren, zusammenhängend zu denken.

Mühsam riss Thad den Blick von ihrem Körper los und ging rasch ein paar Schritte zurück. Er musste gehen. Er durfte nicht eine Sekunde länger bleiben. Er musste seine außer Kontrolle geratene Begierde wieder in den Griff bekommen.

Wieder ruhte sein Blick auf Kim.

Schaum. Kleine Seen von Seifenblasen, die den Bach hinunterströmten.

Sie murmelte etwas. Seinen Namen?

Er trat einen Schritt vor und lauschte, um sicherzugehen. Er erblickte die Shampooflasche auf dem Felsen. Verdammt!

Er brauchte eine Entschuldigung. Er brauchte … irgendetwas. Sein Verlangen nach ihr war völlig außer Kontrolle geraten.

Vielleicht konnte er die Begierde irgendwie kanalisieren.

Sie in Ärger verwandeln? Das hatte schon oft funktioniert.

Und in diesem Moment gab es nur eins, worüber er sich ärgern konnte. Sie hatte seine Anordnungen nicht befolgt.

Kim glitt tiefer in den Bach hinein. »Oh Thad …«, raunte sie. Die Leidenschaft in ihrer Stimme gefiel ihm nicht. Sie erregte ihn noch mehr.

»Oh Thad, was?«

Sie öffnete die Augen. Ein Ausdruck absoluten Entsetzens blitzte darin auf. Und in weniger als einer halben Sekunde war sie untergetaucht. Der Schaum löste sich von ihrem Körper und trieb den Gebirgsbach hinunter.

Er wartete noch einen Augenblick, bis sie endlich wieder auftauchte. Schüchtern hob sie den Kopf aus dem Wasser.

»Was zum Teufel tust du da? Komm da raus!«, blaffte er sie an.

»Ich bade. Geh weg«, rief sie zurück. »Du hast es mir versprochen!«

»Du bist jetzt fertig. Hast du vergessen, wie du baden sollst? Es darf keine Seife in den Bach gelangen.«

»Ich habe es nicht vergessen, du Blödmann. Alles ganz natürlich. Vollständig biologisch abbaubar. Hier, guck.« Kim schnappte die Flasche von dem Felsvorsprung und schleuderte sie ihm entgegen.

Sie traf Thad direkt über dem rechten Knie.

»Entschuldigung.«

Zornig starrte Thad den seifigen Ring auf seinem Oberschenkel an und richtete seinen strengen Blick dann auf Kim. »Das reicht jetzt. Komm raus! Du hast meinen Anweisungen nicht gehorcht. Ich will nur sicher sein, dass du das nicht noch mal tust.«

Das Wort *gehorchen* gefiel ihr gar nicht. Kim brauchte einen Moment, um die Lage einzuschätzen. Trotz ihrer Liebesfantasie gab es nichts, was ihr peinlich sein musste. Sie hatte nichts Falsches getan. Und er hatte keinen Grund, so mit ihr zu reden.

»Ich bin noch nicht fertig.« Sie drehte den Kopf und schwamm etwas weiter hinaus.

»Du bist fertig.«

»Ich glaube nicht.«

»Aber ich.«

»Ich komme raus, wenn du gehst.«

»Du kommst raus, wenn ich es dir sage.«

Allmählich hatte sie die Nase voll von seinen machohaften Mätzchen, diesem Gehabe eines Höhlenmenschen. »Fahr zur Hölle!«, schnauzte sie ihn an.

Thad hob die Hände. »Da bin ich schon.«

Sie kicherte leise. Die ganze Situation war für ihn offensichtlich genauso frustrierend wie für sie. Doch jetzt übernahm der kleine Teufel in ihr das Kommando. Sie konnte der Versuchung, ihn zu necken, kaum noch widerstehen. Ihn zu verführen. Ihn in diese Sache hineinzudrängen. Und außerdem genoss sie es vielleicht auch, ihn zu necken. Zu locken. Zu verführen.

Sie wollte, dass er kam, um sie zu holen.

»Es ist nur die Hölle, wenn du es so willst, Thad.« Sie stand auf. Das Wasser umspülte ihre Taille und hinterließ einen Wirbel auf der Oberfläche. Sie blickte ihn direkt an und wusste ausnahmsweise mal genau, was sie tat. »Wenn ich aus dem Wasser soll, dann komm und hol mich.«

Im Stillen betete sie. Wenn er dieses Mal wegging, wäre die Sache gelaufen. Sie würde allein zu der verdammten Ranch zurücklaufen, wenn es sein musste, aber in seiner Gegenwart würde sie keinen Augenblick mehr bleiben wollen. Sie wusste nicht, warum sie sich dieser Blamage aussetzte. Sie folgte schlicht und einfach ihrem Instinkt. Und sie hatte keine Ahnung, wohin das führen würde.

Und es war ihr auch egal.

Sein Blick bohrte sich in ihren. Obwohl einige Meter Wasser und Ufer sie voneinander trennten, waren sie wie durch elektrischen Strom miteinander verbunden. Ihr Atem ging schwer. Sie wusste, dass es ihm genauso ging. Dann hob sich seine Brust noch einmal, und Kim wusste, dass er eine Entscheidung getroffen hatte.

Er nahm den Hut ab und warf ihn auf den Boden.

Oh Gott! Lust durchströmte sie.

Er trat einen Schritt vor.

Zwei Schritte, dann noch drei, und er war im Wasser. Langsam arbeitete er sich zu ihr vor und ließ sie nicht aus den Augen. Sie beobachtete, wie er näher kam, jeder Schritt im Rhythmus mit ihrem langsamen Herzschlag. Pochend. Schreitend. Näherkommend.

Atme, Kim. Atme.

Nun war er nur noch Zentimeter von ihr entfernt, und er ließ den Blick über sie gleiten. Suchte ihr Gesicht. Sie atmeten beide heftig vor Erregung. Jeder von ihnen wusste, dass es bei der ersten Berührung kein Zurück mehr geben würde. Kim wusste es. Und sie wusste, dass auch er es wusste.

Und dann berührte er sie.

Ganz sanft fuhr er ihr mit den Fingerspitzen über die Wange. Kim schloss die Augen und genoss das Gefühl seiner warmen Finger auf ihrer kühlen Haut. Dann nahm er ihr Gesicht in die Hände, und sie schlug die Augen auf.

Da war sie, nackt und bloß, und vor ihr stand Thad, bis zu den Oberschenkeln in nassen Klamotten. Außer seiner Kleidung schien es nun keine Hindernisse mehr zwischen ihnen zu geben. Keine Heuchelei. In diesem Moment gab es nur sie beide.

Er legte ihr eine Hand in den Nacken und zog sie an sich. Gierig wie ein hungriges Raubtier über seiner Beute fiel er mit den Lippen über ihren Mund her. Warm, sinnlich, weich … sie schmeckte ihn, drängte sich an ihn. Seine Wangen waren glatt, sexy, nur der Hauch eines morgendlichen Bartschattens lag auf ihnen. Erregte sie. Stimulierte sie. Nie wieder würde sie ein glattes Gesicht so erregend finden wie früher. Nicht, nachdem sie Thad geküsst hatte.

Ein Schauer überlief sie, und sie schlang die Arme fester um Thad. Wie im Rausch ließ er die Hände über ihren Körper wandern. Fuhr die Konturen nach. Lockte. Reizte sie. Mit den Lippen verschlang er ihren Mund, ihr Gesicht, ihren Nacken. Ihre Seele. Sie bedeckte sein Gesicht mit feuchten Küssen.

Keuchte.

Schnupperte.

Sog seinen Duft ein.

Wild. Wundervoll. Sinnlich. Hart. Männlich.

Oh Gott, sie konnte nicht mehr widerstehen.

Mit einer geschickten Bewegung hob er sie aus dem Wasser. Sein Mund lag auf ihrem, als er sie ans Ufer trug. Er setzte sie auf einem zusammengeknüllten Handtuch ab und legte sich auf sie.

Drängend. Bedürftig. Hungrig.

Vom Kinn bis zur Brust küsste er sie.

»Oh … Kimmy«, flüsterte er mit rauer Stimme. »Mein Gott, was machst du nur mit mir.«

»Hör nicht auf …«, sagte sie seufzend.

Stöhnend umfasste er ihre Brust mit einer Hand und nahm dann eine Knospe in den Mund. Kim schob sich ihm entgegen, drängte ihn, sie zu nehmen, voll und ganz. Sie schwelgte in himmlischen Empfindungen, als er an ihr saugte, erst sanft, dann begierig und rücksichtslos.

Sie wollte mehr.

»Thad«, flüsterte sie. »Sieh mich an.«

Er hob den Kopf und blickte ihr ins Gesicht. Mit dem Daumen zeichnete sie seine Lippen nach, erkundete sein Gesicht, in dem die Leidenschaft geschrieben stand. Sie steckte ihm einen Finger in den Mund und umkreiste seine Zunge. Wieder küsste er sie, und sie ließen ihre Zungen wonnig und heiß miteinander spielen. Kim legte ihm die Hände auf die Brust, um sein Hemd aufzuknöpfen.

Stürmisch und voller Begeisterung öffnete sie einen Knopf nach dem anderen. Dann zog sie an dem feuchten Stoff und ließ das Hemd über seine Schultern hinabgleiten. Als er sich auf sie legte, warf sie den Kopf in den Nacken. Mit den Händen fuhr sie die Konturen seiner muskulösen Brust nach. Glänzende schwarze Haare, in denen ein paar silberne Fäden schimmerten, schmiegten sich dabei an ihre Finger. Sie stützte sich auf und ließ die Zunge über eine Brustspitze schnellen, die sofort hart wurde.

Thad erschauerte und ließ sich auf sie niedersinken. Sein schwerer Körper lastete auf ihr, als er sich weiter nach unten schob. Keuchend tastete Kim nach seiner Gürtelschnalle und begann, sie zu öffnen.

Sie wollte mehr. Sie wollte ihn ganz.

Kein eitler Stadtmensch auf der ganzen Welt konnte ihr das hier geben.

Mit dem Mund bahnte er sich einen heißen, feuchten Weg zwischen ihren Brüsten. Dann zu ihrem Bauch. Dem Nabel. Mit der Zunge liebkoste er sie qualvoll. Glitt tiefer, zu ihrer empfindlichsten Stelle …

»Kim! Thad! Wo zum Teufel steckt ihr denn?« Jillies Ruf hallte durch den Wald wie ein Güterzug, der kreischend zum Stehen kommt. Kim riss die Augen auf und war sich plötzlich ihrer ganzen Verletzlichkeit bewusst. Thad zog sich zurück. Für den Bruchteil einer Sekunde trafen sich ihre Blicke. Dann griff er nach seinem Hemd und streifte es hastig über. Kim kostete den letzten flüchtigen Anblick aus. Sie ahnte, was jetzt kommen würde.

»Kim? Thad?«

»Tut mir leid«, murmelte er. »Das hätte nie passieren dürfen. Ich schätze … wir … Ich habe mich einfach hinreißen lassen.« Noch einmal schaute er sie lange an, als wollte er sich entschuldigen, dann drehte er sich um und lief in die entgegengesetzte Richtung.

Ja. Das gilt auch für mich.

Kim schnappte sich ihre Sachen und zog sich an.

★

Thad warf seinem Pferd den Sattelgurt über, und das Tier wich mit einem Schritt zur Seite aus. Sofort fühlte er sich schuldig und flüsterte dem Wallach beruhigende Worte ins Ohr. Auf diese Weise durfte er seine Enttäuschung nicht abreagieren. Er stieg auf das cremefarbene Pferd und drehte sich beim Klang von Macks Stimme im Sattel um.

»Wo willst du hin, Winchester?«

Thad suchte Macks Blick. »Was zum Teufel geht dich das an, Montgomery? Hast du nicht genug, womit du Kopf und Hände beschäftigen kannst?«

Mack ging näher auf das Pferd zu, doch er sagte nichts.

»Offensichtlich«, fügte Thad hinzu, »müssen wir über ein paar Regeln für das Camp reden.«

Mack wandte den Blick ab. »Keine Ahnung, was du meinst.«

»Und ob du das weißt. Du bist zu alt, um hier den Ahnungslosen zu spielen. Entweder beherrscht du deine offensichtliche Verliebtheit in dieses Mädchen, oder wir blasen die Reise ab.«

Nun blickte Mack ihn wieder an. »Das hättest du gern, stimmts? Dann hättest du einen Grund, die Qualen zu beenden, die du Kim und dir selbst zufügst.« Er trat näher. Thad überhörte die Stichelei. »Hör zu. Bis heute Morgen habe ich mich zurückgehalten, was Jillie betrifft. Aber jetzt sind die Cowboys und die anderen Gäste weg, und wir vier sind unter uns. Warum musst du die Sache so aufbauschen?«

»Weil es gutes Geschäftsgebaren ist, sich nicht auf Techtelmechtel mit den Gästen einzulassen, Mack. Und das weißt du.«

Mack verschränkte die Arme vor der Brust und musterte Thad. »Was macht dir wirklich zu schaffen, Thad?«

Thad schnaubte und ließ den Blick zu dem Gebirgsbach schweifen, an dem er sich wenige Augenblicke zuvor zum Narren gemacht hatte. Wieder einmal. Was ihm zu schaffen machte? Dass er seine eigene eiserne Regel beinahe gebrochen hätte, das machte ihm zu schaffen. Oder auch nicht.

»Nichts.«

»Ach, richtig. Hab ich ganz vergessen. Du bist immer so freundlich.«

Thad starrte ihn an. »Halt dich da raus! Das geht dich nichts an.«

»Stimmt.«

»Ich brauche deinen Rat nicht.«

»Stimmt auch«, bestätigte Mack.

»Ich komme selbst mit meinen verdammten Problemen zurecht.«

»Und zwar ziemlich gut, würde ich sagen.«

Thad warf Mack einen finsteren Blick zu. »Ich mache einen Ausritt. Bin vor Einbruch der Dunkelheit wieder zurück. Du und … unsere Gäste … packt schon mal so viel wie möglich ein. Morgen reiten wir zum Elk Park.«

»Morgen?«

»Wie ich gesagt habe. Quer durch.«

Mack bemerkte Thads starren Blick. »Wie du willst.«

»Ja.« Thad drückte dem Pferd kräftig die Schenkel in die Seiten. Je eher sie von diesem Berg herunterkamen, desto eher konnte er Kim für sich allein haben. Am liebsten in seinem Bett.

»Thad, es schadet doch nicht, wenn du zugibst, dass du dich ein kleines bisschen in sie verliebt hast, sie vielleicht sogar magst.«

Mögen? Er empfand sehr viel mehr für sie. Und er konnte gut darauf verzichten, von einem liebeskranken Cowboy daran erinnert zu werden. Tatsächlich fiel es ihm leicht, zuzugeben, dass Kim ihn stärker anzog als je eine Frau zuvor. Zum Teufel, wenn er es zuließ, würde er sie sogar lieben. Und das eigentliche Problem bestand auch nicht darin, ob er mit ihr schlafen sollte oder nicht. Ihm bereitete es Sorgen, was danach kommen würde. Wenn Ms Kim Martin beschloss, dass es an der Zeit war, nach Hause zu fahren.

Kapitel 11

»Hast du den Nachmittag genossen?«, fragte Jillie Kim mit leiser Stimme, während sie den Eintopf umrührte. Mack kümmerte sich um die Vorräte. Kim hatte nicht die geringste Ahnung, wo Thad war. Sie wusste nur, dass auch sein Pferd weg war. Gut so. Sie war nicht in der Stimmung, sich gleich mit zwei Personen zu streiten. Jillie würde sie noch wahnsinnig machen.

Kim warf ihr einen warnenden Blick zu und ging fort.

Jillie schlich ihr nach.

»Nun komm schon, Kim.« Sie schob sich neben sie, während Kim dicke Scheiben Toastbrot mit Butter bestrich. »Erzähl mir Einzelheiten. Mack sagt, Thad war verärgert, um es vorsichtig auszudrücken. Ich merke doch, dass etwas nicht stimmt. Ähm … wir haben euch doch nicht bei irgendwas gestört, oder?« Sie bedachte sie mit einem unschuldigen Augenaufschlag.

Erneut funkelte Kim sie aus schmalen Augen an. Sie war nicht dazu aufgelegt, darüber zu reden. Oder auf Jillies erotische Anspielungen einzugehen. Von ihr würde sie nichts hören. Schließlich hatte sie bereits beschlossen, so zu tun, als sei nichts geschehen. Und wenn sie nichts erzählte, nun, dann war es auch nicht wirklich passiert.

Nur, dass sich ihr Verstand nicht so leicht austricksen ließ. Und auch ihr Körper nicht. Ihr Verstand wusste, was sich abgespielt hatte. Genau wie ihre Lippen, ihre Brüste, ihr …

»Und du, Jillie? Bist du heute vielleicht auf einen besonders großen Knochen gestoßen?« Mit einem zuckersüßen Lächeln drehte Kim den Spieß um.

Eine Sekunde lang blickte Jillie ihr in die Augen. »Ja, einen habe ich gefunden«, gab sie gelassen lächelnd zurück. »Mack sagt, er sei ungewöhnlich groß. Wahrscheinlich kein menschlicher Knochen. Sehr beeindruckend. Vielleicht sogar prähistorisch.« Jillie setzte eine unschuldige Miene auf. »Irgend so ein Homo-erectus-Ding. Vielleicht sogar von einem Bigfoot. Du weißt ja, er kennt sich aus mit diesem archäologischen Zeug.«

»Oh ja, ich wette, dass es ein Erectus war«, murmelte Kim und drehte sich zum heißen Ofen, um den Toast hineinzulegen. Sie gab sich große Mühe, Jillie nicht weiter zu beachten.

»Obwohl Mack hemmungslos romantisch ist, eigentlich. Hast du die Wildblumen gesehen, die er heute Nachmittag für mich gepflückt hat?«

Wie hätte mir das entgehen können, Jillie. Du hast mir den ganzen Nachmittag damit vor der Nase herumgewedelt.

»Ich wette, Thad ist genauso. Wusstest du, dass er und Mack schon seit ihrer Kindheit Freunde sind? Du ahnst nicht, was für Streiche sie damals gespielt haben. Ich habe mich vor Lachen gekringelt, als Mack mir davon erzählt hat. Thad ist wirklich ein netter Kerl, Kim.«

Kim wünschte, Jillie hielte ein einziges Mal den Mund. Sie konnte darauf verzichten, dass sie ihr vorschwärmte, wie wundervoll Thad war. Das hatte sie selbst schon seit langem vermutet. Wahrscheinlich hatte sie einfach einen empfindlichen Nerv bei ihm getroffen, sodass sie beide momentan aus dem Gleichgewicht geraten waren. Doch zu wissen, dass Thad ein feiner Kerl war, machte ihre Probleme nur größer. Es war schwer, einen feinen Kerl links liegen zu lassen.

Jillie redete immer weiter, und Kim verstand kaum ein Wort. Diese Campinggeschichte wurde allmählich langweilig. Immer wieder zu hören, was für ein toller Bursche Mack war.

Und am langweiligsten war, dass Jillie Thad dauernd auf ein Podest hob.

Sie wollte es nicht mehr hören.

Mit einer Kelle schöpfte Jillie den Eintopf in eine große Terrine. »Ja, okay, Thad ist ein toller Typ und Mack auch.« Kim bedeutete Jillie mit einem Blick zu schweigen. »Und falls du es noch nicht gemerkt haben solltest: Ich will nicht mehr darüber reden. Okay?«

Mitten im Satz hörte Jillie zu reden auf. »Oh! Ich wusste nicht, dass ich einen wunden Punkt getroffen habe.«

Frustriert setzte Kim die Terrine mit dem Eintopf ein bisschen zu heftig auf dem Tisch ab. Sie stemmte die Fäuste in die Hüften. »Jillie, in den letzten fünf Minuten hast du so ungefähr jeden wunden Punkt getroffen, den ich habe. Nein, eigentlich gilt das für die letzten fünf Tage.« Sie legte die Hand unter ihr Kinn. »Und es steht mir ungefähr bis hier, mit Cowboys, Pferden, Schlafsäcken und Löchern zu tun zu haben, die ich buddeln muss, um meine Notdurft zu verrichten. Ich sehne mich so danach, aus diesem verdammten Camp zu entkommen, dass ich am liebsten meine Flügel ausbreiten und wegfliegen würde. Wenn ich nur einen Wunsch frei hätte, dann würde ich so bald wie möglich nach Kentucky zurück und nie wieder einen Fuß auf den Boden von Colorado setzen wollen. Ich werde dir nie verzeihen, dass du mich so überlistet hast, verstehst du? Niemals!«

Wohltuende Stille breitete sich aus. Gott sei Dank! Endlich ist sie ruhig, dachte Kim. Doch dann sah sie den bestürzten Gesichtsausdruck ihrer Freundin und bedauerte jedes einzelne Wort.

Kim atmete lange aus. »Hör mal, Jillie. Tut mir leid. Es ist nur so …«

Jillie blickte hastig nach rechts.

»Dein Wunsch wird bald in Erfüllung gehen«, ertönte eine Stimme von hinten.

Kim wirbelte herum und blickte Thad ins Gesicht. Unter der Hutkrempe funkelten seine Augen wie schwarze Diamanten.

»Wie bitte?«

»Wir brechen morgen früh auf. Morgen gegen Mittag bist du zu Hause. Also, wo bleibt das Dinner?«

Thad steuerte auf den Tisch zu und nahm Platz. Mack folgte ihm wie ein gehorsamer Welpe. Und Jillie nahm den Toast aus dem Ofen.

Verwirrt betrachtete Kim die Szene. So ein Mist! Der allmächtige Winchester befiehlt, und die Sklaven springen.

Zur Hölle mit ihnen. Zur Hölle mit ihnen allen.

Sie machte auf dem Absatz kehrt und marschierte davon.

★

Um in Ruhe ihre Gedanken sortieren zu können, lief Kim zu einer kleinen Baumgruppe, setzte sich unter eine große Kiefer und lehnte sich an den Stamm. Sie hatte eine ausgezeichnete Sicht auf das Essenszelt. Zur Hölle mit ihnen. Da saßen sie und aßen, als sei nicht das Geringste passiert.

Aber was *war* passiert?

Sie bedeckte das Gesicht mit den Händen. Nun, zum Beispiel hätte sie beinahe mit Thad geschlafen. Unter freiem Himmel. Auf dem Erdboden. Wie eine … eine Wilde. Das war passiert.

Und dann war er wieder weggelaufen. Was war nur mit diesem Mann los? Was war mit ihr los? Warum haute er ständig ab, und warum wollte sie das nicht?

Warum regt mich das so auf?

Ich brauche Thad Winchester nicht, redete sie sich erneut ein. Eine Affäre kann ich absolut nicht gebrauchen. Was ich brauche, ist ein Mann, der mir Sicherheit gibt. Verlässlichkeit. Eine Zukunft. Finanziellen Wohlstand. Eine angesehene Stellung in der Gesellschaft.

Einen Augenblick lang herrschte in ihrem Kopf verblüfftes Schweigen. Konnte sie das nicht überall haben? Sogar in Colorado?

Schlagartig wurde ihr klar, dass sie sich wirklich etwas anderes vom Leben wünschte. Einen Mann, der sie bedingungslos liebte. Und das Haus auf der East Side spielte gar keine Rolle. War sie mit einem Ranchhaus in den Rocky Mountains vielleicht genauso glücklich?

Und ihr Job?

Eine winzige Stimme in ihr gab zu bedanken, dass ein Job als Lehrerin überall, wo es Kinder gab, leicht zu bekommen war. Gab es Kinder hier in den Bergen? Ja, so sicher wie das Amen in der Kirche.

Aber es ging nicht um Colorado contra Kentucky, nicht wahr? Es ging um sehr viel mehr.

Durch die Kiefernäste hindurch schaute sie zum Lager und bekam kurz Thads Rücken zu sehen. Bei dem Gedanken, wie glatt seine Haut sich dort anfühlte, begannen ihre Fingerspitzen zu kribbeln. Wie rau die Haare auf seiner Brust waren. Grob. Sinnlich. Ursprünglich. Sie legte die Finger an die Lippen. Wie erregend sich seine Barthaare auf ihrer zarten Haut angefühlt hatten.

Nun war ihr Körper erwacht, und sie setzte sich aufrechter hin. Komm schon, Kim. Überleg, was Sache ist. Wann hat Thad je angedeutet, dass er auch nur im Entferntesten den Wunsch hegt, sein Ranchhaus mit dir zu teilen? Vor allem, wenn er ständig vor dir wegläuft. Wenn er dir nicht mehr geben kann als einen Eindruck seiner vitalen Sexualität, um dann abzuhauen wie ein verängstigter Teenager.

Also gut. Sie beschloss, den Tatsachen ins Auge zu schauen. *Ich bin hier und kann absolut nichts dagegen tun. Es ist egal, ob meine Hormone in Thads Gegenwart verrückt spielen, wenn er offensichtlich nicht mehr will als ein bisschen Gefummel. Ich gehe nach Kentucky zurück. Heil und unverletzt. Dorthin, wo mich meine Schüler und meine Familie brauchen. Wo meine Verpflichtungen viel schwerer wiegen als diese bescheuerte Situation, in die Jillie mich gebracht hat.*

Ich muss jetzt essen, denn sonst habe ich keine Kraft mehr, aus dieser gottverdammten Schlucht zu entkommen. Ich werde das Beste aus dieser Situation machen und dann verdammt noch mal aus den Bergen verschwinden, bevor ich jemanden umbringe. Jillie. Thad. Egal wen. Wer mir zuerst über den Weg läuft.

★

Kim schnappte sich einen Teller von dem Tisch neben dem Herd und warf dem Trio zu ihrer Rechten einen Blick zu. Sie waren völlig in ihre Mahlzeit vertieft, und auch Jillie beachtete sie nicht weiter und schöpfte sich noch eine kleine Portion Eintopf auf den Teller. Kim nahm sich ein Stück Knoblauchtoast, goss sich einen Becher Eistee ein und setzte sich dann neben Jillie, als wäre es das Normalste auf der Welt.

Das Problem war nur, dass ihr nun Thad direkt gegenübersaß.

Ausnahmsweise konzentrierte sie sich voll auf das Essen Und blickte kein einziges Mal auf. Sie war ausgehungert. Eine Weile aßen alle schweigend.

»Meine Güte, das war wirklich ein toller Nachmittag da draußen, stimmts, Mack?« Jillie stützte das Kinn in die Hände und blickte ihn an wie ein liebeskranker Teenager.

»Oh ja! Blauer Himmel. Grünes Gras. Kühle Brise. Wirklich ein schöner Nachmittag.« Mack grinste Jillie träge an, nickte und drehte den Kopf langsam zu Kim.

Sie erwiderte sein Grinsen.

»Wie haben Thad und du denn den Nachmittag verbracht?«, fragte Jillie mit zuckersüßer Stimme.

Kim blieb der Mund offen stehen, als sie ihre ehemals beste Freundin anblickte. *Ich bringe dich um, Jillie Abernathy.*

»Vielleicht wollen Thad und Kim für sich behalten, was sie heute Nachmittag gemacht haben, Jillie.«

Und du auch, du Arsch von einem Cowboy.

Beachte sie gar nicht, sagte sie sich. Sie schlug die Beine unter dem Tisch übereinander und dann wieder auseinander, wobei sie versehentlich Thad mit dem Knie anstieß. Ein Prickeln wie von einem leichten Stromschlag raste ihr Bein hinauf. Hastig blickte sie auf. Über den Tisch hinweg sah er sie an. Ihre Blicke trafen sich nur kurz, doch

Kim hatte das Gefühl, dass sie miteinander verbunden waren. Sofort senkte sie den Blick und nahm ihre Gabel in die Hand.

Wieder herrschte Schweigen.

»Leckerer Eintopf, Kim.«

Sie hob den Kopf und starrte Mack wütend an. »Danke«, erwiderte sie kurz angebunden.

»Ja«, pflichtete Jillie ihm bei und nickte Mack zu. »Und der Toast ist auch richtig gut.«

Kim zuckte mit den Schultern. »Toast ist einfach Toast.«

»Nein, das meine ich ernst.« Jillie biss noch einmal ab, kaute und redete gleichzeitig. »Es liegt daran, wie du Knoblauch und Butter vermischst und er an den Rändern so gleichmäßig gebräunt ist. Perfekt, Kim, du kannst tatsächlich kochen.«

Kim legte die Gabel beiseite und sah Jillie in die Augen. »Bist du verrückt geworden?«

Jillie tat überrascht. »Wie bitte?«

»Kim war mal Hauswirtschaftslehrerin, wusstest du das, Thad?«, warf Mack ein.

Verwirrt durch den plötzlichen Themenwechsel starrte Kim wieder Mack an. Er stieß Thad den Ellbogen in die Seite. Für den Bruchteil einer Sekunde blickte sie Thad in die Augen und versuchte den Schauer zu unterdrücken, der ihr dabei über den Rücken lief.

»Nein.« Er räusperte sich und trank einen Schluck Tee. »Nein, wusste ich nicht.«

»Sie kann wirklich kochen«, rief Jillie wieder dazwischen.

Thad sah Kim in die Augen. »Das glaub ich gern.« Sie schluckte, als sein Blick sie versengte. War es hier draußen plötzlich so heiß geworden? »Ich dachte, Sarah hätte den Eintopf gemacht«, fuhr er schließlich fort.

»Nein, hat sie nicht«, gab Kim zurück. Entschlossen hielt sie seinem Blick stand. »Ich habe ihn gekocht, und zwar ganz. Sarah hatte für heute ein ganz anderes Gericht geplant. Ich habe improvisiert.«

Reglos blickte Thad sie an. »Das kannst du gut – improvisieren.«

»Das hat man mir schon öfter gesagt.« Sie biss in ihren Toast.

Thad hielt den Blickkontakt noch einige Sekunden. »Auch das glaube ich gern.«

Wieder Schweigen.

»Aber jetzt ist Kim Beratungslehrerin«, sagte Jillie in die Stille hinein. Eine Sekunde später wandte Thad den Blick ab und begann wieder zu essen. Kim ließ die Schultern fallen.

»Die Kinder lieben sie. Sie ist so gut zu ihnen.«

Schweigen.

Kim aß einen Löffel Eintopf. Er schmeckte wie Tapetenkleister.

»Ach, und wusstet ihr, dass Kim in ihrer Freizeit die Literaturzeitung unserer Highschool unterstützt?«, plapperte Jillie weiter.

Was sollte das alles? Sie warf Jillie einen fragenden Blick zu.

»Thad hat früher für die Schülerzeitung geschrieben«, fügte Mack hinzu.

»Sport«, sagte Thad. »Das zählt nicht.« Er aß weiter.

»Oh, Kim weiß das zu schätzen. Sie hat die Zeitung an ihrem College herausgegeben. Und sie war Vorsitzende ihrer Studentinnenverbindung, engagiert sich in der Junior League und arbeitet ehrenamtlich für ein Frauenhaus in Lexington.«

Mack lachte in sich hinein. »Nun, Thad ist der einzige Rancher, den ich kenne, der sowohl das *Wall Street Journal* als auch *The New Yorker* abonniert hat. Hab ich schon erwähnt, dass er Vorsitzender der örtlichen Viehzüchtervereinigung ist? Und er hat ehrenamtlich für das Tierheim gearbeitet, bevor wir mit den Wanderritten angefangen haben.«

Was soll das? Ungläubig blickte Kim erst Jillie, dann Mack an. »Ihr könnt aufhören mit eurem Bewunderungsverein auf Gegenseitigkeit. Das führt nirgendwohin.«

»Aber Kim«, unterbrach Jillie sie. »Wir wollen doch nur, dass ihr beide versteht …«

»Vergiss es, Jill.« Es war peinlich. Und Thad starrte nur in seinen Eintopf. Zur Hölle mit ihm. Warum sagte er nichts?

Er räusperte sich. »Mir scheint«, sagte er endlich und blickte Kim in die Augen, »wir beide sind ziemlich in unserem Leben verwurzelt. Haben festgefahrene Gewohnheiten. Meinst du nicht auch, Kim?«

Verblüfft starrte sie ihn an. Was sollte sie dazu sagen? Dass sie nicht verwurzelt war? Dass sie ihre Sachen packen und ihm überall hin folgen würde? Nun, das war unwahrscheinlich.

Sie nickte. »Das kann man wohl sagen, Thad. Mein Leben ist seit meiner Kindheit vorgezeichnet.« Die Zeit schien sich auszudehnen, und endlich wandte sie den Blick ab, ohne das Ziehen in ihrer Brust zu beachten. Doch es war kaum zu übersehen, dass ihr Tränen in die Augen getreten waren. Seine Worte und ihre Antwort darauf hatten gesessen.

Es klang, als wäre alles schon beschlossene Sache.

Eine Weile trommelte Jillie aufreizend auf der Tischplatte herum. »Weißt du was, Kim? Eine von deinen Sahnetorten wäre jetzt echt super.«

Oh nein! Nicht schon wieder …

Jillie nahm ihre Gabel und deutete damit auf Thad, bevor sie das Wort an ihn richtete. »Die sind das Beste überhaupt. Fast besser als Sex. Sündhaft köstlich. Besonders die Schokolade. Ich lecke so gern die Teigschüssel aus.« Einen Augenblick lang schwieg sie, doch plötzlich belebte sich ihr Gesicht wieder. »Ich habe eine Idee, Thad. Wenn wir wieder auf der Ranch sind, kann Kim vielleicht eine Torte backen, und du kannst sie probieren.«

Klirrend fiel Thads Gabel auf den Tisch.

»Ähm … nur mal kosten, wollte ich sagen.«

Kim verschluckte sich an ihrem Tee.

»Die Ware testen?«

Sie grub die Finger in Jillies Oberschenkel.

»Ähm … ein Stückchen essen?«

Kim schlug mit der Faust auf den Tisch. *Peng. Du bist tot.* »Jillie, halt endlich die Klappe!« *Verdammt noch mal!* Sie würde Thad nie wieder ins Gesicht blicken können. »Hast du den Verstand verloren?«

»Ich will doch nur helfen, Kim.«

Entmutigt hob Kim die Hände. Die Tränen drohten ihr über die Wangen zu laufen. »Helfen? Wobei?« Sie nahm ihren Teller, steuerte auf den Müllcontainer zu und warf dann den Teller klirrend in die Schüssel für den Abwasch. »Ich mache den verdammten Abwasch heute Abend nicht. Ich gehe. Ihr beide solltet endlich mal versuchen, euch um etwas anderes zu kümmern als um euch selbst!«

Auf dem Weg zu ihrem Zelt ließ Kim den Tränen endlich freien Lauf. Die ganze Woche war sie so verdammt sauer gewesen, und doch hatte sie sich selbst verboten zu weinen. Bis jetzt. Wie konnten Jillie und Mack es wagen, sie so zu behandeln? Und Thad! Er hatte nichts unternommen, damit sie aufhörten.

Konnte es sein, dass der Grund für ihre Tränen seine Feststellung war, wie verschieden ihre Lebensweisen und wie sehr sie darin verankert waren? Sie wollte nicht darüber nachdenken.

Plötzlich umfasste eine Hand ihren Unterarm, zwang sie stehen zu bleiben und sich umzudrehen.

»Kim.« Thads Stimme klang sanft und freundlich. »Jetzt mal langsam.«

»Oh Gott, Thad, lass mich einfach allein, okay?« Sie versuchte, sich ihm zu entziehen.

»Nein, wir beide haben etwas zu bereden.«

Zitternd atmete Kim aus und blickte himmelwärts. Dann unterdrückte sie einen Schluchzer. »Reden? Wir reden nicht, Thad. Wir streiten uns nur.«

»Ich weiß.« Er zog sie an sich. »Ich weiß, und es ist mein Fehler.« Sanft wischte er ihr die Tränen von der Wange. Die Berührung ließ sie erbeben, und sie konnte den Blick nicht von seinem Gesicht wenden.

»Ich verstehe dich nicht, Thad Winchester«, flüsterte sie. »Mal schreist du mich an, und mal tröstest du mich, als wäre ich krank. Mal glaube ich, du willst mich küssen, und mal rennst du so schnell weg, dass mir schwindelig wird.«

»Ich weiß.«

»Warum?«

Er rieb mit den Händen über ihre Arme. »Ich fühle mich sehr zu dir hingezogen, Kim.«

Sie schnaubte und versuchte zu lächeln. »Und das ist ein Problem für dich?«

Sie wusste, dass es stimmte. Er zog sie wieder an sich, und sie blickte in die undurchdringliche Tiefe seiner Augen. »Fühlst du dich auch von mir angezogen?«, murmelte er an ihrer Wange. Sie wollte ihm sagen, dass er ihr noch eine Antwort auf ihre Frage schuldete.

Doch sie schmolz in seinen Armen dahin und konnte nur nicken.

»Was willst du von mir, Kim?« Seine Lippen kamen den ihren gefährlich nahe.

Sie zögerte. »Ich will, dass du mich festhältst und küsst und nicht wieder wegläufst.«

Die Wärme seines Atems auf ihren Lippen ließ ihr beinahe die Knie weich werden. Er umarmte sie. Die Hitze, die er ausstrahlte, wärmte sie bis in ihr Innerstes. Und dann berührten seine Lippen ihren Mund, unendlich sanft.

»Wie lange, Kim?«, flüsterte er. »Wie lange soll ich dich küssen und im Arm halten?«

»Wie viel Zeit bleibt uns noch?«, fragte sie mit sanfter Stimme.

»Nicht annähernd genug.« Die rauen Bartstoppeln streiften ihr Kinn. Kim hielt den Atem an, als er sie noch fester an sich drückte. Dann beugte er sich zurück und blickte ihr ins Gesicht.

Und da verstand sie. Er erwartete von ihr, dass sie wieder nach Hause fuhr. Was immer sie in diesen Bergen miteinander teilten, blieb hier. Er kehrte auf die Ranch zurück. Und sie zu ihren Schülern.

Und das Leben würde weitergehen wie bisher.

Schlagartig war ihr klar, dass das nicht genug war. Sie wollte verdammt viel mehr als das.

Sie löste sich von ihm und trat einige Schritte zurück. »Gute Nacht, Thad«, flüsterte sie. »Wir sehen uns morgen früh.«

★

Thad wusste, dass sein Rücken grün und blau war vom Hin- und Herwälzen auf dem kalten Boden in den letzten zwei Stunden. Nicht einmal das Kissen des Schlafsacks half. Zu viele Wurzeln und Steine drückten von unten durch.

Er hatte sich nicht die Mühe gemacht, genauer hinzusehen, wo er das Ding abgelegt hatte. Er wusste nur, dass er aus dem Lager weg musste, weg von Mack und dieser nervigen Jillie – und von Kim.

Er brauchte die offene Weite.

Auf keinen Fall würde er bis zum Morgen in diesem verfluchten Kuppelzelt eingepfercht bleiben. Er brauchte Luft. Musste atmen. Nachdem die anderen sich also hingelegt hatten, hatte er seinen Schlafsack aufgerollt und war in die Berge hinter dem Lager aufgebrochen. Etwas abseits des Weges fand er eine kleine Lichtung, auf der er die nächtliche Landschaft betrachten, sich zurücklehnen und in den Himmel blicken konnte.

Endlich kam er zur Ruhe.

Die Sterne funkelten wie edle Diamanten auf schwarzem Samt. Erlesen. Edel. Und dennoch stark und mächtig. Fast verführerisch.

Wie Kim.

»Verdammt.«

Noch nie war er einer Frau wie ihr begegnet.

Kim war anders.

Sie war nie charmant zu ihm gewesen. Darüber war er froh, denn er hatte künstliche Posen bei Frauen immer gehasst. Kim hatte keinerlei Allüren an den Tag gelegt. Sie war einfach sie selbst.

Nie hatte sie versucht, witzig zu sein, um jedermanns Aufmerksamkeit auf sich zu ziehen. Aber sie hatte treffende Bemerkungen gemacht.

Sie wagte es, sich ihm zu widersetzen. Sie war mutig.

Und ehrlich. Er sah es in ihren Augen, in ihrem Gesicht. Sie hatte ihre wahren Gefühle mehr als einmal gezeigt. Sie würde ihre Leidenschaft ungezügelt ausleben. Von Anfang an. Nichts von dem, was sie an diesem Nachmittag erlebt hatten, war vorgetäuscht.

Und doch war er vor ihr davongelaufen, und zwar mehr als einmal. All das nur wegen dieser dummen Idee, dass Geschäft und Vergnügen sich niemals vermischen dürfen.

Wie blöd war diese Idee eigentlich? Vielleicht hatte Mack recht. War es immer noch eine offizielle Reise, jetzt, wo sie nur noch zu viert waren?

Ja, wenn er Geld von ihnen dafür bekam.

»Mist!«

Thad schloss die Augen, sah Kim vor sich, wie sie in dem Gebirgsbach stand, und ließ die Szene vor seinem geistigen Auge noch einmal ablaufen.

Seine Hände auf ihren Brüsten. Der Geschmack ihrer Haut. Der Rosenduft in ihrem Haar.

Sie hatte ihn aufgefordert, zu ihr zu kommen. Hatte ihn mit ihren Blicken eingeladen. War mit den Fingern über ihre Haut geglitten, um ihn zu verführen. Waren die paar Dollar, die ihm entgehen würden, es wert, etwas viel Dauerhafteres zu verlieren? Zum Beispiel Kims Liebe?

Thad öffnete die Augen und setzte sich auf. Kims Liebe? Sie hatte sich ihm hingeben wollen. Freiwillig. Ohne Rücksicht auf die Konsequenzen oder ihre unterschiedlichen Lebensstile. Ohne Rücksicht darauf, dass sie Tausende von Meilen voneinander entfernt lebten.

Und ohne Rücksicht darauf, dass sie beide zögerten, sich aufeinander einzulassen.

Sie hätte sich ihm hingegeben.

Freiwillig.

Verdammtes Geld. Hier ging es um etwas viel Wichtigeres.

Ungefähr zehn Meter unter ihm knackte ein Ast. Thad fuhr auf und erstarrte. Lauschte. Ein Wapitihirsch? Ein Bär? In den letzten Tagen hatte er keine Anzeichen für Bären entdecken können, doch es wäre nicht ungewöhnlich gewesen, wenn einer auftauchte. Die bloße Tatsache, dass sie Essensvorräte lagerten, konnte zu einem Besuch führen.

Er war immer vorsichtig, verbrannte die Abfälle und wusch alle leeren Konservendosen aus, doch man konnte nie sicher sein.

In der Dunkelheit raschelte etwas. Kam näher. Er hörte einen leisen Schrei. Dann hüpfte ein schmaler Lichtstrahl zwischen den Bäumen auf und ab und verschwand wieder.

Kapitel 12

»Oh Mann«, flüsterte Kim. Sie zuckte zusammen, als sie sich vorbeugte, um ihren rechten Knöchel zu massieren. »Was habe ich nur gemacht, bin ich falsch abgebogen?«

Sie blickte sich um und langte nach der Taschenlampe, die ihr aus der Hand gefallen war, als sie über eine knotige Baumwurzel gestolpert war. »Blöde Bäume. Ich dachte, Wurzeln wachsen in den Boden hinein.« Aber hier zu sitzen und mit sich selbst zu reden war in dieser Situation bestimmt nicht hilfreich.

Wenn sie wenigstens nicht pinkeln müsste. Natürlich, es war mitten in der Nacht, da passierte so was immer. Auf keinen Fall konnte sie bis zum nächsten Morgen warten. Und außerdem war es stickig im Zelt. Sie musste unbedingt ein bisschen Luft schnappen. Also hatte sie sich die Taschenlampe gegriffen und in den Wald gewagt.

Sie hatte nur nicht damit gerechnet, sich auf dem Rückweg zu verlaufen. Oder sich das Fußgelenk an einer allzu entgegenkommenden Baumwurzel zu verstauchen.

Der schwächer werdende Strahl der Taschenlampe fiel auf die Bäume vor ihr. Sie leuchtete die Umgebung aus und versuchte herauszufinden, wo genau sich das Lager befand. Doch während sie suchte, wurde der Strahl langsam, aber sicher immer schwächer.

Sie schüttelte das Ding. Es blinkte noch einmal, dann war sie in völlige Dunkelheit gehüllt.

Die Batterien waren leer. Angst durchfuhr sie.

»Komm schon. Gib mir noch eine Chance.« Sie verdrehte die Augen himmelwärts.

In der Dunkelheit versuchte sie, sich über ihre Situation klar zu werden. Sie hatte sich verirrt. Es war bereits nach Mitternacht. Ihr Fußgelenk tat weh. Das Lager war nicht weit weg, doch sie wusste nicht, in welche Richtung sie gehen musste. Offensichtlich hatte jemand vergessen, im Essenszelt eine Laterne anzulassen … dafür konnte sie sich wahrscheinlich bei Jillie und Mack bedanken. Es war ziemlich kühl draußen, und sie trug nur ein dünnes Baumwollhemd und Jeans. Und sie hatte kein Licht.

Die Nacht würde lang werden.

Wahrscheinlich war es das Beste, wenn sie sich die nächsten Stunden nicht vom Fleck rührte. Im Licht der Morgendämmerung würde sie schnell herausfinden, in welche Richtung sie gehen musste. Sie würde wieder im Lager ankommen, bevor jemand merkte, dass sie dumm genug gewesen war, sich mitten in der Nacht im Wald zu verlaufen.

Nun, das war zumindest ein Plan.

Erneut raschelte etwas hinter ihr. Und hörte sie da etwa ein … Grunzen?

Adrenalin schoss durch ihre Adern.

Vielleicht sollte sie davonrennen. Schreiend.

Das Rascheln kam näher. In nackter Panik schleuderte Kim die nutzlose Taschenlampe in den Wald hinein.

Dumpf schlug sie irgendwo auf. Das Rascheln verstummte.

In diesem Augenblick schien Plan B die bessere Wahl zu sein. Selbst mit schmerzendem Knöchel.

Ein Zweig zerbrach. Wieder bewegte sich etwas zwischen den Bäumen, und sie erstarrte. Ein wildes Tier? Ein Hase? Ein Reh oder ein Hirsch?

Oh Gott, ein Bär?

Sie biss sich fest auf die Unterlippe, damit ihre vor Angst klappernden Zähne dem, was auch immer da draußen sein mochte, nicht verrieten, wo sie war.

Ihr Herz schlug unregelmäßig. Und bei jedem unberechenbaren Schlag spürte sie das Hämmern ihres Pulses in den Ohren. Sie betete darum, dass das unbekannte Wesen an ihr vorbeilief, ohne sie zu bemerken, wenn sie nur ganz still dasaß.

Dann fiel ihr der Geruch ein.

Besaßen wilde Tiere nicht einen sehr scharfen Geruchssinn? Sie konnten Menschen wittern, nicht wahr? Und bedeutete der Geruch von Menschen nicht … Gefahr für sie? Gingen sie nicht zum Angriff über, wenn sie sich bedroht fühlten?

Beunruhigend nah an ihrem Ohr hörte sie einen dumpfen Aufprall. Sie lehnte sich an den Baumstamm, schloss fest die Augen und umklammerte ihre zitternden Knie. Und betete.

Die ohrenbetäubende Stille, die nun folgte, war zu viel für sie. Wo war das Biest? Lauerte es ihr auf? Überlegte es, ob sie ein lohnender Bissen war? Ob es sie als Mitternachtssnack zu seiner Familie in den Bau schleppen sollte? Worauf wartete dieses Tier, verdammt noch mal?

Sie öffnete die Augen. Langsam.

Und sah den Lichtstrahl, der auf sie gerichtet war.

Blinzelnd legte sie eine Hand über die Augen. Allmählich fühlte sie sich etwas sicherer. Es sei denn, Bären konnten Taschenlampen halten.

»Kim?« Seine Stimme klang beinahe kleinlaut.

»Ähm … ja.«

»Was machst du mitten in der Nacht hier draußen? Ganz allein.«

Eine Sekunde lang war sie erleichtert. Dann folgte ein Moment der Aufregung, und schließlich dankte sie Gott, dass er ihr Gebet erhört hatte. Als ihre Augen sich endlich an das Licht gewöhnt hatten, stand sie auf. – »Im Moment weiß ich das selbst nicht.«

Thad senkte die Taschenlampe. »Hast du dich verlaufen?«

»Könnte man so sagen.«

»Was wolltest du denn hier draußen?«

»Muss ich dir das wirklich erklären? Das Ganze ist schon peinlich genug.«

Kim wandte den Blick ab, und Thad schwieg eine Weile. *Er hält dich für eine komplette Idiotin.*

»Nein. Musst du nicht.«

Vielen Dank.

Er kam näher. Kim blickte ihn wieder an und konnte nun sein Gesicht erkennen. Vermutlich hatten sich ihre Augen an die Dunkelheit gewöhnt, und außerdem erhellte das Licht der Sterne die Umgebung ein wenig. Im gedämpften, noch immer schwächer werdenden Strahl der Taschenlampe sah Thads Gesicht weicher aus. Er trug keinen Hut, und die grauen Strähnen an seinen Schläfen schienen in der Dunkelheit zu leuchten. Seine kantigen Züge wirkten entspannter; die Strenge war aus seiner Miene verschwunden.

Er sah beinahe … zärtlich aus.

Bevor sie wusste, wie ihr geschah, ergriff er ihre Hand. »Komm schon, lass uns gehen, bevor das Licht ganz ausgeht.«

Er ging voran. In Kims Hand prickelte es, und sie kam sich klein und unbedeutend vor. Er fühlte sich rau und schwielig an, die Hand eines Arbeiters. Charakter. Struktur. Bestimmtheit. Kraft. Genau wie Thad. Sie merkte, dass sie solche Hände am liebsten hielt.

Nach kurzer Zeit verließen sie den Wald, und die Sterne funkelten am Himmel über ihnen. Thad führte sie noch ein wenig weiter, dann blieb er stehen, ohne ihre Hand loszulassen.

Sie schaute in den Nachthimmel, dann in die Umgebung. – »Das ist doch nicht der Weg zum Lager, oder?« Sie wandte sich zu ihm.

»Nein. Ist es nicht.« Noch immer ihre Hand haltend, führte er sie auf ebeneres Gelände. »Willst du dich einen Moment ausruhen, bevor wir zurückgehen? Mein Schlafsack liegt da drüben.«

Zögernd ließ sie sich nieder und wartete, dass er sich neben sie setzte. Eine Weile saßen sie schweigend da und betrachteten den nächtlichen Himmel. Die einzige Bewegung war Thads Hand, die Kims liebkoste. Mit jedem Streicheln spürte Kim, wie ihr Herz schneller schlug. Sanft ließ er seine Finger über die ihren gleiten. Woher kam diese Wende in seinem Verhalten? Er wirkte geradezu … glücklich, sie zu sehen.

»Was hast du denn hier draußen gemacht?«, fragte sie.

»Konnte nicht schlafen. Zu viel Zeug in meinem Kopf.« Sie betrachtete sein Profil, das sich gegen das Mondlicht abzeichnete.

Sie schmunzelte. »Verstehe. Das Zelt ist einfach zu klein. Ich hatte das Gefühl, dass die Wände mir entgegenkommen.«

Er nickte zustimmend.

»Weißt du«, sagte er dann. »Wir beide müssen uns wirklich unterhalten.« Er sah sie an. Seine Augen waren so dunkel, dass sie glaubte, die Sterne in ihnen zu sehen. »Wir … äh … irgendwie haben wir uns auf dem falschen Fuß erwischt.«

Kim atmete aus. »Ich bin manchmal ein ziemlicher Dickkopf.«

Seine Mundwinkel zuckten. Und sein Lächeln gefiel ihr.

»Dickkopf ist nicht annähernd das richtige Wort für das, was ich bin«, fügte er hinzu.

»Sagen wir einfach, wir beide sind ziemlich stur.«

Thad lachte, doch sofort wurde seine Miene wieder ernst. »Ich habe geglaubt, dass du nichts als Ärger machen würdest.«

»Das habe ich ja auch.«

»Aber dann hast du mich total überrascht.«

»Wirklich?« Kim straffte die Schultern und rückte etwas näher an ihn heran.

Er blickte auf ihre Hände. »Du hast gelernt, wie man mit Pferden umgeht. Das Essen war super. Du hast alle Aufgaben erledigt, die ich dir gegeben habe.«

»Und das hat dich überrascht?«

»Wie ein Blitz aus heiterem Himmel.«

»Warum?«

Thad zögerte. »Ich … ich weiß es nicht. Du schienst einfach nicht für das hier geschaffen zu sein.«

Sie zuckte zusammen. »Was meinst du mit *das hier?* Den Wanderritt?« *Oder meinst du das Zusammensein mit dir?*

Er verzog das Gesicht und schüttelte den Kopf. »Die Gegend hier ist ziemlich rau, und so, wie du dich bei dem ersten Ausritt angestellt hast, war ich mir nicht sicher …«

Erleichtert atmete Kim aus. Sie war nicht sicher gewesen, was er sagen würde.

»Jedenfalls habe ich mich schwer getäuscht. Du bist viel stärker, als ich geglaubt habe. Wahrscheinlich würdest du mit allem klarkommen, was das Leben dir so vor die Füße wirft.«

Irgendwie hatte Kim das Gefühl, dass er jetzt nicht mehr über die Reise sprach. Erstaunt darüber, wie er sie einschätzte, legte Kim ihre Hand auf seine. Wie unterschiedlich sie waren. Und dennoch waren sie zusammen. Beinahe vereint. Und es war schön. Hatten sie vielleicht doch eine Chance? »Manchmal bin ich viel stärker als andere. Wahrscheinlich habe ich in dieser Woche so manchen Urinstinkt in dir wachgerufen. Ich weiß, das war nicht sehr schmeichelhaft.«

Er lachte in sich hinein. »Na ja, ich habe mich auch nicht gerade überschlagen, um den liebenswürdigen Gastgeber zu spielen.« Wieder zögerte er einen Augenblick. »Weißt du, Kim, es gibt da diese Regel.«

»Eine Regel?«

»Ja.« Er strich ihr sanft über die Wange. »Die Regel, niemals Geschäft und Vergnügen zu vermischen. Die Beziehungen zu den Gästen streng geschäftsmäßig zu halten.«

»Mit anderen Worten: Du wärmst nicht jedem weiblichen Gast den Schlafsack vor?«

Er lächelte. »Nein, Kim«, erwiderte er leise. »Das gehört nicht zum Pauschalangebot für die Reise.«

»Gut.«

Seine Lippen waren nur Zentimeter von ihren entfernt; sein warmer Atem duftete nach Kaffee. »Weißt du«, flüsterte sie, »ich habe geglaubt, Cowboys wären reitende, Lasso schwingende Rüpel, egoistisch und selbstgefällig. Und ich konnte mir nicht vorstellen, dass es für eine Frau wie mich einen Platz neben einem Mann wie dir gibt. Egal wie sehr ich mich von dir angezogen fühlte.«

Unter der Krempe des Cowboyhuts hinweg blickte Thad sie an. »Kim …« Der Klang seiner Stimme war wie eine Liebkosung. »Ich hätte mir nie träumen lassen, dass du dich zu mir hingezogen fühlst.«

»Ich wollte es auch nicht«, gab sie zu. »Aber ich konnte nichts dagegen tun.«

»Ja, ich weiß, wie das ist.« Noch immer sah er ihr in die Augen. »Kim«, flüsterte er, »heute Nachmittag habe ich dich mehr begehrt als je eine Frau zuvor. Ich weiß nicht, warum ich dich einfach zurückgelassen habe. Es war die größte Enttäuschung meines Lebens. Kannst du mir verzeihen?«

Er fuhr ihr mit dem Daumen über die Lippen, und ihr Atem beschleunigte sich. Sie blickte ihm in die Augen, als er ihr über Wange und Kinn strich. Seine Berührungen waren einfach himmlisch, und ihr Verlangen steigerte sich so sehr, dass ihr die Luft wegblieb. Tief in ihr wuchs das Verlangen weiter und quälte sie.

»Thad Winchester«, flüsterte sie und legte ihm die Hand ans Kinn. »Wag es nicht, noch einmal wegzulaufen.«

Seine Augen blitzten, und Kim wusste, jetzt gab es kein Zurück mehr. Langsam schüttelte er den Kopf. »Selbst wenn ich es wollte, ich könnte jetzt nicht gehen.«

Er beugte sich über sie. Als ihre Lippen sich berührten, raunte sie: »Gut. Denn ich würde dich auch nicht gehen lassen.«

Sanft wie nie zuvor ließ Thad die Hand über Kims Nacken und auf ihre Brust gleiten. In einem langsamen, trägen Rhythmus spielte seine Zunge mit der ihren, und Kim drängte sich näher an ihn.

»Dein Herz schlägt so schnell«, raunte er, als er sich von ihrem Mund löste und begann, ihren Nacken und ihre Brüste mit Küssen zu bedecken.

Sie legte ihm eine Hand auf die Brust. »Nicht nur meins«, erwiderte sie leise.

»Ja.«

Thad tastete nach der Knopfleiste an Kims Hemd und arbeitete sich langsam nach unten vor. Geschickt öffnete er einen Knopf nach dem anderen, knabberte und saugte an ihrem Nacken, dann an der zarten Stelle über ihrem Schlüsselbein. Sie wölbte sich ihm entgegen, und die kühle Luft strich über ihre aufgerichteten Brustspitzen, als er das Hemd ein kleines Stück über ihre Schultern hinabgleiten ließ.

Einen Moment lang ließ er sie los.

Sie öffnete die Augen. Wie er sie ansah, ihre entblößten Brüste in der kühlen Nachtluft unter dem sternenübersäten Himmel … Sie fühlte sich beschwingt und sehr sexy, und das erregte sie noch mehr.

»Wie schön du bist.«

Fast demütig umfasste er eine Brust. Kim atmete schwer. Sie sah, wie er ihre Brust sanft mit den Fingern erkundete, mit rauen Händen leicht über die Spitze fuhr, sie umkreiste, bis er endlich die Hände auf beide Brüste legte, sie liebkoste und ihre Erregung ins Unermessliche steigerte.

Sie liebte das elektrisierende Gefühl, das sie erfasste, als er ihre Brüste auf diese Weise eroberte. Sie streifte das Hemd ganz von den Schultern und Armen und streckte die Hand aus, um die Knöpfe an seinem Hemd zu öffnen.

Im nächsten Augenblick bettete Thad sie auf den Schlafsack. Mit einer Hand streichelte er noch immer ihre Brust, und drang mit der Zunge in ihren Mund. Sanft umspielte seine Zunge die ihre und entfachte wilde Leidenschaft in ihr. Kim krallte die Finger in sein Hemd.

Endlich hatte sie ihn davon befreit und strich mit den Händen über seine breite, muskulöse Brust. Er fühlte sich unglaublich gut an. Sie war verrückt vor Verlangen, ihn zu berühren, seine Haut unter ihren Händen zu spüren.

Thad legte sich auf sie, und Kim fuhr ihm mit den Fingern durchs Haar. Als er ihr Gesicht betrachtete, als wollte er sich jeden Zug, jede Sommersprosse, jede Einzelheit einprägen, küsste sie ihn. Kim fühlte sich ihm so nah, so verbunden, dass sie das Gefühl hatte, eins mit ihm zu sein. Heute Nacht gab es nur zwei Menschen auf der Welt. Sie und Thad.

»Ich kann nicht glauben, dass du hier bei mir bist, Kimmy«, flüsterte er. Er nahm ihr Gesicht in die Hände und blickte ihr wieder in die Augen. »So etwas habe ich noch nie empfunden.«

Sie legte ihm einen Finger auf die Lippen. »Pst …«, hauchte sie. »Im Moment ist alles andere egal.«

»Aber was kommt danach?«

Eine leichte Panik ergriff sie, doch die beachtete sie nicht weiter. Mit einer Fingerspitze fuhr sie ihm über die Lippen. Thad öffnete den Mund und begann, an ihrem Finger zu saugen. Sie genoss die Berührung seiner rauen Zunge, und ihre Erregung wuchs von Sekunde zu Sekunde. »Das Danach kommt von selbst. Schlaf mit mir, Thad.«

Den Kopf auf ihre Brust gelegt, umarmte er sie, als könnte er den Gedanken an das, was später passieren würde, nicht ertragen.

Keuchend machte Thad sich am Knopf ihrer Jeans zu schaffen und zog ihr Hose und Slip mit einer einzigen geschickten Bewegung aus. Da lag sie, nackt unter dem funkelnden Sternenhimmel und seinen leidenschaftlichen Blicken. Eine ganze Weile schien er sie nur betrachten zu wollen, als sie dort lag und ihm mit der Hand sanft über Brust und Bauch strich. Hin und wieder ließ sie ein paar Finger unter den Bund seiner Jeans gleiten.

Thad blickte sie so durchdringend an, dass er ihr Schauer über den Rücken jagte, obwohl er sie nicht berührte. Der weite Himmel, die Nachtluft, die über ihre erhitzte Haut strich, ihre harten Brustspitzen, ihre feuchte, heiße Mitte – all das löste sich in eine wilde Hingabe auf, die sie noch nie zuvor erlebt hatte.

Und dann berührte er sie. Mit einem Finger fuhr er sanft über ihre Hüfte und ließ ihn träge über ihren Bauch gleiten, umkreiste den Nabel und wanderte aufwärts zu der rosigen Knospe. Erneut umkreiste und reizte er die dunkelrosa Spitze, bis ihr Körper von einer Gänsehaut bedeckt war. Die ganze Zeit blickten sie sich in die Augen. Zwischen ihnen knisterte die Luft, und Kims Atem beschleunigte sich zu einem Keuchen.

»Du machst mich verrückt«, flüsterte sie und küsste ihn.

»Ich genieße jede Sekunde mit dir. Und jetzt zeige ich dir, wie selbstlos ein Cowboy sein kann.« Er knabberte an ihrer Unterlippe, umarmte sie fester und stöhnte leise auf. Mit dem Finger, der noch immer Schauer der Erregung über ihre Brüste rasen ließ, wanderte er nun langsam zu ihrem Bauch hinab … und noch tiefer.

Kim stöhnte und krallte Thad die Finger in die Brust, als er seelenruhig ihren Körper erkundete, um in ihre feuchte Mitte zu gelangen. Wieder umkreiste er langsam die zarte Wölbung und legte die Finger auf die dunklen Locken. Heftig atmete sie ein, und alles in ihrem Inneren schrie danach, berührt zu werden.

»Oh … Thad.« Sie streckte sich, sog den Duft seines Nackens ein und presste sich an ihn. »Was machst du nur mit mir?«

Er lehnte sich zurück, und ein freches Grinsen glitt über sein Gesicht. Dann spürte sie, dass er sie weiter unten berührte, fester jetzt – und nun ergriff er mit einem heißen Kuss Besitz von ihrem Mund und streichelte ihr Zentrum, das vor Sehnsucht schmerzte.

Er berührte sie und löste quälende Lust in ihr aus, die von einem Feuer auszugehen schien, das tief in ihr entzündet worden war. Mit der Zunge erkundete er ihren Mund, und Kim nahm sie in sich auf und saugte begierig daran. Mit den Fingern tastete er sich vor, öffnete sie; er drückte die Handfläche gegen sie, kreisend, reibend – und Kim nahm ihn in sich auf. Ganz von Thad erfüllt, presste sie sich an seinen Bauch und umklammerte seine Hüften. Sie wollte so viel mehr als das, was sie in den Händen hielt. Ihn berühren, sein pulsierendes Verlangen in den Händen spüren.

Gemeinsam befreiten sie ihn von Jeans und Stiefeln. Ungeduldig stieß Thad die Sachen vom Schlafsack herunter, und sie betrachtete sehnsüchtig seinen Körper, der in Mondlicht getaucht war.

Er war schön.

Und dann berührte er mit den Fingern ihr feuchtes Zentrum, spielte mit ihr, quälte sie, bis die Flammen in ihr hochloderten und sie im Innersten versengten.

Sie wollte ihn fühlen, bis die heftigen Wellen des Höhepunkts abgeklungen waren. Er hielt sie fest im Arm. Ihr Kopf lag auf seinem pochenden Herzen; sie hatte die Arme um ihn geschlungen. Und als ihr Atem sich wieder ein wenig beruhigt hatte, streichelte Thad sie weiter, bis das Beben nachließ.

Dann legte er sich auf sie. Mit geschlossenen Augen schwelgte Kim in seiner Wärme. Er nahm ihr Gesicht in beide Hände.

»Kimmy. Sieh mich an.«

Sie öffnete die Augen und blickte in das Gesicht eines Mannes, der aussah, als würde ihm die Welt zu Füßen liegen. Mit den Daumen beschrieb er federleichte Kreise auf ihren Schläfen.

»Ich will dir in die Augen sehen. Ich will die Leidenschaft in deinem Gesicht sehen … bevor ich die Kontrolle verliere.«

Sie öffnete den Mund, um etwas zu sagen, doch mit einem zärtlichen Kuss brachte er sie zum Schweigen. Vorsichtig bewegte er sich auf ihr, und sie spürte seine harte Männlichkeit an ihrer Mitte. Mit einem einzigen Stoß drang er in sie ein und erstarrte. Kim hoffte, dass es pure Lust war. Er füllte sie vollständig aus. Als sie zu ihm aufblickte, hatte er das Gesicht zum Himmel gerichtet und die Augen fest geschlossen. Sie legte ihm eine Hand auf die Wange.

Vorsichtig ließ Thad sich auf sie niedersinken und sog den Duft ihrer Lippen und ihres Nackens in sich auf, als er immer wieder tief in sie drang. Anfangs langsam, dann immer heftiger. Kim nahm ihn auf, bewegte sich in seinem Rhythmus und spürte die Hitze, die in ihm aufstieg, immer heißer wurde, bis die Begierde endlich auch in ihr wieder lichterloh brannte. Und gerade, als sie glaubte, es keine Sekunde länger auszuhalten, katapultierte er sie auf den Gipfel der Lust. Leise sagte sie seinen Namen.

Sie krallte sich an Thad fest, zog ihn näher an sich. Fest stieß er zu, noch einmal, und dann stöhnte er ihren Namen, immer wieder, während er ihre Hüften umklammerte, um mit einem letzten bebenden Stoß in ihr zu explodieren. Sie fühlte seine Begierde in ihrem zarten Inneren. Ein Zittern überlief ihn, als er auf sie niedersank und sie fest an sich drückte. Und während Kim ihn festhielt, sanft über seinen Rücken strich und das Gefühl genoss, ihn in sich zu haben, konnte sie die Tränen kaum zurückhalten.

★

Kurze Zeit später lagen sie Wange an Wange, Arm in Arm. In der Tiefe des Schlafsacks waren ihre Beine miteinander verschlungen. Eine wundervolle, schläfrige Aura umgab sie. Sanfte Berührungen und gedämpftes Flüstern erfüllten die Nacht.

»Müssen wir nicht zum Lager zurück?«, fragte sie und kuschelte sich enger an ihn.

Sie spürte, dass er den Kopf schüttelte. »Ich will hier nie mehr weg«, gab er zurück. »Noch nie im Leben habe ich mich jemandem so nahe gefühlt.«

Seine Stimme war beinahe ein Krächzen. Kim richtete sich auf, stützte sich auf die Ellbogen und wollte ihm ins Gesicht sehen. Doch sie erhaschte nur einen kurzen Blick auf seine geschlossenen Augen, bevor er sich auf die Seite rollte und sie tiefer in den Schlafsack zog.

»Beweg dich nicht. Ich habe Angst, dass wir den Zauber brechen. Bleib bei mir. Ich brauche dich.« Es klang fast wie ein Flehen.

Er brauchte sie?

Sie rutschte hin und her, bis sie sein Gesicht sehen konnte. Ruhig und zufrieden sah er jetzt aus. Sie fragte sich, wie sie selbst in diesem Moment auf ihn wirken mochte.

»Ich brauche dich auch, Thad«, flüsterte sie.

Er drückte ihren Kopf an seine Brust und massierte mit den Fingern sanft ihre Kopfhaut. Noch immer hielt er sie im Arm. »Schlaf«, murmelte er. »Ich passe auf dich auf. Bleib bei mir, liebste Kimmy. Schlaf.«

Kapitel 13

»Aufgewacht, Schlafmütze!«

Kim stöhnte und reckte sich, dann grub sie sich wieder tiefer in Thads Wärme ein. Sie wusste genau, wo sie war und was in der Nacht zuvor passiert war. Und sie wollte sich keinen Zentimeter vom Fleck bewegen.

»Ich will nicht.«

Doch Thad bewegte sich, stützte sich auf den Ellbogen und ragte nun über ihr auf. Kim legte sich die Hand auf den Mund und gähnte. Langsam öffnete sie die Augen. Die aufgehende Sonne hüllte den Himmel in graue und rosafarbene Streifen. Thads wundervolle Augen blickten sie an.

»Morgen«, flüsterte sie.

Er nahm ihr Gesicht in die Hände und streichelte sanft ihre Wangen, während er ihr in die Augen sah.

»Es war also kein Traum.«

Sie lächelte. »Nein.« Dann betrachtete sie ihn genauer, und einen Augenblick lang stieg Panik in ihr auf. »Ist alles … geht es dir gut?«

»Es ist perfekt.« Er küsste sie flüchtig, und Kim stieß einen unhörbaren Seufzer aus. »Oder?«

Sie erwiderte seinen Kuss. Dann knabberte sie sanft an seiner Unterlippe und fuhr ihm mit der Zunge über den Schnauzbart. »Mmh. Ja«, stellte sie fest. »Dein Schnurrbart kitzelt.«

Überrascht wich Thad zurück. »Oh, ja, das tut er.«

»Ja.«

»Gefällt es dir?«

»Sehr.«

»Wo hast du es am liebsten?«

Sie riss die Augen auf. »Ich … ich weiß nicht.«

Thad hob eine Braue, und ein boshaftes Lächeln glitt über sein Gesicht. Eine Sekunde später küsste er sie und rieb ihr mit dem Bart über Lippen und Gesicht. »Du magst es hier.«

Kim kicherte. »Mmh.«

Spielerisch ließ er sich tiefer in den Schlafsack gleiten. Er zog den Reißverschluss weiter auf, um leichter hineinzukommen. Mit Mund und Schnurrbart bahnte er sich den Weg hinab zu ihren Brüsten. Sie stöhnte auf, als er erst eine, dann die andere Spitze in den Mund nahm und hin und wieder mit dem rauen Haar seines Bartes über die empfindlichen Knospen strich.

»Und hier?« Ein heiseres Flüstern kam aus dem Schlafsack.

»Mmh, ja, da auch.«

Und dann glitt er tiefer.

»Thad, nicht«, stieß sie hervor. »Die Sonne ist fast aufgegangen. Jemand … oh, ah, jaaa …« Sie spürte das Kribbeln des Bartes an der Innenseite ihrer Oberschenkel. »Jemand könnte vorbeikommen.« Sie schaffte es, den ganzen Satz in einem Atemzug herauszubringen.

»Sie waren schon da und sind wieder gegangen. Wie ist es hier?« Er öffnete ihre feuchte Mitte und fuhr mit Lippen und Bart über die zarte, geschwollene Knospe. »Wa… Wer? Oh, jaaa, da auch.«

Sie war ihm ausgeliefert.

Wenige atemlose Minuten darauf beschlossen sie gemeinsam, wenn auch widerstrebend, dass es an der Zeit war, sich anzuziehen und zum Lager zurückzugehen.

Sie ergriff Thads Hand und sog seinen Duft ein, als sie die kleine Anhöhe hinter dem Camp hinunterstiegen. »Das Wort ›egoistisch‹ kommt in deinem Wortschatz nicht vor, stimmts?«, fragte sie und warf ihm einen neckenden Blick zu.

Thad blieb stehen, blickte sie lange durchdringend an und gab ihr dann einen Kuss auf die Nasenspitze. »Ich bin bestrebt, Ihnen eine Freude zu machen, Ma'am.«

»Es macht mir sehr viel Freude, Sir.« Ein durchtriebenes Grinsen lag auf ihrem Gesicht.

»Oh, vielen Dank.«

Schweigend gingen sie eine Weile nebeneinander her. Der Duft gebratener Würstchen stieg ihnen in die Nase. Sie näherten sich dem Lagerplatz.

»Was erzählen wir Jillie und Mack, wenn sie uns … zusammen sehen?«, fragte sie nach.

Thad blickte geradeaus. »Wir müssen ihnen nichts mehr erzählen. Sie wissen es bereits.«

»Was?« Kim blieb stehen und drehte sich zu ihm.

»Heute Morgen sind sie auf der Suche nach uns hier herumgeschlichen. Davon bin ich aufgewacht.«

»Und hast du mit ihnen geredet?«

»Nein, sie sind abgehauen. Sie wussten nicht, dass ich wach war.«

»Das überlebe ich nicht. Du hast keine Ahnung, wie erdrückend Jillie sein kann.«

Thad blickte sie an und grinste. »Ich habs gemerkt. Wappne dich! Wir sind da. Und dort sind die beiden.«

Kim drehte sich um. Mit einem breiten Lächeln im Gesicht stand Jillie vor ihr. Sie hatte die Arme verschränkt und hielt einen Pfannenwender in der Hand. Mack stand neben ihr, den Arm um ihre Schultern gelegt. Beim Blick in sein Gesicht entdeckte sie dasselbe Grinsen.

»Sieh an, sieh an, das verlorene Schaf kommt mit dem großen, bösen Wolf nach Hause. Was meinst du, Mack? Glaubst du, sie hat die ganze Nacht Zeter und Mordio geschrien? Schätze, sie hat geschnauft und gekeucht, und … sag mal, was machen große, böse Wölfe eigentlich mit kleinen Lämmern? Sie bei lebendigem Leibe fressen?«

Mack grinste und schwieg.

»Halt den Mund, Jill«, unterbrach Kim sie. »Wir haben es alle kapiert, du kannst aufhören.« Sie würde weder Jillie noch sonst jemandem erzählen, wie böse ihr großer Wolf letzte Nacht gewesen war. Und das Lamm auch.

Jillie grinste dümmlich. »Okay. Irgendjemand Lust auf …« Sie hielt den Pfannenwender in die Luft. »… Frühstück? Ich bin jedenfalls hungrig. Und ihr?«

Kim seufzte und grinste Thad ratlos an. »Okay, ich helfe dir. Geh du voran.«

Wenn Jillie eine Glückssträhne hatte, war sie nicht aufzuhalten.

★

Der Metallbecher mit Kaffee wärmte Thad die Hände, als er sich ein bisschen abseits an einen Baum lehnte, ungefähr da, wo die Pferde und Maulesel angebunden waren. Er hörte Kim und Jillie lachen, die einander neckten und stichelten, während sie das Frühstück vorbereiteten. Er beobachtete Kim. Sie wirkte unendlich viel selbstsicherer als noch vor wenigen Tagen. Entspannter.

Sie verhielt sich, als wäre sie glücklich, hier zu sein. Thad lächelte. Auch ihm gefiel, dass sie hier war. Könnte dieses Leben sie glücklich machen? Sein Leben war kein Wunschkonzert, so viel war klar. Verglichen mit dem, was sie wahrscheinlich gewohnt war, musste es hier nach einer Weile langweilig und eintönig für sie werden. Vielleicht würde sie es eine Zeit lang aufregend finden, aber was, wenn sie anfing, es zu hassen? Ihn dafür zu hassen, dass er sie hierbehalten wollte. Das würde er nicht ertragen.

Ihm fiel es verflixt schwer, das zuzugeben, doch sie verlieh dem Camp – und seinem Leben – erst die Würze, und er wusste nicht, ob er jemals wieder darauf verzichten wollte.

Doch wie sollte er sicher sein, was sie wollte? Konnte er es riskieren, sie zu einem Teil seines Lebens zu machen, nur um nach einer Weile festzustellen, dass sie sich langweilte? Und obwohl sie nicht darüber gesprochen hatten, schien in Kentucky ein eigenes Leben auf sie zu warten. Ein Job, in dem sie offensichtlich gut war. Eine Familie. Und obgleich er sich heftig zu ihr hingezogen fühlte und sich am liebsten in ihr verloren hätte, kannte er sie nicht besonders gut. Wie reagierte sie, wenn sie alles hinter sich lassen sollte?

Würde sie das überhaupt in Betracht ziehen …?

Es gab Dinge, über die sie nicht geredet, ja wahrscheinlich nicht einmal nachgedacht hatten, und um die sie sich an einem bestimmten Punkt kümmern mussten. Bald. Er hatte keine Ahnung, wie er das Thema anschneiden sollte. Oder ob sie es tun würde. Doch es war klar, dass sie darüber reden mussten, wie es weitergehen sollte, sobald die Reise zu Ende war. Im Augenblick machte er sich darüber keine Gedanken. Zum ersten Mal seit langer Zeit hatte er keine Lust, auf die Ranch zurückzukehren.

»Hast du also endlich in den sauren Apfel gebissen?«

Mack tauchte neben ihm auf und riss ihn aus seinen Gedanken. Thads Blick ruhte noch immer auf Kim.

»Kann man so sagen.« Er trank einen Schluck von seinem Kaffee. Er spürte, dass Mack ihn aufmerksam betrachtete. Schließlich wandte er sich zu seinem Freund. »Hör mal, Mack. Ich weiß, dass ich in letzter Zeit dir gegenüber ziemlich kurz angebunden war.«

Mack schüttelte den Kopf. »Vergiss es. Im Moment mache ich mir nur Sorgen darüber, was passiert, wenn sie abreist.«

Thad versuchte, die Panik zu verbergen, die bei Macks Worten in ihm aufstieg. »Wenn sie geht, werde ich damit klarkommen.« Er konnte nicht fassen, dass sie wirklich abreisen würde. Noch nicht. Es ging zu schnell. Obwohl er wusste, dass es passieren würde.

Mack musterte ihn aufmerksam. »Und dann wird es für die nächsten zwanzig Jahre schrecklich sein, mit dir zu leben.« Er schwieg einen Augenblick, und Thad widmete seine Aufmerksamkeit wieder Kim. »Liebst du sie?«

Thad zögerte eine Sekunde, dann löste er den Blick von Kim und goss den restlichen Kaffee aus seiner Tasse ins Gras. Er blickte Mack an. »Lieben? Ich habe sie gern, vielleicht ein bisschen zu sehr, aber um von Liebe zu reden, ist es noch zu früh. Warten wir einfach ab, was passiert. Einverstanden?«

Dann schwiegen sie beide. Thad lehnte sich wieder an den Baum und hoffte, dass Mack den Wink verstanden hatte und das Thema fallen lassen würde. Es war schlimm genug, im Geiste alle Möglichkeiten durchzuspielen, und er war noch nicht bereit, seine Gedanken in Worte zu fassen. So lange hatte er darauf gewartet, dass ihm die Richtige über den Weg lief. Nicht eine Einzige hatte ihn so sehr verlockt. Konnte er sie überzeugen, dass das Leben hier in Colorado lebenswert war? Mit ihm?

»Thad, sie tut dir gut. Lass sie nicht gehen. Tu, was du kannst, damit sie bleibt. Ich glaube, du wirst es nicht bereuen.«

Thad blickte zu Boden und schüttelte den Kopf. »Du verstehst es einfach nicht, stimmts?« Eine Sekunde später blickte er Mack an. »Wenn es nach mir ginge, würde ich sie an mein Bett fesseln und sie dort morgens, mittags und abends festhalten. Aber das geht nicht, Mack, ich kann sie nicht bitten zu bleiben. Ich kann sie nicht dazu zwingen, wenn sie es nicht will.«

»Und woher weißt du, dass sie es nicht will?«

»Ich weiß es nicht. Ich mache mich nur auf das Schlimmste gefasst. Das Unvermeidliche.«

»Ich finde, du gibst zu schnell auf.«

»Und ich finde, dass es zu früh ist, über diese Dinge zu spekulieren. Sie hat ein eigenes Leben, Mack, und ich gehöre nicht dazu.«

»Warum bist du so sicher, dass du nicht dazugehörst?«

Ruckartig drehte Thad sich um und warf einen Blick auf das Essenszelt. Kim und Jillie winkten ihnen zu. Genau das musste er herausfinden. Kim Martin ging ihm unter die Haut. Er hatte sie gern. Und er hatte eine Mordsangst, dass sie seine Gefühle nicht erwiderte.

Er räusperte sich und stand auf. »Ich glaube, das Frühstück ist fertig.«

Schweigend machten sie sich auf den Weg zum Lagerplatz.

Als sie sich den Frauen näherten, verbannte Thad alle negativen Gedanken aus seinem Kopf. Das Frühstück stand schon auf dem Tisch, und als Kim lächelnd auf den Platz neben ihr klopfte, ließ er sich auf die Bank gleiten. Er zog sie an sich, als müsste er sie neben sich spüren, um glauben zu können, dass sie wirklich hier war. Und dass sie ihn wollte.

Er küsste sie auf die Wange und sog das Aroma ihrer Haut und ihrer Haare ein. Er nahm einen tiefen Atemzug, um den Duft so lange wie möglich in sich zu behalten. *Verdammt, Kim, ich bin verrückt nach dir. Bitte, geh nicht fort!*

Dann zog er sich zurück und merkte, dass Jillie und Mack ihn anstarrten.

»Esst jetzt«, sagte er mit gewohnt barscher Stimme. »Es wird kalt.«

Jillie runzelte die Stirn. »Entschuldige, wenn ich dich anstarre, Thad, es ist nur …«

»Sei still, Jillie.« Mack stieß sie in die Seite. Sie bemerkte seinen warnenden Blick und nickte. Dann fing sie an zu essen.

»Hm, das ist neu.« Kim griff nach dem Salzstreuer und grinste die beiden über den Tisch hinweg an. Thad spürte, dass sie versuchte, die Atmosphäre aufzulockern. »So leicht habe *ich* sie noch nie zum Schweigen gebracht, Mack. Was ist dein Geheimnis?«

Jillie stieß Mack den Ellbogen in die Rippen. »Ein einziges Wort, Cowboy, und du bist tot.«

Macks entgeisterte Miene überraschte alle, und sie brachen in Gelächter aus. Thad spürte, dass seine Schulter- und Nackenmuskeln sich entspannten, als das Lachen seine Sorgen für einen Moment verblassen ließ. Er beschloss, nicht mehr zu grübeln, was am Ende der Reise geschehen würde. Jetzt musste er sich darauf konzentrieren, Kim hier und jetzt glücklich zu machen. Er musste einen Schritt nach dem anderen gehen. Und ein Schritt war so wichtig wie der andere.

Und wenn alles gut und ohne Störungen verlief, würde sie vielleicht selbst entscheiden, dass sie für immer zu seinem Leben gehören wollte. Denn genau das musste es sein – ihre eigene Entscheidung.

»Also«, Macks Stimme unterbrach seine Gedanken, »brechen wir heute noch auf?«

Thad sah Jillie, die plötzlich aufhörte, ihr Würstchen zu kauen, über den Tisch hinweg an. Er ließ den Blick zu Mack wandern, dann zu Kim, deren erschrockene Miene einen Teil seiner eigenen Furcht widerzuspiegeln schien.

»Nein«, sagte er leise und sah, wie Kims Gesichtsausdruck sich entspannte. »Wir halten den ursprünglichen Zeitplan ein.« Er zögerte einen Moment. Die Traurigkeit, die er schon zuvor verspürt hatte, kam zurück und war nur schwer abzuschütteln. »Ich bin noch nicht bereit, hier wegzugehen.«

Er sah, wie Kim leicht den Mund öffnete und sich einen Brötchenkrümel von der Lippe leckte. »Gut«, meinte sie mit sanfter Stimme. »Sehr gut.«

★

Als sie zwei Tage später hinter Thad her ritt, lag ein feiner Nebelschleier über dem Weg. Die beiden Tage waren ausgefüllt gewesen mit trägen Stunden am Morgen, mit Nachmittagen, an denen sie die Berge und sogar den Schauplatz der Fremont-Expedition erkundeten, und mit Nächten voller endlosem Liebesspiel. Kim verzehrte sich nach Thads Berührungen, nach der Wärme seines Körpers und dem Duft seiner Haut. Sie waren unzertrennlich geworden. Ihre bevorstehende Abreise war der einzige Schatten auf ihrem Zusammensein. Sie sprachen nie darüber. Die märchenhaft schönen Tage vergingen wie im Flug, und sie wollte nicht, dass ihre Seifenblase zerplatzte. Sie weigerte sich, darüber zu reden, dass sie ihn verlassen würde. Sie wusste, es musste sein, doch sie unterdrückte den Gedanken daran, so gut es ging.

Eine ganze Weile schon hatte sie das Rauschen des Wasserfalls gehört, sodass sie sich darauf freute, ihn endlich zu sehen. Doch nichts hatte sie auf die atemberaubende Aussicht vorbereitet, die Thad und sie vorfanden, als sie im Galopp auf eine Lichtung zupreschten.

Kleine Steine und größere Felsbrocken, seit ewigen Zeiten vom Wasser glatt geschliffen, säumten das Ufer des Gebirgsbachs. Der Wasserfall ergoss sich in ein tiefes Becken, das zum Fischen oder Schwimmen wie gemacht war. Der Berg spie Wasser aus, das über den Felsvorsprung herabstürzte und eine traumhafte Kulisse für jeden Fotografen bot.

Kim ritt auf Sunshine neben Thad entlang. »Ich wünschte, ich hätte meine Kamera dabei«, flüsterte sie. »Das ist einfach … unglaublich.«

Sie konnte den Blick kaum von dieser Aussicht abwenden, doch sie tat es, denn sie spürte, dass Thad sie ansah. »Wir können jederzeit wieder herkommen, wenn du willst«, antwortete er mit sanfter Stimme.

Kim musterte sein ernstes Gesicht. *Wird es ein nächstes Mal geben?*, schien es zu fragen. »Das wäre schön.«

Ein Lächeln erschien auf seiner versteinerten Miene. Kim war erleichtert. Was im Kopf dieses Mannes vor sich ging, war ihr ein Rätsel. Mal war er sorglos wie ein Vogel, dann wieder starr wie eine Statue. Und immer, wenn er sie anblickte, als wollte er sich jede Einzelheit ihres Gesichts einprägen, setzte ihr Herz einen Schlag aus, und sie fürchtete sich ein wenig.

Thad saß ab und reichte ihr die Hand, um ihr beim Absitzen zu helfen. »Von da drüben ist die Aussicht fantastisch. Wenn es dir nichts ausmacht, ein bisschen zu klettern.«

Sie nickte. »Okay.«

Er nahm sie bei der Hand, führte sie von dem Wasserfall fort und einen kleinen, felsigen Anstieg hinauf. Nach einer Weile ließ er ihre Hand los, sodass sie selbst um die Felsvorsprünge herumgehen konnte. Der Aufstieg war nicht besonders schwierig, doch als sie oben angekommen waren, war sie froh, durchatmen zu können.

Thad zog sie die letzten Meter hinauf.

Sie lächelte. »Puh! Das hatte es aber in sich!«

»Ja, aber es lohnt sich. Sieh mal.« Er zog sie neben sich und zeigte auf die Berge, die vor ihnen lagen.

Kim keuchte. »Meine Güte … das ist ja atemberaubend.«

Der Panoramablick über die nebelbedeckten Berge machte sie sprachlos. In der Ferne erhoben sich nackte, zerklüftete Gipfel über üppigen Nadelwäldern, die sich in das Tal unter ihnen erstreckten. Hinter ihnen rauschte der Wasserfall in den Gebirgsbach hinab, der sich weiter unten durch ein wildes Bachbett voller Felsen und Geröll schlängelte. Weiße Wasserläufe kleinerer Bäche mündeten in den größeren Gebirgsbach, unterwegs zu unbekannten Flüssen. Das Wasser stürzte Schluchten hinab, die sich tief in die Berge geschnitten hatten. Etwa eine Meile entfernt zu ihrer Linken lag ein kleiner See. Etwas näher befand sich ein Berghang voller Wildblumen. Schöne, bunte Wildblumen.

»Oh Thad«, flüsterte sie. »Es sind so viele. Was für Blumen sind das?« Lavendelfarbene, scharlachrote und gelbe Blüten bedeckten die Landschaft wie Farbkleckse die Palette eines Malers.

Hinter ihr stand Thad und hielt sie in den Armen. Er neigte den Kopf, um ihr etwas ins Ohr zu flüstern, und sein Atem kitzelte sie sanft im Nacken. »Ich kenne sie nicht alle. Die großen roten sind Indianerpinsel. Die kleineren dunkelroten am Ufer des Baches sind Schlüsselblumen. Und die lila-weißen sind Kanadische Akelei.«

»Sie sind wunderschön.« Sie drehte sich in seinen Armen und umschlang seinen Nacken. Dann reckte sie sich und küsste ihn auf den Mund. »Danke, dass du mich hierher gebracht hast. Können wir uns die Blumen genauer ansehen, bevor wir gehen?«

»Klar. Wie gesagt, Ma'am, ich bin bestrebt, Ihnen eine Freude zu machen.«

Lächelnd lehnte Kim sich wieder an ihn und umschloss seine Unterarme mit den Händen. Sie wusste nicht, wann sie jemals so zufrieden und glücklich gewesen war. »Wo sind wir hier?«

Einen Augenblick lang stand Thad reglos da, und sein Blick wanderte über die Gebirgskette.

»Du siehst hier den Westrand der San Juan Mountains, östlich der Kontinentalen Wasserscheide«, erklärte er. »Wir landen genau westlich von hier.« Er zeigte in die Richtung, die er meinte. »Und dann steigen wir im Westen der Wasserscheide den Berg hinunter, auf dem Weg zum Elk Park. Alle Flüsse und Bäche dort unten fließen nach Osten und münden schließlich in den Rio Grande.« Er schwieg einen Augenblick. Kim neigte den Kopf zur Seite, um ihm ins Gesicht sehen zu können. Er ließ den Blick über den Horizont schweifen. »Ich kann von hier keine Markierungen sehen, aber irgendwo dort drüben ist der Colorado Trail.« Wieder deutete er in die Richtung. »An manchen Stellen markieren Felsgruppen den Weg.«

Kim drehte sich zu ihm. »Der Colorado Trail?«

»Das ist ein Wanderweg. Fängt irgendwo bei Denver an und geht bis Durango. Ungefähr 750 Kilometer lang, wenn ich mich recht erinnere. Wenn wir die Abzweigung zum Elk Park nehmen, werden uns gelegentlich Wanderer begegnen. Oft gehen sie dort los oder legen eine Pause ein, wenn sie ein oder zwei Tage unterwegs waren.«

»Wow! Gibt es auch Leute, die den ganzen Weg wandern?«

»Soweit ich weiß, ja. Ich würde lieber reiten.« Thad nahm ihr Gesicht in die Hände. »Also, wie gefällt dir … meine kleine Welt?«

»Sie gefällt mir sehr gut.« Thads Gesicht schien sich für einen Augenblick zu entspannen.

»Unterscheidet sie sich sehr von Kentucky?«

Im Augenblick, dachte Kim, befindet Kentucky sich am anderen Ende des Universums. »Ja. Sehr.«

»Erzähl.« Wieder blickte er sie durchdringend an. Irgendwie war sie nicht sicher, ob er die Landschaft meinte. »Erzähl mir etwas über Kim Martin und darüber, was sie in Kentucky macht.«

Sie fragte sich, welche Geheimnisse sich hinter seinen dunklen Augen verbergen mochten. »Können wir ein bisschen hierbleiben und reden?«

Thad zog sie an sich. »Wir haben den ganzen Tag Zeit.«

Sie ließen sich auf einem Felsen nieder und lehnten sich an einen großen Stein. Kim seufzte. Thad hielt sie fest im Arm, während sie zwischen seinen Beinen saß und sich an seine Brust schmiegte. Sie brauchte das – diese Nähe zu Thad. Gemeinsamkeit. Zusammensein. Im Augenblick zählte nichts und niemand sonst. Nicht Jillie und Mack. Nicht die Erwartungen ihrer Mutter. Nicht die Probleme irgendeines Schülers, die ihr durch den Kopf gingen.

Thad allein zählte. Und das war ein verdammt gutes Gefühl.

»Jillie und ich teilen uns in Lexington eine Wohnung.«

Thad ließ eine Hand zwischen die Knopfleiste ihres Hemds gleiten und liebkoste sie genau unterhalb ihrer Brüste. »So viel hab ich schon mitgekriegt.«

»Wir kennen uns seit ungefähr fünf Jahren. Da hat Jillie als Biologielehrerin an meiner Highschool angefangen. Damals habe ich Hauswirtschaft unterrichtet, wie sie ja neulich erzählt hat.«

»Aber jetzt bist du Beratungslehrerin.«

Kim nickte. »Ja.«

»Fehlt dir das Unterrichten?«

»Manchmal. Ich habe gern unterrichtet, aber die Tätigkeit als Beraterin ist erfüllender.« Sie unterbrach sich und ließ den Blick über die Berge schweifen. »Teenager sind so unberechenbar. Kein Tag ist wie der andere. In einem Moment habe ich es mit zwei Neuntklässlern zu tun, die sich wegen eines Missverständnisses streiten, im nächsten mit einer Zwölftklässlerin, die wegen ihrer Noten weint, und dann mit einem Mädchen aus der elften Klasse, das von seinem Freund misshandelt wird. Manchmal ist es sogar noch schlimmer.«

Thad legte den Kopf auf ihre Schulter und hörte zu.

»Es gibt Tage, da möchte ich mich hinsetzen und weinen, weil ich weiß, dass ich nichts tun kann, um zu helfen.«

Kim atmete tief durch. Bis zu diesem Augenblick hatte sie nicht gemerkt, wie sehr sie den Abstand von der Schule gebraucht hatte. Die Pause im Sommer war einfach zu kurz; Beratungslehrer betreuten meistens auch die Vorbereitungsklassen im Sommer. Darum hatte sie kaum Urlaub gehabt.

»Den Kindern fällt es bestimmt leicht, sich dir anzuvertrauen.«

Sie nickte. »Meistens kann ich den Ball an sie zurückgeben. Ihnen helfen, die Dinge aus einer anderen Perspektive zu betrachten. Versuchen, ihnen die Beweggründe aller Beteiligten klarzumachen. Du weißt, wie stur ich sein kann. Meine Schüler wissen, ich bin für sie da, wenn sie sich ausweinen wollen, aber sie wissen auch, dass ich sie aufmuntere und unterstütze, wenn es nötig ist. Sie nennen mich Sergeant Martin.« Sie lachte. »Manchmal wollen sie allerdings einfach nur ein offenes Ohr. Ob sie Probleme mit ihren Eltern oder mit Drogen haben oder ob sie schwanger sind, sie brauchen jemanden, mit dem sie reden können. Ich glaube, manchmal bin ich so was wie eine Ersatzmutter.«

»Das kann ich mir vorstellen.«

Lächelnd drehte Kim sich ein wenig zu ihm. »Da gab es dieses Mädchen, eine ehemalige Schülerin von mir, die mir am Ende des Schuljahres mitteilte, dass sie schwanger war. Ich habe ihr zu helfen versucht, so gut es ging, und jetzt habe ich Angst, dass sie sich an mich klammert – etwas, was ich nicht zulassen darf. Sie hat mich den ganzen Sommer über angerufen. Wahrscheinlich ist sie außer sich, weil ich noch nicht zu Hause bin.«

»Hast du ihr gesagt, dass du verreist?«

»Ja, aber eigentlich sollte ich seit gestern wieder zu Hause sein, schon vergessen?«

»Ja, stimmt. Wollen wir versuchen, irgendwo ein Telefon aufzutreiben?«

Kim schüttelte den Kopf. »Nein. Sie kommt schon klar. Ihre Mutter gibt sich wirklich alle Mühe, für sie da zu sein, und sie muss lernen, sich ein bisschen mehr auf sie zu verlassen. Es geht ihr gut. Ich bin ganz sicher.«

»Und was ist mit dir?«

Sie blickte ihn an. »Mit mir?«

Mit einem Finger berührte er sanft ihre Nase und sah sie voller Mitgefühl an. »Du machst dir Sorgen um sie, stimmts?«

»Ich bin um all meine Schüler besorgt, Thad.«

»Aber um sie machst du dir mehr Sorgen als um die anderen.«

Nach einer Weile nickte sie. »Vielleicht. Sie ist so jung. So naiv. Ich habe keine Ahnung, wie sie mit einem Baby zurechtkommen wird.«

Eine Zeit lang sagte Thad nichts. Kim lehnte sich wieder an ihn, und sie genossen die warme nachmittägliche Brise.

Doch in Gedanken war sie bei Melissa, ihrer schwangeren jungen Schülerin. Melissa benutzte Kim als Krücke, und Kim hatte es dazu kommen lassen. Aber schlimmer noch war, dass Kim auch Melissa als Stütze benutzt hatte. Genau genommen hatte es im Laufe der Jahre zu viele Melissas gegeben. Im Jahr zuvor war es Christopher. Davor Daniel und Ginny. Und davor …

Plötzlich dämmerte es Kim, dass sie ihren Job vielleicht schon seit Jahren als Krücke benutzt hatte. Sie war so damit beschäftigt, sich zu fragen, was sie ihren Schülern geben konnte, dass sie keinen Gedanken daran verschwendet hatte, was sie für sich selbst tun konnte.

Vielleicht war das der Grund dafür, dass keine der Beziehungen, die sie im Laufe der Jahre zu Männern eingegangen war, sich entwickeln konnte.

War sie so wild entschlossen, ihrer Mutter zu beweisen, dass sie mehr konnte, als irgendeinem Mann eine wundervolle Ehefrau zu sein und Babys zu bekommen?

Thad sagte etwas. Sie hörte es nicht. »Entschuldige, was hast du gesagt?« Sie löste den Blick aus der Ferne und richtete ihn auf Thad.

»Ich habe gesagt, dein Job ist sicher ein sehr wichtiger Teil deines Lebens, stimmts?«

Ohne nachzudenken, stimmte sie zu. In der darauf folgenden Stille fragte sie sich, ob er aus den falschen Gründen so bedeutsam für sie geworden war.

Kapitel 14

Thad strich Kim eine feuchte Strähne aus dem Gesicht. Wassertröpfchen hingen an ihren Wimpern und Wangen, als sie mit strahlenden Augen zu ihm aufblickte. In seinen Armen fühlte sie sich an wie feuchte Seide, als ihre Körper durch das warme Becken neben dem Wasserfall glitten. Sie hatte die Beine um seine Taille geschlungen, und er umarmte sie. Sie presste die Brüste an seinen muskulösen Oberkörper. Ihre Bewegungen waren weich, fließend und sexy.

Wie er es liebte, sie im Arm zu halten. Es fühlte sich gut an, und er empfand etwas, was er schon seit langer Zeit nicht mehr empfunden hatte. Oder noch nie.

Er beugte sich über sie und bedeckte ihre Lippen mit einem drängenden Kuss. Wie er den Gedanken hasste, von ihr getrennt zu sein. Wenn er Kim in den Armen hielt, fühlte sich alles so … richtig an. Sehnte sie sich danach, in ihre Wohnung und ihr bisheriges Leben zurückzukehren?

»Hast du schon mal darüber nachgedacht, etwas anderes zu machen?«, platzte er heraus. »Ich meine, was ist, wenn du eines Tages keinen Beraterjob mehr findest? Wie wichtig ist dir das?« Thad wusste eins: Um Kims Herz zu erobern, musste er in den Mittelpunkt ihres Seins gelangen. War Beratung ihr Leben, so wie das Dasein als Rancher das seine? Er wusste, dass Jobs wie ihrer selten waren, besonders in dieser spärlich besiedelten Gegend.

Aus schmalen Augen beobachtete er, wie sie nachdachte. Eine Weile musterte sie ihn, dann schien sie ihre Worte sehr sorgfältig zu wählen. »Beraten und Unterrichten ist das Einzige, was ich beherrsche.« Sie unterbrach sich und wandte den Blick ab. Plötzlich wirkte sie beinahe ärgerlich. »Es sei denn … es sei denn natürlich, dass ich heirate und eines Tages Kinder bekomme. Vielleicht würde ich eine halbwegs anständige Mutter abgeben.« Ruckartig drehte sie sich wieder zu ihm und fuhr fort: »Meine Güte, hört sich das kitschig an. Ich wollte nur sagen, dass es mir wahrscheinlich gefallen würde, irgendwann mal Ehefrau und Mutter zu sein. Aber ich würde meinen Job niemals aufgeben wollen.«

Thad fühlte sich, als hätte ihm jemand die Faust in den Magen gerammt. *Kinder?* »Du willst also Kinder?«

Erneut blickte sie ihn an und nickte. »Irgendwann. Und du?«

»Ich bin zu alt, um Vater zu sein.«

Kim neigte den Kopf und umfasste seine Schultern fester. Ein listiges Grinsen umspielte ihre Mundwinkel. »Du bist nicht alt, Thad Winchester.«

»Ich bin vierzig.«

»Das ist nicht alt.«

»Und wie alt bist du?«

»Neunundzwanzig.«

»Also praktisch minderjährig.« Thad lachte leise. »Aber du sorgst gerade dafür, dass ich mich verdammt jung fühle.«

Kim erwiderte sein Lächeln. Das gefiel ihm besser als der verwirrte Gesichtsausdruck, den er zuvor an ihr gesehen hatte. »Ich glaube, du wärst ein guter Daddy.«

Kim beugte sich vor und presste die Lippen auf seinen Mund. Sofort regte sich sein Verlangen. Unter Wasser strich er mit den Händen über Kims straffen Po und drückte sie an sich. »Habe ich auch immer geglaubt«, flüsterte er, seine Lippen an ihren. »Ich habe nur nie die richtige Mommy für meine Kinder gefunden.«

Kim blickte ihn forschend an. Sie suchte nach etwas, von dem er nicht wusste, ob er es ihr geben konnte. Langsam hob er sie aus dem Wasser und trug sie ans Ufer des Bachs. Ihre Kleidung lag überall verstreut, wo sie sie eine Weile zuvor hastig abgestreift hatten, und so bettete er sie aufs Gras.

Er legte sich neben sie und nahm sie fest in die Arme. »Kim«, flüsterte er. »Du machst mich verrückt.« Verdammt! Was sollte er nur ohne sie tun?

Sie streichelte sein Gesicht. Er lockerte die Umarmung, und sie ließ sich in das Gras sinken. Den Kopf auf seinen Arm gebettet, liebkoste sie ihn und blickte ihm in die Augen.

»Thad«, sagte sie leise. »Es tut mir leid. Ich hätte nicht über Kinder sprechen sollen … und über das ganze andere Zeug. Ich wollte damit nicht andeuten … ich meine, ich wollte nicht … dass du denkst, ich würde dich zu etwas drängen …«

»Kim«, unterbrach Thad sie. Jetzt oder nie. Sie mussten darüber sprechen, welche Wahl sie hatten. »Wir müssen miteinander reden.«

Ihr Gesicht nahm einen Ausdruck an, den er nicht deuten konnte. »Worüber?«, flüsterte sie.

»Wie soll es jetzt weitergehen, Kimmy?«, fragte er mit sanfter Stimme. »Was passiert, wenn es Zeit für dich wird, nach Hause zu gehen?«

Sie antwortete nicht sofort, so als müsse sie darüber erst nachdenken. »Ich muss nach Hause, Thad. Und dann … nun, das werden wir dann sehen.«

Er nickte und wandte den Blick ab.

Wie konnte sie das einfach so sagen, ohne überhaupt darüber nachzudenken? Er verstand das nicht. Würde es nie verstehen. Wenn sie nach Hause fuhr, würde er sie wahrscheinlich nie wiedersehen.

★

Ein diesiger, orangefarbener Lichtkranz umgab das Camp, das dunkel war bis auf den Schein des langsam verglühenden Lagerfeuers. Sie hatten zum Dinner Hot Dogs gegrillt und Marshmallows zum Nachtisch. In dünnen Schwaden zog der Rauch durch die plötzlich feuchte Luft.

»Vielleicht regnet es morgen«, sagte Mack träge zu jedem, der es hören wollte.

Jillie kuschelte sich an ihn und hatte den Kopf auf seine Brust gebettet. Zufrieden wie ein Kätzchen im Schoß seines Besitzers, dachte Kim. Kim saß zwischen Thads Knien und lehnte sich an ihn. Schützend hatte er die Arme um sie gelegt. Er ließ sie nicht weit fort. Manchmal wusste sie nicht, was sie von seinem Benehmen halten sollte, doch in diesem Moment war sie zu müde, um darüber nachzudenken und einfach froh, in seinen Armen zu liegen. Der letzte Marshmallow, knusprig und goldbraun, steckte auf dem Ende des dünnen Zweiges, den sie in der Hand hielt.

»Willst du?« Sie drehte sich, um Thad ins Gesicht blicken zu können, und hob den Ast hoch genug, damit er das Ende berühren konnte.

»Ich glaube, ich kann nichts mehr essen«, sagte er.

Kim blickte ihn an. Vorsichtig zog er die klebrige Masse von dem Zweig ab, den er schließlich ins Feuer warf. Mit Daumen und Zeigefinger teilte er den Marshmallow in zwei Hälften und gab ihr eine davon.

Sie stöhnte träge und öffnete den Mund. Nachdem Thad ihr den Marshmallow in den Mund geschoben hatte, griff sie nach seiner Hand, um den Rest von seinen Fingern zu lecken. »Du bringst mich noch um«, murmelte sie unter leise schmatzenden Geräuschen.

Nun war es Thad, der stöhnte. »Äh … ich glaube, es ist eher andersherum.«

Rasch steckte er sich die Überreste des Marshmallows in den Mund, und Kim sah zu, wie er sich Lippen und Finger ableckte. Sie kniete sich hin, beugte sich vor und schnipste mit der Zunge einen winzigen Krümel aus seinem Schnurrbart, um ihn dann vorsichtig auf den Mund zu küssen.

»Äh … ihr beiden da drüben«, rief Jillie. »Die Nacht wird lang, und morgen haben wir einen ganzen Tagesritt vor uns.«

Kim sah Jillie an. »Und was soll das heißen?«

»Ich glaube, es soll heißen, dass wir uns alle hinlegen und ordentlich ausschlafen sollten«, erwiderte Thad. »Und sie hat ausnahmsweise mal recht. Komm, Kim.« Er half ihr, aufzustehen.

»Wartet.« Auch Jillie und Mack erhoben sich. »Du hast natürlich recht, Thad, aber vorher haben Mack und ich euch etwas zu sagen.«

Kim blickte Jillie an. Instinktiv wusste sie, dass Jillies Worte alles verändern würden. Und sie ahnte, was kommen würde. Sie hatte nur jetzt noch nicht damit gerechnet.

Jillie kam näher. »Kim, ich weiß, dass du mich für allzu spontan hältst, und du hast immer versucht, mich von unüberlegten Entscheidungen abzuhalten. Aber diesmal möchte ich, dass du mich ausreden lässt, bevor du etwas sagst. Versprochen?«

Sie spürte ihren Puls in den Ohren hämmern. »Okay, versprochen.«

Jillie blickte von Thad zu Kim und dann zu Mack. Dann atmete sie tief durch und fuhr fort: »Wir sind seit langer Zeit beste Freundinnen, Kim. Du hast mich durch mein erstes Jahr als Lehrerin begleitet. Ich glaube, ohne dich hätte ich das nicht geschafft. Ich bin dir wirklich einiges schuldig.«

»Du schuldest mir gar nichts, Jillie. Und das weißt du«, flüsterte sie. *Komm schon. Brings hinter dich.* Thad umfasste von hinten ihre Arme, und die Spannung stieg.

Erneut blickte Jillie Mack an. »Ich weiß nicht, wie ich es sagen soll, ohne einfach damit herauszuplatzen. Kim, Mack und ich werden heiraten.«

Genau wie sie vermutet hatte.

»Heiraten.« Es war keine Frage.

Rasch fügte Jillie hinzu: »Ich kehre nicht nach Kentucky zurück. Na ja, vielleicht für ein paar Tage, um mein Zeug zu holen und zu kündigen, aber dann werden wir schon verheiratet sein.«

Mein Gott! »Wann?«

»Sobald wir wieder auf der Ranch sind. Wir wollen dort leben. Das heißt, wenn du einverstanden bist, Thad. Mack wollte mit dir noch darüber reden.« Fragend blickte sie Mack an.

Kim sah, wie Thad den Blick zwischen Mack und Jillie hin- und herwandern ließ und schließlich nickte. Jillie würde heiraten? Sie würde nicht nach Kentucky zurückgehen? Thads Worte rissen sie aus ihren Gedanken. »Mack, du weißt, es ist ebenso dein Zuhause wie meins. Aber habt ihr euch das alles gründlich überlegt?«

Mack machte einen Schritt auf Thad zu. »Sehr gründlich, Thad. Wir wollen es beide, brauchen keine Bedenkzeit mehr. Wir brauchen nur uns. Auf Jillie habe ich mein Leben lang gewartet, und ich werde sie jetzt nicht wieder entwischen lassen. Ich liebe sie, Thad, und sie liebt mich.«

Kim sah die Blicke, die die beiden Männer wechselten.

Sie wandte sich an Jillie. »Bist du sicher, Jill?«

»Verdammt sicher.«

»Dann bleibt mir nur eins.« Sie näherte sich ihrer besten Freundin und umarmte sie. »Herzlichen Glückwunsch, du verrücktes Huhn«, flüsterte sie. Einen Augenblick später drehte sie sich um, ging auf Thad zu und lächelte ihn verlegen an.

Sie freute sich wirklich und wahrhaftig für sie. Ja, wirklich.

Nur eins machte ihr Sorgen. Jillie und Mack waren so leicht zu diesem Schluss gekommen, so schnell. Warum musste es für sie und Thad so schwierig sein? Oder vielleicht nur für sie? Sie hatte den Ausdruck in Thads Gesicht gesehen, als sie ihm heute Nachmittag unmissverständlich zu verstehen gegeben hatte, dass sie nach Kentucky zurückkehren würde. Es hatte ihm genauso wehgetan wie ihr.

Sie spürte, wie Ärger ihr den Rücken heraufkroch.

Sie war plötzlich so eifersüchtig auf Jillie und Mack. Auf die Leichtigkeit zwischen ihnen. Und sie war auch eifersüchtig auf ihre bevorstehende Hochzeit.

Und sie hasste sich selbst dafür.

★

Gleich nach Sonnenaufgang frühstückten sie und bauten dann die Zelte ab. Alle Packsäcke waren geschnürt und festgezurrt, die Maultiere beladen. Und die Pferde standen bereit, um ihre Reiter weiter in die Wildnis zu tragen. Weit im Westen ballten sich dunkle Wolken am Horizont. Kim beobachtete Thad, der mit finsterer Miene in den Himmel blickte. Ein Sturm zog herauf.

»Habt ihr eure Regenmäntel?«

»Sie sind in den Satteltaschen, ich habs überprüft«, antwortete Mack. »Willst du noch abwarten, was passiert?«

Thad schüttelte den Kopf. »Nein. Es wird noch eine Weile dauern. Ich glaube, wir können noch ein paar Stunden reiten. Wenn das Wetter schlechter wird, gibt es jede Menge Plätze, an denen wir rasten können. Wenn wir den Zeitplan einhalten wollen, müssen wir jetzt los.«

Kim sah, wie müde Thads Blick war, den er zwischen Mack und ihr hin- und herwandern ließ. Sie hatte das merkwürdige Gefühl, als würde er sie zur Eile treiben, damit ihre Beziehung an ihr natürliches Ende kam.

Seitdem Jillie ihre Hochzeitspläne verkündet hatte, wirkte Thad nervös. In aller Eile hatten sie miteinander geschlafen, nachdem sie sich in Kim Zelt zurückgezogen hatten. Den Rest der Nacht hatte er sie im Arm gehalten. So fest, dass sie manchmal kaum atmen, geschweige denn sich bewegen konnte.

Sie wusste nicht, was sie davon halten sollte. Jillies Eröffnung hatte sie zwar unvorbereitet getroffen, doch sie war nicht sehr überrascht gewesen. Nichts von dem, was Jillie tat oder sagte, hatte sie jemals überrascht. War es vielleicht Macks Entscheidung, die Thad so aus der Fassung brachte?

Oder lag es an etwas ganz anderem?

Fühlte Thad sich etwa unter Druck gesetzt, ihr einen Heiratsantrag zu machen?

Bei dem Gedanken hörte Kim auf, an ihrer Satteltasche zu nesteln, und schaute zu Thad hinüber. War *das* sein Problem? Dachte er über dasselbe nach wie sie?

Bestimmt nicht. Nein.

Und wenn er sie tatsächlich fragen würde? Was in aller Welt sollte sie dann antworten?

Sie wusste es nicht.

Und offenbar hatte auch er keine Ahnung.

Sie sah Mack und Thad, die ein letztes Mal die Feuerstelle überprüften und dafür sorgten, dass keine dauerhaften Reste ihres Besuchs hier zurückblieben. Wie aus dem Nichts tauchte Jillie neben ihr auf, ein strahlendes Lächeln auf den Lippen. Kim machte eine gedankliche Kehrtwende.

»Na, was ist los mit dir heute Morgen?« Endlich erwiderte sie Jillies Lächeln. »Habt ihr den Termin schon festgelegt?«

»Nein«, erwiderte Jillie. »Aber es dauert nicht mehr lange.«

»Hm.« Kim blickte zu Mack und Thad, die sich nun zu ihnen auf den Weg machten.

»Kim, ist das okay für dich? Ich meine, die Hochzeit?«

Kim nahm sie bei der Hand und lächelte. »Jillie, ich könnte nicht glücklicher sein. Ich werde dich schrecklich vermissen, aber ich möchte, dass du glücklich bist.«

Ihre Freundin strahlte. »Wirklich?«

»Wirklich.«

Jillie drückte sie. Kim legte die Arme um sie und erwiderte die Liebkosung. Dann ließen sie sich los.

»Ich habe gerade darüber nachgedacht, wie die Dinge sich entwickeln«, sagte Jillie. »Ich meine, noch vor ein paar Tagen seid ihr beiden, Thad und du, euch ständig ins Gehege gekommen. Und jetzt …« Sie stieß Kim in die Seite. »Also, ich habe jedenfalls gesehen, wie er gestern Abend in dein Zelt geschlichen ist.« Sie nickte vielsagend.

»Meine Güte, Jillie«, sagte Kim. »Hast du mitten in der Nacht nichts Besseres zu tun, als deiner besten Freundin nachzuspionieren?«

Jillie blieb der Mund offen stehen. »Ich habe Kim Martin nicht nachspioniert. Ich musste mal für kleine Mädchen, und ganz zufällig habe ich gesehen, was sich vor deinem Zelt abspielte.«

Kim verdrehte die Augen und seufzte. Es war hoffnungslos. Jillie kicherte. Plötzlich tauchte Thad neben Kim auf und fasste sie sanft am Arm. »Es ist Zeit, aufzusitzen und uns auf den Weg zu machen, Leute.« Kim blickte ihm ins Gesicht und nickte.

Sein Gesichtsausdruck beunruhigte sie. Sie war besorgter als zuvor, als er barsch mit ihr gesprochen und sie wie ein kleines Kind behandelt hatte. Der Ton der unbeschwerten Unterhaltung, die sie bis vor wenigen Sekunden mit Jillie geführt hatte, war vollkommen verändert.

Irgendetwas stimmte mit Thad nicht.

Offenbar hatte auch Jillie das bemerkt. »Einen Augenblick nur, Cowboy. Lass mir nur eine verfluchte Minute. Okay?« Jillie trat in die Mitte der Vierergruppe. »Ich glaube, bevor wir aufbrechen, müssen wir noch ein paar Dinge klarstellen.«

Sie schaute Thad in die Augen.

»Rede weiter.«

»Würdest du nicht auch sagen, Thad Winchester, dass du und Kim euch am Anfang dieses Ritts ständig gegenseitig die Köpfe eingeschlagen und euch das Leben zur Hölle gemacht habt?«

Thad warf Kim einen verstohlenen Blick zu. Sie sah, wie seine Mundwinkel sich zur Andeutung eines Lächelns verzogen. »Ja, stimmt.«

»Großartig.« Jillie nickte und verschränkte die Arme vor der Brust. Dann wandte sie sich an Kim. »Und würdest du, Kim Martin, nicht sagen, dass du dir ganz am Anfang dieser Reise nicht hättest träumen lassen, einmal mit einem Cowboy zu schlafen?«

Nun war es Kim, die grinste. Thad musterte sie. »Ja, stimmt.«

Jillie nickte energisch. »Wunderbar. Und würdet ihr beide mir zustimmen, wenn ich sage, dass ihr in letzter Zeit wichtige Dinge zusammen erlebt habt und es zwischen euch jetzt besser läuft?«

Zögernd sah Kim zu Thad. Ihre Blicke trafen sich. Das Lächeln war verschwunden, und an seine Stelle war der Ernst getreten, den Kim so gut an ihm kannte. »Ja, stimmt«, bestätigte sie sanft.

Jillie wandte sich an Thad. »Und …« Mit einer Geste forderte sie ihn auf zu sprechen.

»Ja«, räumte er ein.

Kims Herz setzte einen Schlag aus. Liefen die Dinge zwischen ihnen wirklich besser?

»Zum Teufel, warum läufst du dann mit einer Jammermiene herum, als wäre dein bester Bulle gestorben? Ich meine, du hast es doch gerade zugegeben. Es läuft super zwischen euch. Und es wird von jetzt an immer besser werden.«

Kim und Thad blickten sich an, und er lächelte. Ihr wurde warm ums Herz, als seine Miene sich aufhellte. Jillie hatte recht. Es würde von jetzt an nur noch besser werden. Sie würden das Kind schon schaukeln.

Thad trat auf Kim zu, und Jillie hakte sich bei Mack unter. »Und wem haben sie das zu verdanken? Ganz allein mir. Stimmts, Mack? Oh, und dir natürlich. Obwohl wir lügen und betrügen und praktisch klauen mussten, um die beiden zusammenzubringen.«

Kim war sprachlos. Mit offenem Mund blickte sie Jillie an. Die Erkenntnis traf sie wie ein eisiger Nordostwind.

Sie hatten ihn belogen. Oh Gott! Alle drei. Warum war ihr das bislang nicht aufgefallen?

»Eine kleine Täuschung hier. Ein kleiner Schwindel da. Und im Handumdrehen haben wir eine ausgewachsene Liebesgeschichte am Hals, Mack. Meinst du, wir kriegen die beiden mit uns zusammen vor den Altar?«

Verstohlen blickte Kim zu Thad. Der starrte sie nur fragend an. Gott sei Dank war auf seinem Gesicht noch immer der Anflug eines Lächelns zu erkennen. Sobald sie die Chance bekam, würde sie ihm die Wahrheit sagen. Die ganze. Wenn Jillie nur aufhören würde, wie ein Wasserfall zu labern …

»Es war anfangs schwierig, die Anwälte zur Zusammenarbeit zu bewegen. Aber ihr wisst ja, wie diese Typen von der Ivy League sind. Für ein paar Dollar machen die alles. Ich kann es mir zwar nicht als Verdienst anrechnen, dass die beiden alten Damen gekniffen haben, aber ich wünschte, ich könnte es. Tut mir leid, dass wir dich anlügen mussten, Thad. Aber sonst hätten Mack und ich dich niemals zu diesem kleinen Abenteuer überreden können. Und ich wollte so gern den ach so Wilden Westen kennenlernen.«

Halt die Klappe, Jillie, betete Kim im Stillen und blickte erneut Thad an. Widerstreitende Gefühle spiegelten sich in seinem Gesicht. Zuerst sah sie Verwirrung. Dann wirkte er ungläubig. Und schließlich starrte er sie aus schmalen Augen an. Seine Wangen waren vor Zorn gerötet.

Er hatte die Sache durchschaut.

»Und was zum Teufel hat das zu bedeuten?« Thad spie die Worte aus, als wären sie Gift.

Jillie warf Kim einen nervösen Blick zu. »Ach, Thad, jetzt mach mal halblang. Das sind doch nur Redensarten.«

»Das kaufe ich dir nicht ab.« Er blickte Mack an. »Was habt ihr drei gemacht?«

Jillie stellte sich vor Mack. »Vergiss es, Thad. Es war nichts. Ich hab nur Lärm gemacht. Du weißt, wie ich bin.« Ratlos blickte sie Kim an.

»Sags ihm, Jillie.« Schlagartig wurde Kim klar, was jetzt zu tun war. Jillie musste Thad die Wahrheit über diesen Wanderritt erzählen. Denn wenn sie es nicht tat, würde er es irgendwann selbst herausfinden und ihr nie wieder vertrauen. »Sags ihm.«

Mack trat vor. »Thad, es war nur Spaß. Reg dich nicht auf.«

Thads Gesichtsausdruck beunruhigte Kim. »Jetzt sagt mir endlich, wovon ihr redet, verdammt noch mal.«

»Äh … okay.« Jillie baute sich vor ihm auf. »Es ist ganz einfach. Mack und ich haben uns ein paar Tage vor dem Ausritt in die Berge kennengelernt. Du weißt schon, der Ritt, bei dem Kim vom Pferd gefallen ist. An jenem Tag hat Mack mir von den beiden alten Damen erzählt, die die Reise abgesagt hatten. Und dann haben wir es so eingefädelt, dass Kim und ich mitkommen konnten. Damit Mack und ich noch Zeit miteinander verbringen konnten. Wir hatten gehofft, dass du dich gut mit Kim verstehst, aber wir haben wirklich nicht geglaubt, dass es so laufen würde. Ihr beide seid total verschieden.«

Jillie starrte Thad an, bis der den Blick abwandte. Auch Kim blickte ihm ins Gesicht. Seine Miene war ausdruckslos. »Weiter.«

»Das wars! Kurz und knapp.«

Mack trat neben Jillie. »Komm, Thad. Wir müssen los.«

»Nein.«

»Aber der Sturm zieht in unsere Richtung …«

»Diese beiden alten Damen waren also nicht eure Großmütter.«

»Nein, natürlich nicht«, platzte Jillie heraus. »Wir kennen sie nicht mal, ist das nicht lustig?« Sie lachte laut, doch das Lachen blieb ihr im Hals stecken, als Thad sie wütend anstarrte.

»Dann habt ihr also alle gelogen.«

»Na ja, sozusagen«, schaltete Mack sich ein. »Aber es war nur, weil …«

»Das heißt, auch Kim wusste nicht Bescheid und ist genauso übertölpelt worden wie …« Thad wirbelte herum. »Wo ist das Geld von der Reise?«

»Geld?«, echote Mack.

Thad trat von einem Bein auf das andere und hob beschwichtigend die Hände. Kims Magen zog sich zusammen. Was hier vor sich ging, gefiel ihr überhaupt nicht. »Ja, verdammt! Das Geld! Wo zum Teufel ist das Geld für die Reise?«

Beruhigend legte Mack seinem Freund die Hand auf den Arm, doch Thad schüttelte sie sofort ab. »Thad, die beiden alten Damen haben schon vor zwei Wochen abgesagt. Ich habe ihnen den Preis erstattet. Damals hatte ich einfach nicht den Mut, es dir zu sagen.«

»Und was ist mit den Anwälten?«

»Die waren echt – bis ich den überheblicheren der beiden bestochen habe, sich an Kim ranzumachen. In der Hoffnung, dass das in dir etwas auslösen würde. Dann hättest du ihm beinahe die Lampen ausgeschaltet, und ich musste den beiden eine Rückzahlung versprechen, weil sie die Reise abbrechen mussten. Sie haben gedroht, uns zu verklagen. Thad, hör mal, es tut mir leid, dir das jetzt sagen zu müssen. Ich wollte es eigentlich tun, wenn wir zurück sind. Es gibt kein Geld.«

Thads Gesicht lief dunkelrot an. Ein langer Moment des Schweigens entstand, niemand wagte es, etwas zu sagen. Thad blickte von Mack zu Jillie, von Jillie zu Kim. Und dann stieg ein glucksendes Lachen tief in seinem Bauch auf und brach sich in schallendem Gelächter Bahn.

Kim starrte ihn an. Was war los mit ihm?

Thad setzte sich auf einen Holzscheit. Seine Schultern bebten, er schüttelte den Kopf und konnte nicht aufhören zu lachen. Dann blickte er Mack ins Gesicht. »Kein Geld?«

Mack schüttelte den Kopf. »Nein, Thad.«

Mit dem Handrücken wischte Thad sich über die Augen. »Perfekt.«

Beinahe hätte Kim die Beherrschung verloren. War Thad verrückt geworden? »*Was* ist perfekt, Thad?«

»Kein Geld«, antwortete er und musste noch immer lachen. »Die ganze Zeit habe ich mich zurückgehalten, versucht, dich nicht zu berühren, nicht mit dir zu reden, dich nicht zu küssen. Und alles nur wegen meiner festen Überzeugung, dass Geschäftsmänner es nicht mit ihren Kundinnen treiben dürfen.« Wieder schüttelte ihn eine Lachsalve. »Die ganze Woche habe ich mich verrückt gemacht und dich auch, und wenn ich gewusst hätte, dass Mack und Jillie sich diese Geschichte ausgedacht haben, dass es gar nicht um Geld ging, dann hätte ich …«

Er hörte auf zu reden, und darüber war Kim froh. Sie wollte nicht, dass Jillie und Mack so genau wussten, was er getan hätte, wenn er früher gewusst hätte, dass sie keine zahlenden Kundinnen waren.

Thad stand auf, ging zu Kim und zog sie an sein heftig schlagendes Herz. »Ich hätte nicht so lange gewartet, um mit dir zu schlafen«, flüsterte er. Mit den Lippen streifte er ihr Ohrläppchen, und plötzlich vergaß Kim, dass sie nicht allein waren. Sie schlang ihm die Arme um den Nacken und hielt ihn fest. »Ich bedaure das zutiefst, Kim«, flüsterte er ihr ins Ohr. »Denn unsere Zeit zusammen war dadurch so kurz, verging so verdammt schnell. Und ich glaube, ich möchte nicht, dass sie je endet.«

Und auch Kim dachte in diesem Moment, dass sie niemals enden sollte.

Kapitel 15

Thad warf einen Blick auf den Fluss, der Hochwasser führte, und fluchte leise. Er hatte erwartet, dass das Wasser hoch stehen würde. Aber nicht so hoch und auch nicht, dass die Strömung so stark sein würde. Auf ihrem Ritt über den Gebirgskamm der Kontinentalen Wasserscheide waren sie an einem Punkt angelangt, an dem der Regen, der in den Tagen zuvor oben in den Bergen niedergegangen war, hinabfloss und die Wasserläufe in der Ebene füllte.

Normalerweise wäre er deswegen nicht besorgt gewesen. Er hatte das Gebiet schon zuvor mit unerfahrenen Reitern durchquert, aber Kim … Er war einfach nicht sicher, ob sie damit fertig werden würde.

Doch vielleicht verhielt er sich auch übermäßig beschützend.

Schweigend dachte er über seine Zwickmühle nach. Sie konnten den Fluss schräg, fast parallel zur Strömung überqueren. Doch sein Instinkt sagte ihm, dass sie mit den Pferden direkt hindurchschwimmen mussten. Wenn es so war, würde er Kim zu sich aufs Pferd nehmen und Sunshine den Fluss zusammen mit den Maultieren überqueren lassen. Die Stute war erfahren genug. Sie würde wissen, was sie zu tun hatte.

»Soll ich hineingehen und prüfen, wie tief es ist?« Macks Frage holte ihn aus seinen Grübeleien. Thad blickte nach rechts. Die Frauen und die Maultiere waren nach wie vor hinter ihnen.

Thad schüttelte den Kopf. »Wir haben den Fluss oft genug überquert, um zu wissen, dass wir schwimmen müssen. Mir macht eher die starke Strömung Sorge.«

»Wir werden zurechtkommen. Jillie weiß, wie sie sich verhalten muss, und Kim wird sich schon durchschlagen.«

Panik stieg in Thad auf. »Glaubst du?«

Mack grinste. »Klar. Sie schafft das schon.« Mack ritt zu den Frauen zurück, und Thad folgte ihm. Er bezweifelte, dass Kim es schaffen würde. Sein eigener Plan gefiel ihm besser.

Wieder bei den anderen drei Pferden und den vier Maultieren angelangt, blieb er erneut stehen und versuchte, die Lage einzuschätzen.

»So, furchtloser Held, was ist nun dein Plan?«, fragte Kim schließlich ironisch.

Mein Plan ist, uns alle heil zur Ranch zurückzubringen. Und dann würde er tun, was in seiner Macht stand, um Kim davon zu überzeugen, ihrer Beziehung mehr Zeit zu geben. Vielleicht für immer.

»Der Plan ist folgender.« Er sah alle drei prüfend an und ließ den Blick schließlich auf Kim ruhen. »Der Fluss führt mehr Wasser, als mir lieb ist, aber wir müssen übersetzen, und das hier ist die beste Stelle. Also werden wir es tun.« Er zögerte einen Augenblick und betrachtete Kims eifrige Miene. »Hört mir genau zu. Wir reiten ins Wasser, bis es in Schenkelhöhe steht. Dann rutschen wir von den Pferden und ins Wasser. Wenn das Pferd schwimmen muss, schwimmen wir neben ihm. Tatsächlich dienen unsere Körper als zusätzliche Hebel, damit die Pferde über Wasser bleiben. Ihr werdet nass werden, aber so ist die Überquerung sicherer für Pferd und Reiter. Danach können wir die Kleider wechseln.«

Er blieb stehen und blickte Kim ins Gesicht. Nicht die Spur von Besorgnis war darin zu erkennen. Er beschloss, einen Vorstoß zu wagen. »Allerdings möchte ich, dass du auf meinem Pferd reitest,

Kim. Ich führe uns hinein, und wenn du ins Wasser tauchst, bin ich direkt neben dir. Sunshine hat den Fluss schon hundertmal durchquert. Ihr geht es gut bei den Maultieren.«

Kims Gesichtsausdruck verfinsterte sich. Er beachtete sie nicht weiter und lenkte sein Pferd zum Fluss.

»Warte mal, Thad.« Sie blieb stehen. »Ich verstehe nicht, warum ich auf deinem Pferd reiten soll. Stimmt etwas nicht mit Sunshine?«

»Nein, wie gesagt, sie hat das schon hundertmal gemacht.«

»Ach, dann stimmt also etwas mit mir nicht, oder? Du glaubst, ich schaffe es nicht, oder?«

Aber so war es nicht. Er wollte sie nur in seiner Nähe haben und sichergehen, dass sie gut über den Fluss kam.

»Machst du das immer so mit unerfahrenen Reitern oder nur mit mir? Ich will es wissen, Thad.«

Er seufzte. »Tatsächlich mache ich das sonst immer so mit Kindern. Die meisten Erwachsenen können sich um sich selbst kümmern, aber in diesem Fall …«

Wut kochte in ihr hoch, und ihre Augen feuerten Blitze ab. »… in diesem Fall hast du das Gefühl, dass ich es nicht schaffe, und deshalb behandelst du mich wie ein Kind.«

»Darum geht es nicht, Kim.«

Sie gab ihrem Pferd leicht die Sporen und ritt nun neben Thad. »Worum geht es dann?«

Er senkte die Stimme. »Kim, ich will nicht, dass dir etwas passiert, okay? Manchmal scheuen die Pferde. Manchmal verheddern sich die Hufe in den Zügeln oder in Ästen, die im Wasser liegen. Manchmal ist es schwer, über den Fluss zu kommen, wenn die Strömung so stark ist. Ich will dich nur in meiner Nähe haben, damit ich dir helfen kann, falls du in Schwierigkeiten gerätst.«

Ihr Blick verriet ihm, dass sie nicht überzeugt war. »Aber was ist mit Jillie? Hast du ihr gesagt, dass sie auf Macks Pferd reiten und in seiner Nähe bleiben soll?«

»Jillie hat ihren eigenen Kopf, Kim. Sie kann tun und lassen, was sie will.«

Sie riss die Augen auf. »Auch ich habe meinen eigenen Kopf und kann tun und lassen, was ich will.«

»Du tust, was ich dir sage.« Allmählich lief die Sache aus dem Ruder. Verstand sie nicht, dass er es zu ihrem eigenen Besten tat? »In meiner Nähe bist du sicher.«

»Der beste Ort für mich ist da, wo ich sein will. Ich reite auf Sunshine hinüber. Ich vertraue ihr und werde es allein machen.«

Panik erfasste ihn. Er musste ihr das ausreden. »Kim, du hast keine Ahnung von den Gefahren.«

Sie drängte das Pferd näher zu ihm. »Ich sag dir mal, wovon ich keine Ahnung habe. Ich glaube, ich weiß dich nicht halb so gut einzuschätzen, wie ich geglaubt habe. Du vertraust mir nicht, du glaubst, ich bin nicht fähig, dasselbe zu tun wie die anderen, und du kannst dir nicht vorstellen, dass ich in deiner Welt klarkomme. Stimmts, Thad?«

Ihre Worte trafen ihn wie ein eisiger Windstoß aus dem Norden. Ging es wirklich nur darum? Hatte er solche Angst, sie zu verlieren? So viel Angst, sie könnte nicht zu seinem Lebensstil passen, dass er glaubte, sie verhätscheln und in seiner Nähe behalten zu müssen? Damit sie nicht zu dem Schluss kam, dass dieses Leben einfach zu hart war für eine Lady wie sie?

Vielleicht war es so. Aber er wollte verflucht sein, wenn er sie das merken ließ.

»Es ist gefährlich, einen Fluss zu überqueren, der nach dem Regen Hochwasser führt. Sogar für jemanden, der das schon oft gemacht hat, so wie ich. Es tauchen immer unerwartete Schwierigkeiten auf, mit denen man klarkommen muss. Und wer noch nicht sehr lange mit Pferden umgeht, braucht jemanden an seiner Seite, der dafür sorgt, dass er sicher hinüberkommt.«

»Unsinn! Nichts als Ausreden, Thad. Gibs zu, du glaubst einfach nicht, dass ich es schaffe!«

Sie hatte recht, er glaubte nicht daran. Vielleicht wäre es das Beste, es offen zu sagen. *Nein, Kim, ich glaube es nicht. Ich glaube nicht, dass du es schaffst. Weder den Fluss zu überqueren noch in meiner Welt zu leben. Es ist ein hartes Leben. Schwere Arbeit. Und ich müsste dich ständig verzärteln und verwöhnen, genau wie jetzt. Es funktioniert einfach nicht. Sieh den Tatsachen ins Gesicht. Das mit uns kann nicht gut gehen.*

Schlagartig wurde ihm klar, dass sie über viel mehr redeten als darüber, wie sie den Fluss überqueren sollte. Sie sprachen über ihr gemeinsames Leben. Und ihrem Gesichtsausdruck nach zu urteilen, wusste Kim das genauso gut wie er.

★

Kim versuchte, den Schmerz hinunterzuschlucken, der ihr die Kehle zuschnürte. Thads Augen funkelten so durchdringend, dass sie zu zittern begann. Nun warf er sie also weg wie einen alten Schuh. Sie versuchte, gleichgültig zu wirken, ballte die Fäuste und nahm all ihre Kraft zusammen. »Ich weiß, warum du das machst, Thad. Du bist unsicher, weil ich in ein paar Tagen wegfahre. Darum gehts, hab ich recht?«

Er tat so, als machte er sich über ihre Worte lustig. Doch Kim spürte, wie beklommen er war. »Ich weiß nicht, wovon du redest.«

»Oh doch, das weißt du«, widersprach sie. »Wenn du mich jetzt abweist, bleibt es dir später erspart. Und es tut nicht so weh wie ein richtiger Abschied. Stimmts?«

»Kim, darum geht es nicht.«

»Worum dann?«

»Das habe ich dir schon gesagt. Ich will, dass du in Sicherheit bist.«

»Du willst mich hier rausbringen, weil du Angst hast, dass ich mit der Situation nicht fertigwerde.«

Er nickte. »Ja! Okay! Du hast recht! Ich habe Angst, dass du nicht damit fertigwirst, Kim. Verdammt, ja, ich habe Angst.« *Und ich befürchte, nicht damit fertigzuwerden, mich von dir zu verabschieden. Vielleicht ist es besser so.*

»Also gut, wenn du das denkst, dann gibt es für mich keinen Grund, noch länger hier herumzuhängen. Dann gehe ich dir eben jetzt sofort aus den Augen.«

»Gut.« Herausfordernd blickte er sie an.

Ohne den Schmerz in ihrer Brust zu beachten, setzte Kim sich aufrechter in den Sattel und blickte Thad ein letztes Mal an. »Zeig mir, wo es zum Elk Park geht«, befahl sie. »Ich mache mich sofort auf den Weg. Dann musst du keine Angst mehr haben, Thad, denn dann bin ich bereits weg.«

Er zögerte keine Sekunde. Nicht einmal ein Anflug von Bedauern zeigte sich in seiner Miene. Er glaubte nicht, dass sie es durchziehen würde. Gut, sollte sie ihm das Gegenteil beweisen. Ihm zeigen, wie fähig sie tatsächlich war, und dass sie sich sehr gut in seiner Welt zurechtfinden konnte, wenn sie es wollte.

Er deutete nach Westen. »Immer der Sonne nach. Kannst ihn nicht verfehlen.«

»Gut.« Kim umfasste die Zügel fester und drückte dem Pferd die Fersen in die Flanken. Ohne über die Folgen nachzudenken, trieb sie das Tier an, bis es in Trab verfiel und am Fluss entlang nach Westen lief. Sie wagte nicht, sich umzublicken.

Sie glaubte, Jill rufen zu hören, doch die Worte verklangen rasch. Alles Mögliche ging ihr durch den Kopf. Und wenn sie zu viel darüber nachdachte, drehte sie womöglich um und machte sich selbst zum Narren. Auf keinen Fall. Ein einziges Mal in ihrem Leben handelte sie spontan. Und sie würde verdammt noch mal das Beste daraus machen … oder es jedenfalls mit allen Mitteln versuchen. Sie musste ihm beweisen, dass sie allein überleben konnte, wenn sie es sich in den Kopf gesetzt hatte.

★

In den vergangenen zwei Stunden hatte Thad sich selbst mit allen möglichen Schimpfwörtern belegt. Warum er so viel Zeit damit verschwendet hatte zu glauben, dass sie zurückkommen würde, konnte er selbst nicht mehr verstehen. Genauso wenig wie die Tatsache, dass er sie beleidigt und aus seinem Leben gejagt hatte.

Wo zum Teufel ist sie?

Anfangs hatte er fest daran geglaubt, dass sie keine fünf Minuten nach ihrem Aufbruch wieder bei ihm angekrochen kommen würde. Später dachte er, sie würde beim ersten Donnergrollen umdrehen. Oder wenigstens, wenn der erste Blitz in der Ferne über den Himmel zuckte. Verflixt, er hätte nie damit gerechnet, dass sie sich allein auf den Weg machen würde.

Aber er war ein Idiot gewesen. Ein Dummkopf. Wie konnte er nur so mit ihr umgehen? Er wollte sie beschützen, doch am Ende hatte er sie behandelt wie ein Kind. Und sie hatte so reagiert, wie Kim eben reagierte.

Ohne nachzudenken.

Er hatte es nicht mit einem Durchschnittsmenschen zu tun, der tat, was von ihm erwartet wurde. Er hatte es mit Kim zu tun. Also hätte er mit allem rechnen müssen.

Sie meinte, was sie sagte. Sie würde tatsächlich versuchen, sich zum Elk Park durchzuschlagen. Ganz allein. Dann würde sie nach Kentucky zurückkehren – und aus seinem Leben verschwinden.

Verdammt, vermutlich schaffte sie es sogar. Und dann würden sie sich beide für den Rest ihres Lebens elend fühlen.

Er hatte sich so davor gefürchtet, sie zu verlieren, dass er alles vermasselt hatte. Und sie musste beweisen, dass sie im Recht war. Ihm beweisen, dass sie allein in der Wildnis zurechtkam. Schlimmer noch: Wenn er sie fand und sie zur Ranch brachte, würde sie sich darüber freuen? Oder würde es sie nur in ihrer Annahme bestätigen, dass er ihren Instinkten nicht vertraute? Dass er ihr nicht zutraute, hier draußen klarzukommen. Allein.

Doch der Gedanke, dass sie allein in dieser gottverlassenen Wildnis umherirrte, ließ ihm keine Ruhe. Er musste sie finden. Sie hatte keine Ahnung von den Gefahren, die da draußen lauerten. Und er würde nicht damit leben können, es nicht wenigstens versucht zu haben. Wenn er sie fand und sie ihm das übel nahm, dann musste er mit den Konsequenzen zurechtkommen. Es war ihm lieber, wenn sie am Leben und in Sicherheit war, als in Schwierigkeiten, weil er nicht einmal versucht hatte, ihr zu helfen.

Er riskierte lieber, sie zu verlieren, als ihr nicht zu folgen.

Etwa eine Stunde zuvor war der Sturm abgeflaut. Noch hatte er sich nicht auf ihre Fährte gesetzt. Er wusste, die vom Regen aufgeweichte Erde zeigte ihm problemlos Hufabdrücke ihres Pferdes, wenn er auf ihre Spur stieß. Mehr würde er nicht brauchen, um sicherzugehen, dass er in die richtige Richtung ritt. Im Stillen betete er, dann murmelte er unzusammenhängendes Zeug vor sich hin, während er mit scharfem Blick nach irgendeinem Zeichen, einem Hinweis dafür Ausschau hielt, dass sie vor ihm auf diesem Weg gewesen war.

Das Herz schien ihm in der Brust zu zerspringen, und das Blut in seinen Adern brannte vor Furcht und Reue. Warum hatte er all das nur gesagt?

Warum hatte er ihr gesagt, dass er befürchtete, sie würde es nicht auf die Reihe kriegen?

Ruckartig brachte Thad das Pferd zum Stehen und streckte den schmerzenden Rücken. Es war sinnlos, darüber nachzudenken. Sie würde ihn verlassen, so viel war sicher, egal wie aufrichtig er sich entschuldigte. Er hatte ihr Vertrauen enttäuscht, das Band zwischen ihnen zerrissen, und wenn er sie fand, würde er ihr einfach erklären, wie dumm und unvollkommen er war. Dann würde er sie in Sicherheit und auf die Ranch bringen, wohin er Mack und Jillie vor wenigen Stunden bereits geschickt hatte.

Er war sicher, dass sich das Blatt nicht mehr zu ihren Gunsten wenden würde.

Aber auf keinen Fall durfte sie den Kampf mit der Wildnis aufnehmen. Niemals würde er sie dort draußen lassen, hilflos und allein. Obwohl es dumm von ihr gewesen war, einfach so abzuhauen. Tief in seinem Herzen wusste Thad, dass er ihr keine Wahl gelassen hatte und er für alles verantwortlich war, was dort draußen mit ihr geschah.

Sein cremefarbenes Pferd wieherte leise, und Thad betrachtete aufmerksam den Boden vor sich. Vor Erleichterung seufzte er und schickte ein Stoßgebet gen Himmel. Vor ihm im Schlamm kreuzten Hufabdrücke seinen Weg.

Ein Angstschauer lief ihm über den Rücken. Die Abdrücke führten direkt in den Fluss.

★

Wie ein eisiges Gespenst kroch die Kälte Kim in die Knochen. Seit mehr als zwei Stunden war es das Erste, was sie bewusst wahrnahm. Tatsächlich wusste sie nicht genau, wie viel Zeit vergangen war, seitdem sie wie eine Verrückte von Thad fortgeritten war.

Sie hob den Kopf und blickte sich um. Dunkelheit, Wind und Regen umgaben sie von allen Seiten. Vor einer halben Stunde war der Sturm im Tal wieder aufgekommen, hatte den Himmel verdunkelt und den Bergen ein unheimliches Aussehen verliehen. Sie hielt gerade lange genug an, um in den Satteltaschen nach ihrem Regenmantel zu suchen. Sie zog ihn an und zerrte sich die Kapuze über den Kopf, um ihren Nacken vor Nässe und Kälte zu schützen. Dann breitete sie den langen Mantel über ihren Beinen und dem Rumpf des Pferdes aus und hoffte, dass der größte Teil des Wassers ablaufen und sie und das Pferd einigermaßen trocken bleiben würden.

Die Mühe war vergebens. Der Wind war inzwischen wieder kräftig aufgefrischt, blies ihr den Regen in waagerechten Böen ins Gesicht und ließ den Regenmantel von ihren Beinen flattern. Doch sie trieb das Pferd weiter an. Als sie kurz darauf unter der Kapuze hervorspähte, sah sie den Waldrand vor sich.

Noch immer auf dem Rücken des Pferdes, aber geschützt durch die Äste der Kiefern, bliebe sie nun trocken. Doch sie fürchtete sich vor erneuten Blitzen, die sie aus dem Wald vertrieben, sodass sie sich einen neuen Schutz suchen musste.

Sie wusste nicht, wie lange sie dort gesessen hatte. Das Pferd schien es nicht besonders eilig zu haben, wieder aufzubrechen, und wenn sie ehrlich sein sollte, wollte auch sie den Schutz der Bäume nicht verlassen. So saß sie da, während der schneidende Wind hin und wieder Regentropfen durch die Kiefernäste trieb, die ihr über Rücken, Gesicht und Hände peitschten. Und sie weinte.

Sie wusste, dass sie laut schluchzen und schreien konnte, ohne dass jemand sie hörte. Sie wusste, sie konnte nach Herzenslust jammern und klagen, doch es würde ihr nicht das Geringste nützen. In diese missliche Lage hatte sie sich selbst gebracht. Sie würde sich auch selbst daraus befreien. Und sie wollte eigentlich nicht weinen, doch der Gefühlssturm der letzten Stunden war Grund genug für Tränen. Also ließ sie sie einfach über ihr Gesicht laufen und sich mit dem Regen vermischen, während ihr Klagen vom Grollen eines weit entfernten Donners geschluckt wurde. Und nach einer Weile fühlte sie sich viel besser. Zwar hatte sie noch immer keinen blassen Schimmer, wohin sie eigentlich ritt, aber es ging ihr besser.

Als der Sturm endlich vorüber war und Sonnenstrahlen sogar in den dichten Wald drangen, beschloss sie, dass es an der Zeit war, weiterzureiten. Wenn ihr jemand gefolgt sein sollte, hatte sie auf jeden Fall einen gewissen Vorsprung, doch sie fürchtete, dass es vielleicht nicht genug war. Sie musste diese Sache unbedingt durchstehen. Allein. Wenn sie in den letzten Tagen eins gelernt hatte, dann war es, dass sie zu sehr viel mehr imstande war, als sie geglaubt hatte. Dass sie sich etwas in den Kopf setzen und es durchziehen konnte – ohne Jillies Unterstützung. Sie schaffte es allein.

Und genau das würde sie jetzt tun. Sie würde Thad, Jillie und jedem anderen da draußen, der glaubte, Kim Martin sei aus Zucker, zeigen, wie sehr sie sich irrten. Kim Martin war aus einem viel härteren Holz geschnitzt. Und das würde sie ihnen ein für alle Mal beweisen.

Es gab nur ein Problem. Sie musste erst einmal diesen verfluchten Fluss überqueren.

Seit nahezu einer Stunde war sie dem Flusslauf gefolgt und nicht vom Ufer gewichen, bis sie schließlich Unterschlupf suchen musste. Es hatte also nicht lange gedauert, bis sie wieder am Ufer war. Jetzt blieb ihr nichts anderes übrig, als ins Wasser zu reiten, dem Pferd und ihren Instinkten zu vertrauen – und zu beten.

Genau das tat sie. In dieser Reihenfolge.

Sunshine strauchelte, doch sie hielt den Kopf hoch und trug Kim direkt in das strömende Wasser. Als der Wasserspiegel anstieg und sie spürte, dass Sunshine sich unbehaglich zu fühlen begann, ließ sie sich seitlich herab, doch nicht ohne sich an Thads Warnung zu erinnern, dass die Beine des Tieres sich in den Zügeln verfangen konnten. Schnell band sie die Zügel um das Sattelhorn, ergriff sie mit einer Hand und hielt sich mit der anderen an dem Knauf fest.

Eiskaltes Wasser spritzte ihr ins Gesicht und ließ sie frösteln, während das Pferd vertrauensvoll weiter in den Fluss ging. Kim dachte nicht darüber nach, was sie tat. Sie schwamm einfach neben Sunshine her und hoffte, dass sie das Wasser überquerten, anstatt den Flusslauf hinunterzutreiben. Das Wasser brach sich am Körper des Pferdes, der sie vor der Kraft der Strömung schützte, und bevor sie es sich versah, fühlte sie wieder steinigen Boden unter ihren Füßen und führte das Pferd ans trockene Ufer.

In diesem Augenblick durchströmte sie ein Gefühl freudiger Erregung, und sie legte Sunshine die Arme um den Hals. Es ging ihr nicht darum zu beweisen, dass Thad sich irrte. Nein. Sie wollte nur beweisen, dass sie recht hatte. Sie wollte in dem Wissen nach Hause fahren, dass sie auf diesem Wanderritt alles gegeben hatte.

★

Auf den nächsten Meilen erlaubte Kim der Stute, sich selbst den Weg durch das Gelände zu suchen, während sie weiteren Regenschauern auswichen. Sie hoffte, dass wenigstens das Pferd wusste, in welche Richtung sie sich bewegten. War es hier schon einmal gewesen? Kannte es den Weg zum Elk Park vielleicht auswendig, so wie das Pferd eines Rangers?

Kim beschloss, dass sie sich darauf nicht verlassen konnte. So sehr sie Sunshine auch vertraute, sie musste dennoch auf Zeichen achten, die ihr helfen konnten, die Stute in die richtige Richtung – nach Hause – zu lenken.

Nach dem Regen war die Luft in den Bergen frisch und klar. Der Sturm war über die Gebirgskette hinweggefegt und zog nur noch kurze Regenschauer nach sich. Kim brachte Sunshine zum Stehen, schob sich die Kapuze vom Kopf, blickte sich um und überlegte, wo sie sich befand.

Hinter ihr ragten die Berge vor dem dunklen Himmel auf. Plötzlich bemerkte sie, dass sie sich auf einem abschüssigen Pfad befand. Rasch blickte sie sich um. Rechts von ihr in der Ferne sah sie einen Fluss, der einen Berg hinunterfloss. Die Kontinentale Wasserscheide. Offensichtlich hatten sie sie überquert und bewegten sich nun nach Westen! Hoffentlich stimmte die Richtung zum Elk Park.

Ein leiser Schauer überlief sie, und auf ihren Lippen lag die Andeutung eines Lächelns.

»Okay«, sagte sie leise zu dem Pferd und zu sich selbst. »Was hat Thad mir neulich erzählt?«

Es gab einen neuen Hoffnungsschimmer. »Der Colorado Trail«, stellte sie sachlich fest. »Ich muss nur der Sonne folgen und nach dem Trail suchen. Er müsste mich direkt zum Elk Park führen.«

Kim lächelte. Sehr viel mutiger als noch eine Stunde zuvor trieb sie das Pferd voran und hielt nach irgendeinem Anzeichen für den Weg Ausschau, der sie hier herausführen würde. Vielleicht war das ihre einzige Rückfahrkarte.

Kapitel 16

Kim stand inmitten eines Wasserfalls. Sie erfreute sich am Klang des plätschernden Wassers und am Anblick der wie Diamanten funkelnden Tröpfchen, die vom Felsgestein abprallten. Der kleine Fluss schien zugleich direkt vor ihr her und um sie herum zu fließen. Lächelnd ließ sie sich aus dem Sattel gleiten, hielt die Zügel lose in der Hand und führte die Stute näher ans Ufer, damit sie trinken konnte.

Das Pferd trank, und Kim nahm ihre Feldflasche aus der Satteltasche. Nach einem kräftigen Schluck steckte sie die Flasche an ihren Platz zurück und faltete den inzwischen getrockneten Regenmantel zusammen, den sie ebenfalls wieder in die Satteltasche packte. Danach atmete sie tief die frische, saubere Luft ein und betrachtete die atemberaubende Schönheit der Berge.

Nachdem der Sturm sich verzogen hatte, konnte sie nun die wundervolle Landschaft und die Unberührtheit der Bergwelt genießen. Zum ersten Mal verspürte sie keinerlei Eile, nach Kentucky zurückzukehren. Die Berge von Colorado faszinierten sie, und der Gedanke an die Heimkehr legte sich wie ein trüber Schleier auf die Landschaft.

Merkwürdig, wie schnell Thad zu einem Teil ihres Lebens geworden war. Tatsächlich hatte er sich sehr dagegen gewehrt, genau wie sie selbst, doch es kam ihr vor, als hätten sie ihr ganzes Leben miteinander verbracht. Natürlich war ihr Abschied am Ende der Reise allgegenwärtig. Doch das spielte keine Rolle mehr.

Jetzt musste sie darüber nachdenken, wie sie hier herauskommen sollte, um in ein paar Wochen zu ihren Schülern, den Treffen der Junior League und ihrer zweiwöchentlichen Maniküre zurückzukehren. Endlich würde sie wieder im Einkaufszentrum shoppen und zwanglos mit Freunden zum Dinner ausgehen. Ganz zu schweigen von den Essen bei ihrer Mutter nach den sonntäglichen Kirchgängen.

Kim schloss die Augen. Wie war ihr Leben so alltäglich geworden? So oberflächlich? So … unecht?

Sie schüttelte diese Gedanken ab und betrachtete aufmerksam den Himmel im Westen. Vor ihr ging schnell die Sonne unter. Orange- und pinkfarbene Strahlen durchdrangen die Abenddämmerung. Die Bäume glänzten wie tiefgrüne Smaragde. Bäche und Wasserfälle strömten lebhaft vorüber. Der Abend war frisch und klar und schien nach ihr zu rufen. Er sprach auf eine Weise zu ihr, dass sie beinahe das Gefühl hatte, Mutter Natur würde sie verstehen, wenn sie antwortete.

»Das hier ist weder alltäglich noch oberflächlich noch unecht«, flüsterte sie und suchte mit dem Blick die Umgebung ab. »Das hier ist echt.« Ein kleines Kaninchen huschte unter einem Gebüsch hervor und erschreckte Kim. Sie sprang auf, dann lachte sie. »Ich bin auch echt.«

Sie seufzte vor Erleichterung und stand auf. Sie dachte über das nach, was ihr gerade durch den Kopf gegangen war, unsicher, zu welchen Schlussfolgerungen es führen würde. Sie wusste nur, dass sie diesen Ort vermissen würde.

Kim ging zu ihrem Pferd. Der Abendhimmel war nun, nachdem der Sturm sich gelegt hatte, wolkenlos, doch die Luft hatte sich deutlich abgekühlt. Ihre Kleidung war noch immer ein wenig feucht, und sie sehnte sich nach einer dickeren Jacke oder einem Sweatshirt. Notfalls musste sie wieder in den Regenmantel schlüpfen, denn der würde sie ein wenig gegen die Kälte schützen.

Die Abendstimmung verzauberte sie. Wenn sie nicht gewusst hätte, dass sie bald irgendwo ihr Lager aufschlagen musste, hätte sie sich zu gern auf einen Felsen mitten zwischen den Wasserfällen gelegt und einfach zugesehen, wie die Sonne über den Horizont glitt. Doch das war nicht möglich. Sie musste irgendwo Schutz suchen. Und sie hatte bereits zu lange gewartet.

Also schob sie den Fuß wieder in den Steigbügel, schwang sich in den Sattel und führte das Pferd vom Ufer weg. Nachdem sie die Stute die kleine Anhöhe hinaufgetrieben hatte, die sie zuvor hinuntergeritten waren, sah sie links von sich eine Felsgruppe. Komisch, dass sie die zuvor nicht bemerkt hatte. Als sie sich der Stelle näherte, kroch ihr ein merkwürdiges Gefühl über den Rücken. Die Felsen waren übereinander gestapelt, als handelte es sich um ein Grab aus der Jungsteinzeit.

Ein Steinhaufen! Eine Markierung auf dem Colorado Trail? Aufgeregt ließ sie den Blick über den Pfad schweifen, der in den Wald hineinführte, und ihr Herzschlag beschleunigte sich. Sie hatte den Colorado Trail gefunden! Und der führte definitiv nach Westen. Hoffentlich waren es nun bis zum Elk Park nur noch wenige Stunden.

Doch heute Abend konnte sie nicht mehr weiterreiten. Ihr dringendstes Bedürfnis hieß Unterschlupf. Und den würde sie nur finden, wenn sie dem Pfad in den Wald hineinfolgte und hoffte, dass es irgendwo einen Platz gab, an dem sie sicher genug war, um den Schlafsack für die Nacht auszurollen.

Als sie den Weg hinunterritt, merkte sie, dass sie sich nicht fürchtete. Sie hatte sich im Griff, ja, sie genoss sogar die schöne, friedliche Wildnis, die sie umgab.

Vielleicht hätte sie sich fürchten sollen. Doch nachdem der anfängliche Schock über ihre unüberlegte Entscheidung abgeklungen war und sie den Fluss überquert hatte, war die Furcht von ihr abgefallen. Sie war einem Selbstvertrauen gewichen, das sie nie zuvor empfunden hatte.

Und das war ein wundervolles Gefühl.

Das Einzige, was ihre ansonsten fröhlichen Gedanken trübte, war die Art, wie sie und Thad auseinandergegangen waren. Sie hätte es gern anders gehabt, doch vielleicht sollte es einfach nicht sein. Wenn er eine Person in ihr sehen könnte, mit der er sein Leben teilen konnte, anstatt sie vorm Leben beschützen zu müssen, dann hätte es zwischen ihnen klappen können. Doch solange er glaubte, sie verhätscheln zu müssen, konnte es einfach nicht funktionieren.

Sie musste es zum Zug schaffen. Und zwar allein. Vielleicht war das der einzige Lichtblick der ganzen Reise. Es war das, was sie mitnehmen und woran sie sich für den Rest ihres Lebens erinnern würde. Und daran, wie sie Thad geliebt hatte, so bittersüß es auch war.

Vielleicht würde sie eines Tages ihren Enkelkindern davon erzählen! Na ja, das meiste jedenfalls. Falls sie jemals Enkelkinder hätte.

Innerhalb einer halben Stunde war es im Wald so dunkel geworden, dass sie nicht weiterreiten konnte. Der schmale Pfad wand sich zwischen unzähligen Bäumen hindurch, und sie suchte nach einer kleinen Lichtung, wo sie und das Pferd sich ausruhen konnten, doch es schien keine zu geben.

Sie ritt weiter. Behutsam suchte sich das Pferd in der Dunkelheit seinen Weg. Sie kamen nur langsam voran, und Kim wurde klar, dass sie so oder so bald anhalten mussten. Noch ein Stück des Wegs, und sie würde auf wenige Meter nichts mehr erkennen. Sie durfte nicht riskieren, dass das Pferd ausrutschte und in die Tiefe stürzte.

Endlich sah sie eine Lücke zwischen den Bäumen und lenkte die Stute müde nach rechts. Als sie unter dem Schirm des Waldes hervor in die Nacht ritt, sah sie über sich die Sterne funkeln, und der Vollmond schien auf die Lichtung herab. Unsicher, was sie tun sollte, saß sie ab und schnallte im Mondlicht ihren Schlafsack ab, der hinter dem Sattel befestigt war. Sie führte das Pferd an den Rand der Lichtung und band die Zügel an einen tief hängenden Ast.

Der Ruf eines Vogels erscholl aus dem Baum über ihr, und Kim erstarrte. Eine Weile stand sie reglos da und wartete, doch es war nichts mehr zu hören. Das Letzte, was ihr Sorgen machen sollte, beschloss Kim, war der Schrei einer Eule, die den Anspruch auf ihr Revier geltend machte. Irgendwo im Hinterkopf jedoch hegte sie noch andere Bedenken, was das Schlafen unter den Sternen betraf. Kleine Sorgen wie Schlangen und Nagetiere, und größere wie Hirsche und Bären. Wenn sie nahe bei ihrem Pferd blieb, würde die Stute sie hoffentlich vor nahenden Gefahren warnen. Und sie hoffte, dass das Pferd nicht auf ihr herumtrampeln würde, wenn es versuchte, vor diesen Gefahren zu fliehen.

Irgendwie musste sie die Nacht überstehen.

Kim nahm den Regenmantel aus der Satteltasche und breitete ihn auf dem Boden aus, die wasserabweisende Außenseite nach unten. Hoffentlich würde der Mantel dafür sorgen, dass keine Feuchtigkeit vom Boden in ihren Schlafsack eindringen und sie frösteln lassen würde. Dann legte sie den Schlafsack darauf. Rasch durchwühlte sie die Satteltaschen nach weiteren Dingen, die ihr nützlich sein konnten, doch sie fand nur ein Fernglas und die Hälfte eines Müsliriegels. Das Sandwich, den Apfel und die andere Hälfte des Riegels hatte sie im Laufe des Tages bereits gegessen. Sie erwog, den Riegel fürs Frühstück aufzuheben, doch dann überlegte sie, dass ihr Körper Nahrung brauchte, um sie die Nacht hindurch warmzuhalten. Und morgen würde sie vielleicht früh genug die Abzweigung zum Elk Park erreichen, um sich dort etwas zum Lunch zu kaufen.

Hoffentlich.

Die Stute wieherte leise und warf den Kopf zurück. Reglos stand Kim neben ihr und lauschte aufmerksam. Hatte das Pferd etwas gehört? Etwas gewittert?

Stille senkte sich auf ihr provisorisches Lager. Nachtvögel zwitscherten über ihr in den Bäumen, und in der Ferne vernahm sie ein schwaches Heulen. Sie ließ den Blick über die kleine Lichtung schweifen und versuchte, ungewöhnliche Bewegungen zu entdecken. Wachsam lauschte sie auf Geräusche, die Gefahr bedeuten konnten. Notfalls war sie bereit, sich sofort Schlafsack und Regenmantel zu schnappen und erneut aufzusitzen.

Doch einen Augenblick später senkte das Pferd wieder den Kopf und graste friedlich. Kim entspannte sich. Mit dem Müsliriegel in der Hand kuschelte sie sich tief in den Schlafsack und zog den Reißverschluss fast bis zu den Ohren hoch.

Sie seufzte und spürte, wie die Spannung von ihr abfiel und ihr die Lider schwer wurden. So nervös sie war, weil sie draußen übernachtete, so müde war sie auch. Und als sie gerade hinüberzudämmern glaubte, hob die Stute wieder den Kopf und wieherte warnend.

Von weiter unten auf dem Pfad antwortete ihr ein Artgenosse.

Ein anderes Pferd? Menschen?

Doch die Freude des Augenblicks wurde gleich darauf gedämpft, als sich Panik wie ein Stein auf ihren Magen legte. Was für ein Mensch mochte das sein, der zu nachtschlafender Zeit mit dem Pferd in dieser Wildnis unterwegs war? War es jemand, dem sie vertrauen konnte? Sie war nun in jeder Hinsicht verletzlich und jedem, der sich dort draußen herumtrieb, schutzlos ausgeliefert.

Erneut wieherte ihr Pferd, und das andere antwortete. Lauter. Näher.

Kim fuhr hoch und zog sich den Schlafsack bis unter das Kinn. Auf einmal zitterte sie. Wieder ein Wiehern. Noch ein Echo.

»Kim!«

Verblüfft erkannte sie seine Stimme.

Thad? Eine kleine Ewigkeit lang überlegte sie, wie er sie gefunden hatte und was das für sie bedeutete. Er machte ihr alles kaputt. Sie musste es allein schaffen. Sollte sie ihm antworten? Oder sollte sie ihn einfach vorbeiziehen lassen?

Noch einmal wieherten die Pferde.

»Kim!« Seine Stimme klang verzweifelt. »Bist du da draußen?«

Sie zögerte noch eine Sekunde.

»Hier drüben, Thad«, antwortete sie zaghaft. Es war sinnlos, ihn ziellos in der Dunkelheit umherlaufen zu lassen, wo er sich selbst und sein Pferd in Gefahr bringen konnte.

Er kam auf die Lichtung geritten, und im Mondlicht sah Kim das cremefarbene Pferd. Sie stand auf. »Wo bist du?«, rief er.

»Hier drüben«, rief sie zurück, bereit, einzulenken. In Sekunden standen Pferd und Reiter direkt vor ihr. Rasch saß er ab.

Sie ließ ihm keine Chance, als Erster das Wort zu ergreifen. »Was machst du hier?«, zischte sie und empfand noch immer einen Rest Groll.

»Dir die Haut retten. Das war wirklich riskant und dumm von dir.«

»Es war nicht riskant. Und mir geht es gut, du kannst also einfach wieder gehen.«

»Oh nein. Ich bleibe hier.«

Missmutig verzog Kim den Mund. »Geht das schon wieder los. Du verlangst etwas von mir und erwartest, dass ich dir gehorche. Hast du es immer noch nicht kapiert, Thad? Ich bin ein freier Mensch. Ich treffe meine Entscheidungen selbst.«

Es war dunkel, und dennoch konnte sie seinen stahlharten Blick erkennen. »Und ich schaffe es sehr gut bis zum Elk Park. Es dürfte nicht mehr weit sein.«

»Du hast recht. Es ist nicht mehr weit. Und wenn du willst, bringe ich dich morgen wohlbehalten dorthin, aber heute Nacht bleibe ich hier bei dir.« Er ging auf ihr Pferd zu. »Ich habe ein Zelt, und ich hätte nichts dagegen, es zu teilen.«

Das glaube ich dir gern.

Kim wollte nicht das Zelt mit ihm teilen. »Für mich ist es hier okay. Es ist ein freies Land. Schlag dein verdammtes Zelt auf, wo du willst.«

»Und du wirst es mit mir teilen.«

»Ich schlafe gern unter freiem Himmel.«

»Seit wann?«

Sie dachte über die Frage nach. »Seit …« Verlegen und zornig, weil sie ihn selbst daran erinnert hatte, wie sie unter dem Sternenhimmel zusammen geschlafen hatten, drehte sie sich um und kroch wieder in ihren Schlafsack.

Sie spürte, dass Thads Blick auf ihr ruhte. So lag sie da, und ihr Herz schlug viel zu schnell, während ihr Atem in kurzen, flachen Zügen ging. Verdammt! Er machte wirklich alles kaputt!

Thad wirbelte herum und wandte Kim den Rücken zu. Abwechselnd erleichtert, weil er sie gefunden hatte, und ärgerlich, weil sie seine Hilfe ablehnte, band er rasch den Schlafsack vom Hinterteil seines Pferdes los und warf ihn auf den Boden. Innerhalb von Minuten hatte er das Pferd in der Nähe von Kims Stute angebunden, das Zelt aufgeschlagen und den Schlafsack darin ausgerollt. Er warf ihr einen letzten Blick zu und beschloss, es noch einmal zu versuchen.

»Kim, das Zelt hält Kälte und Feuchtigkeit ab. Wenn du auf dem nackten Boden liegst, wirst du krank. Ich glaube nicht, dass du es dir leisten kannst, krank auf Jillies und Macks Hochzeit aufzutauchen, oder?«

Er starrte auf ihre reglose Gestalt. Als sie nicht antwortete, schlug er die Zeltluke auf und sagte: »Ich verspreche, dich nicht zu belästigen. Ich werde dich nicht anfassen oder ansprechen, aber bitte, komm ins Zelt.«

Noch immer schwieg sie. Widerstrebend schlüpfte Thad in das Zelt und ließ die Luke halb offen. Er zog sich die Stiefel aus, ließ sich in den Schlafsack gleiten und starrte die Zeltwand an. Doch er wusste, dass er heute Nacht keine Ruhe finden würde. Auf keinen Fall konnte er schlafen, während sie dort draußen lag.

Er drehte sich um und rief noch einmal. »Kim, bitte …«

»Okay, Thad. Du hast gewonnen. Dieses eine Mal.« Sie schlug die Luke zurück und warf ihre Tasche ins Zelt. Dann zog sie den Reißverschluss zu und breitete ihren Schlafsack an der gegenüberliegenden Wand aus. Er sah, wie sie hineinschlüpfte und ihm den Rücken zukehrte. Einen Augenblick später seufzte sie tief. Sein Blick blieb auf ihren Rücken geheftet.

»Ich weiß, ich bin ein Idiot«, sagte er nach einer Weile. Seine Stimme war kaum mehr als ein Flüstern. »Ich bin der Grund, warum du abgehauen bist. Ich fühle mich verantwortlich. Darum bin ich dir gefolgt.«

Sie rührte sich nicht, und er wusste nicht, ob sie wach war oder schon schlief. Und ob sie ihn überhaupt hörte.

»Du hast recht. Ich habe Angst vor dem, was im Elk Park passieren wird. Wenn ich dich vorher zurückstoße, muss ich mich dem Unausweichlichen nicht stellen. Ich war dumm. Ich habe all diese Dinge nicht so gemeint, Kim.

Er schwieg und wartete auf ein Zeichen, dass sie ihn hörte, doch es kam keins.

»Würde es etwas ändern, wenn ich sage, dass ich mich geirrt habe und es mir leidtut? Gibt es irgendeine Chance …« Entmutigt atmete Thad aus und warf sich auf den Rücken. Verdammt, es war sinnlos. Er hatte die Sache vermasselt, und zwar gründlich. Sie würde niemals in Erwägung ziehen, zu ihm zurückzukommen, das wusste er. Seine Lebensweise war völlig unangemessen. Für eine Frau wie sie war er viel zu ungeschliffen. Und ihr ganzes Leben lag noch vor ihr – unten in Kentucky. Es war nicht fair von ihm, auch nur zu fragen. Also würde er es auch nicht tun.

Er drehte sich auf die Seite und schloss fest die Augen, als könnte ihn das vor den Gedanken, Szenen und Erinnerungen schützen, die ihm durch den Kopf gingen. Es würde eine lange Nacht werden.

Als Kim hörte, dass Thads Atem endlich langsamer ging, drehte sie sich leise um. Auch er wandte ihr den Rücken zu. Sie konnte es ihm nicht verdenken. Er hatte ihr sein Herz ausgeschüttet, und sie hatte nur dagelegen und ihm nicht geantwortet. Ihn nicht beachtet.

Er hatte ihr alles verdorben. So sehr hatte sie sich gewünscht, das hier allein hinzukriegen. Sich bis zum Elk Park durchzuschlagen, damit sie wenigstens das Gefühl haben konnte, auf dieser Reise mehr geleistet zu haben, als Thad Winchesters Geliebte zu werden.

Und dann hätte sie gewusst, dass sie in seiner Welt zurechtkam und hätte sich frei gefühlt, ihn zu lieben. Dann hätte er sie nicht bis ans Ende ihrer Tage verhätscheln und verwöhnen müssen.

Denn sie konnte den Gedanken nicht ertragen, dass er sie für schwach hielt. Für ihn wollte sie eine starke Frau sein. Eine, für die keine besonderen Vorkehrungen getroffen werden mussten, wenn der Fluss des Lebens Hochwasser führte.

Sie hatte ihn nicht beachtet. Ihn glauben lassen, dass er ihr gleichgültig war.

Zwei Dinge konnte sie nun nicht mehr ignorieren: die bitteren Tränen, die ihr über die Wangen liefen, und den Schmerz, der ihr das Herz zusammenzog. Doch wenn es wirklich darauf hinausgelaufen wäre und er die Worte gesagt hätte, die sie so gern gehört hätte – dass er sie liebte und sich wünschte, sie würde für immer bei ihm bleiben, dass sie es schaffen würden – wie hätte sie reagiert?

War sie bereit, ihr bisheriges Leben aufzugeben? Für Thad?

★

Kim spürte sanfte Wärme auf ihrem Gesicht. Der Schlaf hüllte sie ein wie eine Schicht dickes, heißes Karamell, köstlich und befriedigend. Nur allmählich wachte sie auf. Ihr Gehirn wurde munter und machte ihr die himmlische Wärme bewusst, die ihren Körper umgab, und die frische, kühle Luft, die sie in die Nase zwickte.

Undeutliche Erinnerungen daran, wo sie war und warum sie hier war, bildeten sich an den Rändern ihres Bewusstseins. Etwas Wichtiges musste sie heute tun. Etwas, was mit … Heimkehr zu tun hatte.

Sie versuchte, sich auf den Rücken zu legen, doch neben ihr war etwas merkwürdig Schweres ausgebreitet. Verwirrt und noch immer orientierungslos nach dem narkoseartigen Schlaf, wand sie sich im Schlafsack und versuchte, sich daraus zu befreien.

Sie blinzelte, und Lichtstrahlen durchschnitten den morgendlichen Dunst. Noch einmal versuchte sie, die Augen zu öffnen, und als es ihr gelang, erkannte sie endlich die Situation. Sie lag in Thads Armen und blickte auf die Knopfleiste seines weichen Flanellhemds und lockiges Brusthaar.

Schwer lag sein Arm auf ihr, und er zog sie an sich. Wieder spürte sie seinen Atem auf dem Gesicht und sog seinen rauen, männlichen Duft ein. Im selben Augenblick wusste sie, dass ihr genau zwei Möglichkeiten blieben. Sie konnte seinen Arm abschütteln und Thad wegschieben, oder sie genoss einfach den Augenblick und tat so, als schliefe sie.

»Guten Morgen.«

Sie blickte ihm ins Gesicht. Die Entscheidung war ihr abgenommen worden. Er war wach.

»Morgen.« Sie stand auf, drehte sich vorsichtig in dem engen Zelt um und rollte ihren Schlafsack zusammen. »Weißt du, wie spät es ist?« Sie vermied es sorgfältig, ihm ins Gesicht zu sehen.

»Hast du's eilig?«

Allerdings. »Was glaubst du denn?«

»Anscheinend hast du es eilig.«

»Ganz genau.«

»Kannst du mich nicht einmal ansehen, Kim?«

Sie musste all ihre Selbstbeherrschung aufbringen, um in diesem Augenblick nicht aus dem Zelt zu flüchten. Doch sie tat es nicht. Langsam hob sie den Kopf und blickte Thad an.

Auf den Ellbogen gestützt, lag er auf der Seite. Die oberen Knöpfe an seinem Hemd waren geöffnet, und sie erhaschte einen Blick auf einen kleinen Ausschnitt seiner muskulösen Brust. Sie betrachtete sein Kinn, die schmalen Lippen, die Augen. Noch sanft vom Schlaf wirkten sie beinahe flehend und traurig. Ihr tat es in der Seele weh, und sie verspürte einen winzigen Gewissensbiss. Mehr als alles andere auf der Welt wünschte sie sich, auf diesen Mann zuzugehen und sich in seine Arme zu werfen. Doch es half nichts. Zwischen ihnen konnte es niemals etwas von Dauer geben.

Aber konnte etwas Vorübergehendes schaden? Nur dieses letzte Mal?

Ihre Blicke trafen sich. Kim schluckte und fuhr sich mit der Zunge über ihre trockenen Lippen. Was sollte sie tun, was sagen? Sie wusste, wenn sie noch eine Sekunde so sitzen blieb, würden ihr die Tränen kommen, und alles wäre vorbei.

»Ich muss gehen, Thad«, flüsterte sie. »Ich muss.« Sie brauchte Zeit. Und sie musste nach Hause, um in Ruhe nachzudenken.

Er nickte. Zögernd. Widerstrebend? »Ich bringe dich zum Zug.«

★

Die Abzweigung der Schmalspurbahn zum Elk Park kam in Sicht. Kim blickte die Dampflokomotive an, die täglich von Silverton nach Durango fuhr. Wie viele Cowboys mochten in der Vergangenheit ihre Frauen hier abgesetzt haben, weil die zarten Geschöpfe besser an der vornehmen Ostküste aufgehoben waren als hier im rauen Westen? Ganz sicher war sie nicht die Erste. Und vermutlich auch nicht die Letzte. Die Ironie des Ganzen ging ihr ein wenig auf die Nerven.

Kim stieß einen tiefen Seufzer aus, blickte Thad an und stieg vom Pferd. Den ganzen Morgen lang hatte sie nur über eins nachgedacht. Was würde sie tun, wenn Thad sie bat zu bleiben? Und wenn es nur für eine Weile war? Konnte sie die Dummheiten der letzten Tage vergessen und versuchen, ein normales Leben mit ihm zu führen?

Doch er würde sie nicht fragen. Den ganzen Morgen hatte er mit ernster Miene im Sattel des Pferds vor ihr gesessen und sie den Berg hinunter zum Elk Park geführt. Er hatte sie dort nicht gefragt. Und er würde es auch jetzt nicht tun.

Irgendwie war sie enttäuscht.

Sie ging um Sunshine herum und blickte in Thads ausdrucksloses Gesicht. »Nimmst du das Pferd mit zurück?«

Er nickte, und sie gab ihm die Zügel.

»Wie lange brauchst du, um zur Ranch zu kommen?«

»Kommt drauf an«, antwortete er vage.

»Worauf?«

»Ob ich den direkten Weg nehme, oder ob ich mich hier noch eine Weile herumtreibe. Ich habe keinen Grund, schnell nach Hause zu reiten.«

Kim biss sich auf die Lippe. »Oh!« Sie sah die Wanderer und Touristen eilig in den Zug einsteigen. Vermutlich sollte auch sie sich allmählich in Bewegung setzen. »Ich glaube, ich muss jetzt los.«

Thad fasste in seine hintere Hosentasche und griff nach seinem Portemonnaie. Er zog ein Stück Papier heraus und gab es ihr. »Hier, deine Fahrkarte. Sie gehört zum Pauschalangebot der Reise.«

Zögernd nahm Kim das Ticket an und hielt seinem Blick stand. »Aber ich habe für die Reise nicht bezahlt. Soll ich das jetzt tun?«

Er verzog das Gesicht und schüttelte den Kopf. Vielleicht wäre es einfacher gewesen, wenn wir streng geschäftsmäßig geblieben wären, dachte sie. »Ich will kein Geld von dir, Kim.«

Was willst du dann? Beinahe hätte sie die Worte ausgesprochen, doch sie hielt sich zurück. Es war sinnlos. »Okay.« Sie neigte den Kopf, sah zum Zug und dann langsam wieder zu Thad. »Ich muss gehen.«

Er senkte den Kopf. »Ich weiß.«

»Ich rufe an, wenn ich zu Hause bin.«

»Wie du willst. Ich weiß nicht, wann ich zurück sein werde.«

Sie ging einige Schritte von ihm weg. »Okay, wenn ich dich nicht erreiche, rufe ich später noch mal an. Oder du versuchst es bei mir.«

Sie ging noch zwei Schritte. Hinter ihr stiegen Passagiere ein. Ihr fiel es schwer, den Blick von Thad abzuwenden, und auf einmal bewegte er die Lippen: Kim, wenn ich dich bitten würde zu bleiben … wenn ich dir sage, dass ich dich liebe, würde das etwas ändern?«

Etwas, was sie nicht beschreiben konnte, stieg in ihr auf und zog sich in ihrer Brust zusammen. Ihr Atem wurde flacher, und sie ließ ihn nicht aus den Augen. »Soll das heißen, dass du mich liebst? Dass ich bleiben soll?«, flüsterte sie.

Da wandte Thad den Blick ab und ließ ihn über die Berge schweifen. Hinter ihnen wurden die Geräusche des Zuges lauter, Menschen stürzten an ihnen vorbei. Keiner von beiden bemerkte es.

Endlich blickte Thad sie wieder an. »Nein, ich werde dich nicht bitten zu bleiben.«

Kim versuchte, gleichmütig zu wirken. Ihr fiel es schwer, und ihr Herz schlug furchtbar unregelmäßig. »Dann würde es wohl auch nichts ändern, oder?«

Er schüttelte den Kopf. Lange Zeit blickten sie sich in die Augen. Dann drehte Kim sich um und ging fort, ohne sich zu verabschieden. Sie konnte seinen ausdruckslosen Blick nicht mehr ertragen. Sie bahnte sich blind den Weg zum Zug und verschwand in der Menschenmenge. Sie blickte nicht mehr zurück. Es wäre unerträglich gewesen, ihn dort stehen zu sehen, ganz allein.

Nur ein Gedanke hallte ihr durch Kopf und Herz. Er hatte nicht gesagt, dass er sie nicht liebte. Nur, dass er sie nicht bitten würde zu bleiben.

Das änderte etwas.

★

Thad starrte auf die Gleise, bis das Ende des Zugs hinter dem Horizont verschwand. Seine Brust schmerzte. Sein Magen auch. Seine Augen brannten von den verdammten Tränen, die er nicht weinen wollte. Kim war fort. Er hatte sie gehen lassen. Und sie würde niemals wiederkommen. Dessen war er sicher.

Wenn sie ihn wenigstens um mehr Zeit gebeten hätte. Wenn sie ihm nur einen Grund gegeben hätte, sie zum Bleiben aufzufordern, hätte er es riskiert. Aber sie hatte es nicht getan. Und im Augenblick fehlte ihm die Kraft, so viel zu riskieren und sich möglicherweise die Finger zu verbrennen. Er konnte es einfach nicht.

Er nahm die Zügel der Stute und machte abrupt kehrt in Richtung Berge. Wenn er sich beeilte, lag ein Zweitagesritt vor ihm. Drei

Tage, wenn er es langsam angehen ließ. Die Rückkehr zur Ranch stand nicht oben auf seiner Prioritätenliste. Es stimmte, was er zuvor zu Kim gesagt hatte: Es gab nichts, wohin er heimkehren konnte. Und er wusste nicht, warum er es überhaupt erwähnt hatte. Es war eben die Wahrheit.

Er nahm ihr nicht übel, dass sie gegangen war. Er bedauerte nur, dass er nicht den Mut gehabt hatte, sie darum zu bitten, bei ihm zu bleiben. Es zu versuchen und einen Weg zu finden, wie sie es schaffen konnten. Ihr zu sagen, dass er sie ganz bestimmt anrufen würde. Aber nein, es war besser für sie beide, wenn sie die Sache jetzt einfach auf sich beruhen ließen. Bevor sie sich zu sehr miteinander verbunden fühlten, zu verliebt waren.

Abwesend und mit kühlem Kopf machte er sich wieder auf den Weg in die Berge, wo er hingehörte.

Kapitel 17

Zum zehntausendsten Mal blickte Kim auf die Zeitung in ihrem Schoß und versuchte, die Titelseite zu lesen. Es war sinnlos. Zum zehntausendsten Mal weigerte ihr Gehirn sich, das aufzunehmen, was sie las.

Jillie klopfte ihr auf die Schulter. »Kaffee?«

Sie schüttelte den Kopf. »Nein. Wenn ich noch mehr trinke, schwimme ich noch weg.«

»Wie wärs mit einer Scheibe Toast? Du siehst ein bisschen spitz um die Nase aus. Vielleicht solltest du etwas essen, anstatt so viel Kaffee zu trinken.«

Wahrscheinlich hatte sie recht. Aber Kaffee war in letzter Zeit das Einzige, was Kim aufrechterhielt. Zum ersten Mal seit acht Jahren fiel es ihr schwer, mit dem Hintern aus dem Bett zu kommen und zur Schule zu gehen. Gott sei Dank gab es Jillie. Sie hatte in den letzten Monaten Wunder an ihr vollbracht.

Aber sie bezweifelte, dass sie das aus Treue zu ihr tat. Im Augenblick focht Jillie ihren eigenen Kampf aus, und immer beschäftigt zu sein, half ihr dabei am meisten. Kim dagegen war zu einem Häufchen Elend zusammengefallen.

»Beeil dich, sonst kommen wir wieder zu spät. Du weißt doch, wie gern Len Harper es herumerzählt, wenn vom Lehrkörper jemand zu spät kommt.«

Kim erhob sich von ihrem Stuhl und warf die ungelesene Zeitung beiseite. Ja, das wusste sie. »Len Harper sollte in Rente gehen«, sagte sie gleichgültig. »Gib mir noch zehn Minuten.«

»Klar. So viel Zeit haben wir. Aber nicht mehr, hörst du?«, rief Jillie ihr hinterher, als Kim die Treppe der Stadtwohnung zu ihrem Schlafzimmer hochstieg.

Sie wusste nicht, warum sie keine Kraft und Energie hatte. Seitdem sie aus Colorado zurück waren, fiel es ihr schwer, aufzustehen und zur Schule aufzubrechen. Jillie meinte ständig, sie, Kim, würde um Thad trauern.

Lächerlich, hatte sie leichthin erwidert. Niemals würde sie um einen Mann trauern. Sie zog sich rasch an und legte ein wenig Make-up auf. Dann ging sie zu Jillie, die schon an der Haustür stand.

»Nimms mir nicht übel, Kim, aber du könntest mal einen Auffrischungskurs in Sachen Make-up gebrauchen.« Sanft fuhr sie ihr mit einem Finger über die Wange. »An deinen Ohren hängt Grundierung, und deine Lider sind mit Maskara verschmiert. Wenn du nicht besser aufpassen kannst, solltest du dich vielleicht gar nicht schminken.«

In Kims Ohren klang das verlockend. Eine Sorge weniger am Morgen. Sie zuckte mit den Schultern. »Gute Idee.«

Jillie fuhr, und Kim betrachtete die Landschaft. Nach einer Weile brach Jillie die Goldene Regel. Sie hatten vereinbart, niemals über Colorado zu reden.

»Denkst du manchmal an Thad, Kim? Ich meine … taucht sein Gesicht genau dann vor deinem geistigen Auge auf, wenn du am wenigsten damit rechnest?«

Ja, jeden Abend, wenn ich mich hinlege, um zu schlafen, hätte sie beinahe erwidert. »Jillie, darüber wollen wir nicht reden.«

»Ich weiß, Kim. Aber irgendwann müssen wir darüber reden. Es ist jetzt über einen Monat her, und seitdem wir geschworen haben, es nicht mehr zu erwähnen, nagt es an mir. Und an dir auch, das weiß ich.«

Kim starrte sie an. »Warum sagst du so was?«

»Weil du mies aussiehst, weil du fünf Kilo abgenommen hast und jede Nacht in deine Kissen weinst.«

»Tue ich nicht!«

»Tust du wohl!«

Entrüstet wandte Kim sich ab. »Wenigstens stöhne ich im Schlaf nicht seinen Namen, so wie du es mit Mack machst.«

Jillie seufzte. »Das tust du auch. Ich wollte es dir nur nicht sagen.«

Kim schnaubte. In dem kleinen Sportwagen wurde es still.

»Weißt du«, sagte Jillie schließlich, »manchmal frage ich mich, ob es ein Fehler war, Mack einfach sitzen zu lassen.«

Kim blickte noch immer zum Fenster hinaus. »Du hattest keine andere Wahl, Jillie. Er hat dich belogen.«

»Eigentlich nicht. Er hat nur versäumt, mir etwas zu sagen.«

»Dir nicht zu sagen, dass er einen Sohn hat, ist ein ziemlich großes Versäumnis.«

»Ich weiß. Es hat mich auch ziemlich umgehauen.«

»Na ja, wenigstens hattest du einen handfesten Grund zu gehen. Ich dagegen bin einfach abgehauen.«

»Du hattest genauso gute Gründe dafür.«

Sie wandte sich zu Jillie und blickte sie an. »Oh ja. Es hat mich aufgeregt, dass er mich ständig beschützen und mir helfen wollte. Ich bin echt ausgerastet.«

»Das gehört doch dazu, Kim.«

Sie wusste, dass das stimmte. »Wenn er nur bereit gewesen wäre, darüber zu reden. Wenn ich nicht aus der Haut gefahren und abgehauen wäre. Wenn wir nicht beide so schrecklich stur gewesen wären. Manchmal frage ich mich …«

Jillie verlangsamte die Fahrt und bog auf den Parkplatz der Schule ein. Als sie ausstiegen, hörten sie eine Glocke.

»Manchmal fragst du dich was, Kim?«

Sie schüttelte den Gedanken ab. »Ach, egal.«

Schweigend lief Jillie neben ihr her. »Hey, heute Abend bestellen wir uns Pizza, leihen ein paar schnulzige Filme aus und heulen die ganze Nacht. Vielleicht hört es dann endlich auf.«

Kim schüttelte den Kopf. »Ich habe Mom und Dad versprochen, zum Dinner zu kommen. Und danach muss ich zum Treffen der Junior League.«

»Vergiss das Treffen! Wir gucken Filme.«

Entsetzt blickte Kim sie an. »Ich darf kein Treffen der League verpassen, Jillie.«

»Wenn du wolltest, könntest du.«

»Aber ich habe noch nie …«

»Dann solltest du vielleicht mal eins schwänzen.«

Eine weitere Glocke ertönte.

»Auweia«, stöhnte Kim. »Adlerauge Harper beobachtet uns. In den nächsten Tagen hat er uns auf dem Kieker. Nimm dich bloß in Acht.«

Kim hastete davon und überließ es Jillie, Len Harper gegenüberzutreten. Sie war nicht in der Stimmung, weiter zu erörtern, worüber sie gerade nachdachte. Jetzt war sie bei der Arbeit, und für ihre Schüler musste sie einen klaren Kopf haben.

Auch wenn das derzeit geradezu eine Meisterleistung für sie war.

★

Zum letzten Mal in dieser Saison sah Thad zu, wie die Schmalspurbahn am Bahnhof des Elk Parks abfuhr. Er hatte gedacht, dass es mit der Zeit leichter würde. Er hatte sich geirrt. Jedes Mal, wenn er den Dampf der Lok in die Berge aufsteigen sah, dachte er an Kim.

Daran, wie sie ihn genau an dieser Stelle verlassen hatte, und daran, dass er nichts getan hatte, um sie aufzuhalten. Wenn er nur nachgedacht hätte. Wenn er nur versucht hätte, sie zum Bleiben zu bewegen, nur noch ein bisschen, damit sie sich überlegen konnten, was sie tun wollten. Pläne schmieden. Es hätte funktionieren können.

Ihm wurde eng in der Brust. Er hatte geglaubt, dass er inzwischen über sie hinweg sein würde. Und wieder hatte er sich getäuscht. Vielleicht würde er nie über sie hinwegkommen.

»So, das wars bis zum nächsten Sommer«, sagte Mack, als sie dem verschwindenden Zug hinterherblickten.

»Yep.«

»Jetzt hast du Zeit zu tun, was du tun musst. Warum fängst du nicht einfach an?«

Langsam richtete Thad den Blick auf Mack. »Und was muss ich deiner Meinung nach tun?«

»Sie zurückholen.«

»Du und deine guten Ratschläge. Warum machst du es nicht selbst?«

»Weil es für uns zu spät ist. Ich habs total vergeigt. Aber du … ich glaube, du könntest die Sache im Handumdrehen regeln.«

Thad schüttelte den Kopf. »Ich wünschte, ich wäre auch so optimistisch.«

Mack blickte ihm forschend ins Gesicht. »Wenn ich glauben würde, dass ich bei Jillie die geringste Chance hätte, würde ich morgen früh den ersten Flieger nehmen. Aber ich habe keine Chance. Außerdem habe ich im Augenblick genug andere Probleme, um die ich mich kümmern muss. Bei dir liegen die Dinge ganz anders. Nichts hält dich davon ab, zu Kim zu gehen.«

»Nur dass uns zwei Zeitzonen trennen und einer von uns sein ganzes Leben aufgeben müsste, damit wir zusammenbleiben können.«

»Und das wäre eine so schwierige Entscheidung?«

»Ich glaube nicht, dass sie hier glücklich wäre.«

»Und wärst du dort glücklich, mit ihr?«

Thad dachte nach. »Manchmal glaube ich, solange sie bei mir ist, spielt es keine Rolle, wo ich mich aufhalte.«

Er wandte den Blick ab und dachte über seine eigenen Worte nach. Wäre er überall glücklich, wenn nur Kim bei ihm wäre? Wäre er bereit, für sie die Ranch aufzugeben und das Leben, das er von jeher kannte?

»Wenn ich Jillie zurückbekäme«, sagte Mack leise, »könnte ich wahrscheinlich auf dem Mond leben, wenn sie das von mir verlangte.«

Thad wusste, dass Mack Jillie schrecklich vermisste. Er wusste auch, dass Macks Probleme zehnmal schlimmer geworden waren, seitdem Jillie ihn verlassen hatte. Bei seinem Sohn war eine schwere Krankheit festgestellt worden. Darum verstand er, dass Mack im Augenblick die Kraft dafür fehlte, um Jillie zu kämpfen. Doch Mack irrte sich, wenn er glaubte, dass ihn nichts davon abhielt, zu Kim zu fahren. So ziemlich alles hielt ihn davon ab.

»Sie hat gesagt, sie ruft mich an, wenn sie zu Hause ist. Sie hat nicht angerufen. Ich finde, das spricht eine ziemlich deutliche Sprache.«

»Thad, das haben wir schon hundertmal durchgekaut. Ihr beide seid verbohrte Dummköpfe, die darauf warten, dass der andere den ersten Schritt macht. Entweder gehst du das Risiko ein, oder du suhlst dich bis an dein Lebensende in Selbstmitleid. Entweder tust du etwas, um das zu ändern, oder du fühlst dich weiterhin schlecht. Glaub mir, wenn ich das, was ich getan habe, ungeschehen machen könnte, ich täte es. Warum packst du nicht ausnahmsweise den Stier bei den Hörnern und triffst verdammt noch mal eine Entscheidung?«

Thad ließ den Blick über die kahle Landschaft wandern. Die Treckingsaison war für dieses Jahr vorbei. Der letzte Zug hatte gerade eine Handvoll Wanderer und Touristen zurück nach Durango gebracht. Die kargen Berge vor ihnen spiegelten die Leere und Sehnsucht in seinem Herzen wider. Und vor ihm lagen mehrere Monate in einem kalten, leeren Ranchhaus auf einem kalten, einsamen Berg.

Es sei denn, er packte den Stier bei den Hörnern, wie Mack es ausdrückte.

★

»Mom, zum letzten Mal, ich habe keine Lust, mit Susan Elders Sohn auszugehen. Ich weiß, dass sie auf dem College deine beste Freundin war. Und du hast mir unzählige Male erklärt, dass er ein erfolgreicher Börsenmakler und gerade in die Gegend gezogen ist. Noch mal: Es interessiert mich nicht!«

Kim stellte ihr Glas mit Eistee etwas zu energisch auf den Tisch. Ein Eiswürfel sprang heraus und spritzte auf die Leinentischdecke ihrer Mutter.

»Kimberley!«, rief ihre Mutter. »Sprich nicht in diesem Ton mit mir.«

Kim schloss die Augen und kniff sich in die Nase. Seit Wochen schon lauerte ein winziger, nagender Kopfschmerz direkt hinter ihren Lidern. Schlafmangel wahrscheinlich. Vielleicht Stress. Sie wusste nicht genau, woran es lag.

Sie blickte über den Tisch. Ihre Eltern starrten sie an.

»Kimberley, auf dieser Reise nach Colorado ist irgendetwas mit dir passiert, stimmts? Willst du darüber reden?« Die ernste Miene ihrer Mutter ging ihr auf die Nerven. Und Kim sah den erwartungsvollen Blick ihres Vaters.

»Nichts ist in Colorado passiert«, flüsterte sie. *Ich habe mich nur verliebt.* »Ich habe im Moment viel Stress in der Schule. Tut mir leid, ich wollte es nicht an euch auslassen.«

»Du bist nicht du selbst, Kim«, sagte ihr Vater mit besorgter Stimme. Aufmerksam betrachtete sie sein Gesicht und blickte ihm tief in die klugen Augen. »Etwas macht dir Sorgen. Ich hoffe, du kommst damit zurecht, egal was es ist. Und du weißt, dass wir für dich da sind.«

Kim seufzte und blickte auf die Tischplatte. »Ich weiß, Dad.«

»Kim«, sagte er einen Augenblick später, »deine Mutter und ich müssen dir etwas sagen. Bist du bereit, uns anzuhören? Es ist wichtig.«

Leise Panik stieg in ihr auf. »Ist alles in Ordnung?«

»Ja, alles ist wunderbar.«

»Was ist dann so wichtig?«

Lächelnd erwiderte ihr Vater den Blick ihrer Mutter. Dann wandte er sich wieder an Kim. »Ende des Monats gehe ich in Rente. Wir haben uns ein Haus in Florida gekauft.«

Schockiert saß Kim da. »Wie ist es denn dazu gekommen?«

»Vor ungefähr einem Monat. Als du in Colorado warst. Eigentlich haben wir schon länger darüber nachgedacht. Aber du wirktest so geistesabwesend, dass wir es dir erst erzählen wollten, wenn unsere Planungen abgeschlossen sind.«

»Und das sind sie jetzt?«

»Ja«, antwortete ihre Mutter. »Wir werden Weihnachten in unserem neuen Haus verbringen.«

★

Catherine Hellmans Stimme hörte nicht auf, Kim in den Ohren zu dröhnen. Der erste Punkt auf der Tagesordnung war die Versteigerung für wohltätige Zwecke. Danach stand der Beitrag der Junior League zum neuen Krankenhausflügel auf der Agenda. Dann erörterte sie sogar, was für ein Nudelsalat beim Reitturnier zum Lunch gereicht werden sollte. Katie McIntyre war der Meinung, sie sollten nichts mit schwarzen Oliven nehmen, weil so viele Leute darauf allergisch reagierten. Caroline DeVries mochte schwarze Oliven. Sollten sie lavendelfarbene Servietten nehmen oder dem Ganzen mit etwas Gewagterem mehr Pfiff verleihen? Zum Beispiel neongrün?, fragte Catherine die Anwesenden.

Kim war es egal, ob die Servietten pink mit hellgrünen Punkten waren.

Dann waren die Berichte aus den Komitees an der Reihe. Brette Bonner berichtete über den Kassenstand, Kirsten Vanlandingham über die Einladungen zum Reitturnier. Cally Cooper klagte, dass der Pokalhersteller die silbernen Trophäen, die sie immer benutzt hatten, nicht mehr im Programm hatte. Sie hatte keine Ahnung, wo sie nach Ersatz suchen sollte.

Kim schnaubte. Wen kümmerte all das?

Ihr ganzes Leben war im Eimer. Sie hatte den einzigen Mann verlassen, den sie je geliebt hatte, in der Schule ging alles schief, ihre Eltern zogen nach Florida. Und das Einzige, worüber diese Frauen diskutierten, war die Farbe der Servietten und ob im Nudelsalat schwarze Oliven sein durften! *Verschont mich! Gibt es nichts Sinnvolleres zu besprechen?*

Jemand rief sie beim Namen.

»Verzeihung, wie bitte?«

»Dein Ausschussbericht, Kim«, antwortete Catherine mit einer Spur von Entrüstung in der Stimme. »Für die Wohltätigkeitsauktion. Mit wie vielen Geschäften hast du Kontakt aufgenommen, und welche hast du gewinnen können?«

Langsam, den Bericht in den Händen haltend, erhob sich Kim. Sie ließ den Blick durch den Raum und von Frau zu Frau wandern. Diese Menschen waren flüchtige Bekannte, mehr nicht. Sie schuldete ihnen nicht das Geringste. Sich selbst dagegen war sie sehr viel schuldig geblieben.

Sie warf den Bericht der Frau neben ihr in den Schoß. »Der Ausschuss berichtet«, begann Kim und straffte die Schultern, »dass der Ausschuss nichts zu berichten hat. Und hiermit trete ich offiziell aus der League aus.«

★

Weinend saß Melissa Potter im Büro des Schulleiters. Ihre Mutter hatte ihr gegenüber Platz genommen, und ihr Gesicht strahlte mehr Kälte aus, als Kim jemals bei einer Frau gesehen hatte. Schulleiter Brady Johnson saß hinter seinem Schreibtisch und blickte finster drein. Kim zerknüllte und entfaltete unaufhörlich dasselbe Stück Papier in ihrer Hand und versuchte ebenfalls, die Tränen zurückzuhalten.

»Ich sag Ihnen, das hat keinen Sinn, dass das Mädel weiter zur Schule geht«, schimpfte Melissas Mutter. »Ich brauch sie zu Hause, und bald is sie sowieso erwachsen. Was hat sie von ein paar Monaten mehr auf der Schule, wo sie sowieso aufhörn muss, wenn das Baby erst mal da is.«

Brady Johnson räusperte sich. »Mrs Potter …«

»Ich bin nich Mrs Potter, nich mehr. Sagen Sie Carol zu mir.«

»Carol«, sagte Kim, »Melissa ist eine ausgezeichnete Schülerin. Sie geht gern zur Schule. Können wir das nicht irgendwie einrichten? Ich habe mich mit einigen Kindergärten in Verbindung gesetzt. Einer davon ist bereit, Melissas Baby gratis ganztags aufzunehmen, wenn Melissa halbe Tage ehrenamtlich dort mitarbeitet.«

»Wir nehmen keine Almosen.«

»Das sind keine Almosen, Mrs … ähm, Carol. Sie soll für das arbeiten, was sie dem Kindergarten schuldet. Melissa fehlen nur noch wenige Punkte zum Abschluss. Wir finden hier in der Schule eine Lösung dafür. Vielleicht können wir sogar für ihre Fahrten zum Kindergarten aufkommen. Bitte denken Sie noch einmal darüber nach.«

Einen Moment lang herrschte Schweigen. Melissa blickte Kim dankbar aus verweinten Augen an.

Melissas Mutter stand auf und ging zur Tür. »Danke, dass Sie sich die Zeit genommen ham, aber Melissa und ich ham zu Hause zu tun. Ich hab noch drei kleinere Kinder, eins noch in Windeln. Melissa is sechzehn, sie is jung, vielleicht kann sie die Highschool später noch fertig machen.«

Kim erhob sich. Es schmerzte sie tief, dass es keine Hoffnung für Melissa gab, die sie so verzweifelt anblickte.

»Aber Mrs Potter. Bitte. Melissa braucht eine Ausbildung, um gut für das Baby sorgen zu können.«

Carol Potter wirbelte herum. »Melissa hat sich mir gegenüber anständig zu verhalten. Wie man sich bettet, so liegt man. Sie hat ihren Spaß gehabt. Sparen Sie sich die Mühe, es is aus und vorbei. Hab dasselbe hinter mir. Und jetzt gehn wir. Melissa, nimm deine Sachen.«

Als die beiden das Büro des Direktors verließen, blickte Melissa sich mit tränenfeuchtem Gesicht noch einmal zu Kim um und formte mit dem Mund ein »Danke«. Nur mühsam konnte Kim die Tränen zurückhalten. Sie wartete eine halbe Minute, dann winkte sie Brady Johnson zum Abschied und steuerte auf ihr Büro zu.

Glücklicherweise war der Unterricht bereits vorbei, und die Flure waren leer. Nur eine Handvoll Kids liefen in der Turnhalle herum. Balltraining, erkannte sie.

Sie stieß die Tür zu ihrem Büro auf, und sofort schossen ihr die Tränen in die Augen. Mit verschwommenem Blick betrat sie rasch den kleinen Raum, schlug die Tür hinter sich zu und schloss ab. Mit dem Rücken an der Tür lehnend, ließ sie den Schluchzern freien Lauf.

Bittersüße Tränen liefen ihr über das Gesicht. Um Melissa. Um ihre Eltern. Um Thad. Oh Gott! Um Thad.

Sie atmete tief durch und wischte sich mit der Hand die Tränen ab. Sie starrte die ungewöhnliche Ansammlung von Farben auf ihrem Schreibtisch an.

Ihr Herz machte einen Satz.

Scharlachrote Schlüsselblumen, violette Akelei und hellroter Indianerpinsel … ein Strauß Wildblumen steckte in einer hübschen Kristallvase, die mitten auf ihrem chaotischen Schreibtisch stand. Kim keuchte, dann streckte sie die Hand aus, um eine zarte Blüte zu berühren. Konnte sie es wagen zu hoffen?

»Du hast keine Ahnung, was ich durchgemacht habe, um die herzubringen.« Sanft und zögernd erklang seine Stimme aus einer Ecke ihres Büros. Sprachlos sah Kim, wie Thad sich von dem Stuhl erhob, den sie dort hingestellt hatte. In seinen Wranglers, den Westernstiefeln von Tony Lama und dem schwarzen Cowboyhut von Resistol wirkte er lächerlich fehl am Platz.

Oh, du siehst so verdammt gut aus, Thaddeus Winchester.

»Die sind schön«, sagte sie und schniefte. *Du bist schön*, hätte sie am liebsten gesagt.

»Sieht aus, als hättest du einen schlechten Tag gehabt.«

»Ich hatte einen schlechten Monat«, flüsterte sie.

»Das scheint reihum zu gehen«, antwortete er und betrachtete ihr Gesicht genau. »Ich habe dich vermisst.«

Kim seufzte tief und lächelte, ohne ihn aus den Augen zu lassen. »Ich habe dich wahnsinnig vermisst.« Mit dem Finger strich er ihr über die Wange.

»Was sollen wir dagegen tun?«

Kim wusste genau, was sie tun wollte. Sie hatte es wahrscheinlich schon lange gewusst, aber sie musste erst nach Hause zurückkehren, um sich darüber klar zu werden, dass ein gut geregeltes Leben ohne den Menschen, den sie liebte, rein gar nichts bedeutete.

»Ich will nach Hause«, sagte sie leise.

Thad beugte sich über sie und küsste sie sanft. »Kim«, murmelte er. »Ich will sein, wo du bist. Mich kümmert nicht, wo mein Zuhause ist. Sag mir, was du willst. Wenn es sein muss, gebe ich alles auf. Ich will nur, dass wir zusammen sind.«

Die Arme um seinen Nacken geschlungen, beendete sie den Kuss. Er hatte ihr die Arme um die Taille gelegt. »Zu Hause, Thad Winchester, ist da, wo du bist.« Sie lächelte. »Wo wir zusammen sind. Aber ich kann dir sagen, die Berge vermisse ich sehr.«

Thad blickte sie lächelnd an. »Wirklich?«

Sie nickte. »Wirklich.«

»Aber vielleicht gibt es dort keine Jobs für Lehrer.«

Sie zuckte mit den Schultern. »Dann unterrichte ich eben unsere Kinder.«

»Kinder?« Er lachte. »Du willst auch Kinder?«

»Und Ponys.«

»Pferde.«

»Von mir aus.« Sie zog ihn an sich und küsste ihn lange und leidenschaftlich. »Zeigst du ihnen, wie man reitet?«

»Nein«, erwiderte er. »Das machst du.«

»Ich?«

»Das kriegst du hin. Mit ein bisschen Übung.«

Sie blickte ihm lächelnd ins Gesicht. Alles würde gut werden. Alles. »Ich kann es kaum erwarten, in die Berge zurückzukehren.«

Er runzelte die Stirn. »Bei Mack und mir sieht es im Augenblick ziemlich traurig aus. Bist du sicher, dass du damit klarkommst?«

»Wollen wir Jillie mitnehmen?«

Thad dachte einen Augenblick nach. »Nee. Sollen sie sich doch selbst überlegen, was sie mit ihrem verdammten Leben anfangen wollen. Wir müssen jetzt unseres auf die Reihe kriegen.« Er vergrub die Nase in ihrem Nacken und flüsterte: »Ich kann es kaum erwarten, dich nach Hause zu bringen. Bist du dir ganz sicher?«

Sie grinste verschmitzt und zog ihn an sich. »Cowboy, in meinem ganzen Leben bin ich mir nie sicherer gewesen.«

— ENDE —

FSC
www.fsc.org
MIX
Papier | Fördert
gute Waldnutzung
FSC® C083411

Druck:
CPI Druckdienstleistungen GmbH
im Auftrag der
KNV Zeitfracht GmbH
Ein Unternehmen der Zeitfracht - Gruppe
Ferdinand-Jühlke-Str. 7
99095 Erfurt